本书获广东外语外贸大学外国文学文化研究中心所承担的广东省“211 工程”三期重点学科建设项目“人文学中心建设——比较文化视野的文学通化研究”经费资助

本书属于广东外语外贸大学外国文学文化研究中心 2012 年度纵向攻关培植课题“美学变革的前沿问题研究”（编号：12ZXGG01）的阶段性成果

人文学丛书 第三辑

主编 栾栋

《恶之花》及其现代性研究

袁兆文 著

暨南大学出版社
JINAN UNIVERSITY PRESS

中国·广州

图书在版编目（CIP）数据

《恶之花》及其现代性研究/袁兆文著．—广州：暨南大学出版社，2014.5

（人文学丛书·第三辑）

ISBN 978－7－5668－0942－1

Ⅰ.①恶…　Ⅱ.①袁…　Ⅲ.①波德莱尔，C.（1821—1867）—诗歌研究　Ⅳ.①I565.072

中国版本图书馆 CIP 数据核字（2014）第 034892 号

………………………………………………………………………………

《恶之花》及其现代性研究

著　　者：袁兆文

丛书策划：史小军

责任编辑：郑晓玲

责任校对：姚晓莉

地　　址：中国广州暨南大学

电　　话：总编室（8620）85221601

营销部（8620）85225284　85228291　85228292（邮购）

传　　真：（8620）85221583（办公室）　85223774（营销部）

邮　　编：510630

网　　址：http：//www.jnupress.com　http：//press.jnu.edu.cn

排　　版：广州市天河星辰文化发展部照排中心

印　　刷：佛山市浩文彩色印刷有限公司

开　　本：787mm×960mm　1/16

印　　张：16.625

字　　数：272 千

版　　次：2014 年 5 月第 1 版

印　　次：2014 年 5 月第 1 次

定　　价：39.80 元

（暨大版图书如有印装质量问题，请与出版社总编室联系调换）

总序

栾　栋

克服“单面人”生产和突破“块垒式”教学，探索宽基础、大口径、深层次培养通识通才的途径，是世界所有高校的重大难题，也是广东省建设文教大省不可回避的关隘之一。从2003年12月起，我们以省普通高校人文社会科学重点研究基地外国文学文化研究中心为依托，进行了集约性融通的尝试，一系列成果聚焦于“人文学中心建设——比较文化视野的文学通化研究”。2008年底，我们以此为题，获省“211工程”三期重点学科建设项目立项，一个融通人文学科的核心实践在广东外语外贸大学拉开序幕。2012年底，该工程经省发改委、教育厅、财政厅组织专家审核，顺利通过验收，这一项“从无到有的创制”首战告捷。

何谓人文学？从学科脉络上讲，她是研究文史哲互根的学问；从学术本质上看，她是求索中西学融会的艺术；从学理辐射而论，她是探讨教科文贯通的方略；从学丛变数展望，她是文科大类场域趋通的津渡。我们将之作为文学化感通变的“核心加速器”，从“比较文化视野”多向度运作，以推动中外语言文学的通化性研究。这是我们创新团队数十年的精心设计，是我校长期师资建设和学术积累的集成绽放，是我校的比较文学在本科、硕士、博士学位授权点和博士后流动站配套后的新拓展，尤其是我校作为省属涉外型重点大学对“明德尚行，学贯中西”校训的认真践履。

“人文学中心”是广东省文科基地（外国文学文化研究中心）重点项目建设的一个工作站。本中心面向海内外招聘学术带头人和教研骨干，大力推动国内外同行间的多向交流，旨在打破近代以来人文领域分科治学人为分界的局限，同时坚守合理的规则，以具有长远规划、长期积累和趋向性影响的重大项目实施，带动人文主干学科的多面建设。

从省文科基地已经完成的“人文学研究”成果和全校人文力量的整合情况来看，以“人文学中心建设——比较文化视野的文学通化研究”为题，全面推进省“211工程”三期重点学科建设项目的效率日益加强。广东外语外贸大学的人文人为学校、全省和全国高教界践履这一历史使命作出了突出的成绩。这个工程已经如期结项，然而其积极的成果还在源源不断地涌现，科研成果的实践性转化也在与时俱进地展开。

本团队积极进行中外语言文学的教研改革，力求在人文学探索上有较大的突破，把中心建成教学科研、学术交流和资料信息的综合平台，努力实现省内领先、国内出色的目标，扩大在国际学术界的知名度。增强实力，协调运作，承担对本学科发展具有中长期导向作用的重大课题，使本中心成为国内外有一定影响力的人文学高层次人才培养基地和文史哲通化研究的资料中心。

“人文学丛书”是“人文学中心”建设的一个信息窗口，她将本项目的水平标高展现给社会。“人文学丛书”也是“文学通化研究”的一个交流平台，她把本团队融贯文史哲和勾兑中西学的成败利钝呈现出来，与学界同仁品鉴。这套丛书包含三个方面的内容，其一是人文学原理与方法探要，其二是中外文史通义问题求索，其三是中外文学通化现象研究。毋庸讳言，这样一套丛书的编著，连同上述“人文学中心”建设的重大任务，都属于既“吃螃蟹”又“尝蜘蛛”的艰险行动。但是全球化的历史潮流迫使我们斗胆进取，面对国际教科文演变的一道难题，中国的人文学者总得交出自己的答卷。

“人文学丛书”第一辑的10部著作已于2011年问世，第二辑10部著作在2012年出版发行。第三辑即本系列15部著作整装待发。本辑的第一本是张进教授的《历史诗学通论》。“历史诗学”问题是一个跨越学科语际和时代国别界线的理论和实践问题，关系到当前文艺发展的命脉和全局，但目前尚没有一部打通如上界线的“通论”性质的专题著述。《历史诗学通论》旨在打通学科界线、时代界线和国别界线，对古今中外的“历史诗学”思想资源进行综合比较和通化研究。在文学与史学相贯通的基础上，打通人学与史学、文本学和审美学之间的学科壁垒，对论题展开科际整合研究；在综合古今相关思想资料的基础上，通过历史诗学形态的历史比较研究，揭示其历史演替和范式转换的过程；在跨越国别语际界线的意义上，对中国、英美和俄苏的历史诗学作宏观统照，通过对相关思想的文化比较研究，阐发历史诗学的思想内涵和多重取向，进而实现对历史诗学问题向心式挖掘与横向性贯通相统一的研究目标。在综合比较基础上的通论研究和通化研究是本书的基本特色。

第二本是张进教授的《新历史主义文艺思潮通论》。新历史主义是20世纪70年代末期以来崛起于英美等国的一种跨学科、超国界、多流派的文艺文化批评运动。80年代末，这一“外生”批评运动与中国文艺文化领域“内生原发”的历史文学书写活动策应互动，渐次演变成一种声势浩大的新历史主义文艺思潮，至今仍方兴未艾。它所提出的问题涉及历史哲学观念和历史理性精神的价值取向，关乎文艺文化发展的命脉和全局。本书在当代世界文论和国内文艺的实践背景上，通过对历史文学、历史转向和新历史主义及其间复杂关系的具体研究，以及历史哲学、批评流派与创作实践之间的对勘互证，全方位、立体式地考察这一思潮的精神风貌、思想谱系、文学观念、创作实践、批评探索和价值效应等问题，探索历史理性与人文精神、诗性智慧与历史逻辑的深层对话和整合会通的可能途径；规范和引导历史文学的理论与实践，推动新历史主义文艺思潮在中国文化传承创新过程中发挥出更大的正能量。全方位的会通研究是本书在内容和方法上的主要特色。

第三本是冯晓莉老师的《人文通识教育新论》。人文通识早先被理解为对一般人文知识的撷取。20世纪末叶，人文精神的讨论将之推进到人文思想的层面，近十多年渐次成为国内外高校教育改革和教学研究的重要内容。本书以“人文学”研究为主脉，以当前中国高校的通识教育改革为切入点，全面而深入地探讨了人文通识教育的关键问题，包括人文通识教育的人文学内涵、中西方人文通识教育的历史渊源、外语类大学人文通识教育的实践经验、全球化背景下加强人文通识教育的现实意义等方面。本书内容分为三大部分，共十二章。三大板块分别聚焦于人文通识教育的历史演变、人文通识教育的案例分析、人文通识教育的多向突围。其中关于广东外语外贸大学人文学建设的跟踪研究，可谓人文学前沿的实录和通识教育创新的亮点。

第四本是李安博士的《乔叟文学思想研究》。杰弗里·乔叟（Geoffrey Chaucer，约1343—1400）是中世纪向文艺复兴转变时期的文学翘楚，是英国文学史上里程碑式的人物。他在英语文学中的历史地位，一如但丁之于意大利文学。面对法、意文化的碰撞和思想新潮的冲击，乔叟可谓第一个自觉用本民族语言进行创作的英国作家。乔叟在西方世界很受关注，相关研究颇为活跃。国内的兴趣点主要集中于《坎特伯雷故事集》和《特罗勒斯与克丽西德》两部作品。再早一点的作品几乎被学界忽略。本书作者力求全面观照乔叟的文学思想，将其早期诗歌和后来的作品作整体理解，不仅深入释读《公爵夫人之书》、《声誉之宫》、《百鸟议会》，而且细致剖析作家同期短诗和法语文本《玫瑰传奇》的翻译活动。从意气风发的王室家臣到沉郁顿挫的海关税收官，乔叟经历了始而高举理想、继则怀疑迷惘、最终重立信念的过程。《乔叟文学思想研究》生动地再现了诗人在基督教传统和人文主义过渡中的矛盾性格，扼要地勾勒出了他在贵族阶层理想与历史批判眼光之间的取舍过程。乔叟的诗作曾借女神立言："因此我——自然女神——宣判，我不会撒谎；/我不会对任何阶层有所偏袒。"李安博士赞赏诗人博大的胸怀和对新世界的憧憬，其知人论世的严谨治学和以意逆志的诗学情采，都为本书增色不少。

第五本是陈穗湘教授的《莫里哀戏剧话轮研究》。作者从莫里哀戏剧的对话话语层面，尤其是话轮交替层面突显实现人际意义的语言手段，揭示语言手段所折射出来的社会层面的人际意义。本书的核心是人物的社会身份决定人物采用的语言手段以及非语言手段，譬如：手势语、肢体语言（非语言手段由剧作家对演员的演出指示。反之，语言手段的选择反映人物身份以及社会地位，换言之，人物语言特征取决于人物的社会地位）。本书着重分析了权势者和弱势者人物的语言特征，聚焦于两组人物的对话：主人与仆人、父亲与孩子。莫氏戏剧中的主人和父亲代表权势者，而仆人和孩子象征弱势群体。主仆呈对立关系，主人主宰仆人，仆人唯有服从主人。观察这两组人物采用的语言策略，人物的性格特征也可见一斑。

第六本是袁兆文博士的研究成果——《〈恶之花〉及其现代性研究》。自《恶之花》问世以来，层出不穷的研究大都集中在诗学角度，本书作者重点关注"诗"与"思"融通视域下的思想文化特征。循《恶之花》由诗向思的推进，本研究揭示了波德莱尔精神世界的纠结，揭示了诗人所展现的悖谬的现代性样态，揭示了启蒙现代性与审美现代性的矛盾冲突。作者给我们勾勒出了波德莱尔症结的历史看点，即现代社会深层的现代性焦虑。正如栾栋所言："波氏诗作和波氏焦虑是互为表里的同一个文化现象，其中隐含着现代性张力，昭显出现代性历史阵痛在'这一个'作者身上的种种表现。美与丑交织，美与恶同源，美与资本勾结，美与进步错位。《恶之花》的发表象征了审丑的崛起，同时提出了审恶的话题。这本书是思想文化演变的重要节点。而且，《恶之花》引出的审丑论为矫治审美贵族化倾向作出了深一层的解说；《恶之花》体现的应和论为万物相似性作出了神秘性的诠释。"概言之，《恶之花》是人类文明史上的奇葩，在意识上是审丑文艺的生发和扬厉，在创作上是象征方法的凝练和凸显，在思想上是现代主义的溃疡和痼疾，在文化上是自由情感的红杏出墙，在心理上是欲念根底的沉渣泛起，在人性上是精神提升的反面推力。袁兆文的《〈恶之花〉及其现代性研究》在这些方面有明显的突破，其深度和创新程度值得学界关注。

第七本是杨劼博士的《白璧德人文思想研究》。这本著作借鉴栾栋先生人文学思想中的"檃栝理论"，从"文史哲互根"和多元文化涵养通和的思路，深入地论述了白璧德学说的核心思想。白璧德非常关注现代社会分裂人格的问题，提倡内在超越的生命哲学，主张以"人之法则"克制"物之法则"的僭越，并且殚精竭虑地推进二者的调和。他借鉴东方体验、省思的方法，洞察内在超越的生命根源。其"更高意志"是"知性直觉"所感悟到的始源事实，也是一种超越庸常的"道德想象"。在美国崛起的时代背景下，白璧德的人文构设有引领美国和世界文化的理论诉求，其思想有着和平的人文旨归。万物相檃栝，宇宙本超然。作者把工具理性纳入人文理性之中观照，对白璧德学说的研究，多了几分多元文化生态的意味，增加了许多现实性的考量。从这个角度重新审视"五四"学人和"五四"文化，对当今中国梦的构建无疑具有积极的作用。

第八本是雷晓敏博士的《苦闷文学反思——以厨川白村与鲁迅为枢纽》。厨川白村与鲁迅都是各自民族的脊梁，也都是人类文学文化的翘楚。他们在文学本质及其功能问题上有着惊人的吻合。本书从两位思想家的内在联系和时代背景等方面爬梳剔抉，深层次地解读了中日文化交流中这一奇特的"共鸣"现象。作者从《苦闷的象征》中挖掘出了厨川白村隐性的思想源头，即他对马克思主义部分元素的吸收。将苦闷问题与命运问题、人文精神问题统合圆观，特别是把这些问题与厨川白村和鲁迅的多舛人生以及艰难的奋斗经历交叉互证，新见迭出，妙趣横生。值得称道的还有文学理论方面的多元探索。从模仿说、实证说、象征说一直到槃栝思想，作者对文艺理论的钻研可谓锲而不舍，如剥笋，似观澜，又像登山，给读者展现的是丰富多彩的学术进路。读者或可从中领悟到这样的看点："文学是'为人生'活动的写照，文学也是'非人生'事物的提炼，在出生入死和钩深致远的意义上，文学是多面神，是九头怪，是星云曲。人类不可无文学，因为她是想象的摇篮；文学不能弃人类，因为人类是文学的真正的载体。"（栾栋语）本书或可为一记佐证。

第九本是张平功教授主编的《全球化与文化身份认同》。国内外学术界对全球化与身份的研究方兴未艾。本书旨在介绍全球化与文化身份的基本理论，呈现该理论在中国语境下的接受和发展趋势，内容包括全球化的形成及其后果，针对全球化与文化传播、多元文化主义、大众文化研究、海外流散文学、文化形象建构、中国影视、传统医学、休闲方式以及"迪斯尼化"等方面的问题展开了细致分析。与此同时，在充分吸收国内外现有分割式研究成果的基础上，也对全球化与文化身份认同的理论和实践进行了综合探讨。本书深入浅出、言简意赅地揭示了全球化与身份研究的超领域和跨学科性质。一方面可以适应专业课及通识课的教学参考之需，另一方面也希望为那些对全球化和身份研究感兴趣的读者提供具有一定纵深性和广延性的著作，为全球化多角度的文化释读提供新的可能。

第十本是裴云博士的《波德里亚理论及其在中国的传播》。波德里亚是西方后现代主义的代表人物之一。他的学说在欧美广为传播，进入21世纪之后，其文化生产与消费的思想引起了更多领域的关注，诸如文化的符号特征、爆裂方式、虚拟生成、替代关系等方面的见解，在国际学术界内外都有所反响。波德里亚理论在20世纪末叶逐渐传入中国。国内学者对他的思想有研究，但是深度和广度都有待发展。作者认为，我国正处于大力发展文化创意产业的起步阶段，波德里亚对符号政治经济学的批判、拟像与拟真学说、象征性交换理论，对我国发展文化产业具有重要的启示作用和借鉴价值。该书系统地梳理了波德里亚理论在中国传播的过程和本土化情况，对其思想内涵和学术特点有深入的发掘，为学界深入研究提供了很好的基点。借他山之石以攻玉，研究波德里亚可为中国如何实现现代化寻找更多的参考点。就思想文化的互动性而言，本书也是一个有意义的个案研究，读者或可从中披阅出20世纪中西方文化交流的新特点。

第十一本是张向荣博士的《跨越空间的对话——波伏娃与张爱玲文学的女性意识之比较研究》。本文主要对法国的西蒙娜·德·波伏娃和中国作家张爱玲进行比较研究。波伏娃与张爱玲作为不同文化背景下的女性文学典范，让人看到“作家即文化演变的产儿”这一历史真言。阐释二者独特的文学思想是本书的思想进路。作者对波伏娃和张爱玲文学中的女性意识进行了系统的分析，揭示了波伏娃概念化的、超越性的女性意识，比对了张爱玲作品作为女性命运的“苍凉”注脚的意蕴。在整个文明发展史上，女性是弱性，波伏娃称之为“第二性”。社会实际往往把女性当异类，对于这一点，波伏娃的理论解析颇为深刻，其小说创作则比较概念化。张爱玲与之相反，她的理论思考很少，但是文学作品却入骨三分，对女性的不幸遭遇有许多穿透历史谎言的真切描述。张氏作品不啻女性悲惨命运史和女性被歪曲历史的矫正史。可以再补一句，张爱玲一生的经历和结局，本身就是女性特别是中国女性命运的一个缩影。张向荣博士对波伏娃和张爱玲均有深切的理解，对女性的生存和尊严有多方面的探讨，对当今世界的拜物倾向和精神空虚问题有认真的思考，这些研究都是很有现实意义的文学观照。

第十二本是马利红的译著《副文学导论》。这本书的法文作者是达尼埃尔·库埃尼亚斯（Daniel Couégnas）。作者以质疑副文学既定的身份属性为出发点，分别从副文学作品中的重复形式、参照错觉、意义解读、主导性叙述和人物分类五大方面对副文学作品进行了详细的诗学分析，通过“副文学模式”和“副文学标准”的建构，深层探讨了副文学性和副文学话语存在的逻辑前提，论证了副文学品种及其样态的必然性与合理性。就其学术特色而言，《副文学导论》是第一部从诗学的角度观照副文学现象及其作品的法文著作。这部著作首次提出了诸如“副文学模式”和“副文学标准”等比较新颖的原创性文学批评观点。该书的翻译旨在向广大的汉语读者提供完整的译本，推动国内学界对法国副文学理论的研究。翻译者马利红是广东外语外贸大学培养的文学博士，研究方向为法国文学与比较文学。她目前是暨南大学外国语学院副教授、广东外语外贸大学外国文学文化研究中心兼职研究员，在“人文学丛书”第一辑出版有专著《法国副文学学派研究》。这本《副文学导论》译著和马利红研究法国副文学思想的专著，是目前国内外国文学思潮研究的一个新动态，即栾栋所说的“文学他化于烈为今”，“文学非文学于今为烈”。马利红的译介和研究印证了这一文学变数。这些成果对我国的外国文学研究和广义的文学批评都将产生积极的影响。

第十三、十四两本书是马歌东教授编选、校点的《日本诗话二十种》(上、下卷)。日本大正九至十一年（1920—1922）相继出版了日本唯一的诗话总集《日本诗话丛书》全十卷，共收载日本诗话59种，其中和文诗话29种，汉文诗话30种，本书从其汉文诗话中精选出20种，加以校点，以飨读者。日本诗话伴随着日本汉诗千余年发展史，其作者为日本古代著名汉诗人、汉学者。日本诗话奉中国诗话为圭臬，其内容既品评我国古代诗歌，亦品评日本汉诗，并探究二者的渊源关系。本书的出版对于我国古代诗歌与诗话域外繁衍史研究、国际汉学研究、中日文化交流史研究等多项基础研究及理论研究，都将提供珍贵的文本资料。而诗话这种形式本来就因富于知识性、趣味性与可读性在我国拥有永久的读者，本书所选日本诗话置我国古代诗话中几可乱真，熟悉的格调语言，新颖的内容趣味，加之首次被引入国内，一新耳目，故其读者几可涵盖我国古代诗话读者群。

第十五本是张宪生教授主编的《东亚近世历史与思想的地平线——差异·冲突·融合诸相》。这是中日韩三国学者合力完成的学术成果。中方主要撰写者还有日本文史专家韦立新教授及赵晓靓、姚奇志等中青年学者。日本作者是立命馆大学桂岛宣弘教授、神户女学院滨下昌宏教授。韩国作者有东西大学李元范教授。这三位日韩专家均为日本历史与思想史研究领域的著名学者，其中桂岛宣弘曾任日本思想史学会副会长。他们都有丰硕的学术成果，受到学界广泛关注。更为难能可贵的是，桂岛宣弘教授与滨下昌宏教授均对近代以来日本国家的路线持质疑态度与批判立场，在研究近世历史与思想时，也表现出强烈的批判精神。进入17世纪，日本民间知识界习儒风气日益浓厚，与此同时，日本知识分子的主体意识也在觉醒。国学派等日本本土思想与作为外来思想的儒学之间产生了明显的冲突，这个变化构成了日本近世思想史的重要内容，并影响了日本历史的走向。作者选取了其中一些重要事例作为切入点，既注意微观层面的实证研究，又重视宏观方面的理论概括，以日本为聚焦点，描绘出一幅近世东亚思想空间中多种观点冲突交错与融合的复杂图景。本书选题新颖，资料翔实，论证深刻，许多章节都有所创见。作为国际合作的学术著作，本书的出版为我国日本文史研究领域贡献了一项重要成果，展示出中、日、韩学术界同行交流的最新动向，为国内外读者提供了了解日本近世社会历史和思想文化的前沿成果。

上述十五种论著从不同角度阐发了人文学的一些大的方面。表面上看，这些著作云行雨施，各有所专，与建设“人文学中心”的主旨若即若离，实际上都很切近人文学思想的大主题，每部书都从治学理路上体现“文史哲互根”的命题，从学术格局上注重“中西学融会”的方略，在学科交叉上追求“教科文通化”的目标。细心的读者可以从每本书的字里行间看到文史与哲理的磨合，看到思想与逻辑的链接，看到学问与学科的切磋。人文学在茁壮成长。

这套丛书的主编是广东外语外贸大学外国文学文化研究中心主任栾栋教授。他是广东省“211 工程”三期重点学科建设项目“人文学中心建设——比较文化视野的文学通化研究”的首席学者。该丛书的总策划是暨南大学出版社总编辑史小军教授。

“人文学丛书”的出版渐入佳境。外国文学文化研究中心的工作焕然一新。仅从这套丛书的出版情况即可看出，不仅人文学研究循序渐进，外国文学文化研究中心的三大主攻方向也有新的成色。国别研究又有收获，比较研究进入熔铸研究的阶段；人文学研究上了一个新的台阶，原理研究与专题研究均有突破；跨文化语言研究有了新的拓展，从戏剧到诗话，由文学而文化，东亚协奏，中西共鸣。在本辑的15部著作付梓之时，另一个系列著作的撰写也在有条不紊地进行。诸如栾栋教授的《人文学举要》、《文学通化论》等书稿业已竣工。此外，人文学研究“走出去”的思路也在酝酿中。

我们不难看出，外国文学文化研究中心为人文学研究奠定了在全球化大潮中拼搏的平台，人文学研究为外国文学文化研究中心带来了脱胎换骨的改造。人文学的创制，从学术凝练、学科变革和学人培植等方面为外国文学文化研究中心开创了走向未来的新格局。对于广东外语外贸大学的人文学者而言，外国文学文化研究中心是他们实现良性全球化的工作站，人文学中心建设是打造这个工作站的核心工程。它们是合二为一的学术擘画，也是持之以恒的学术追求。这套丛书的研发是外国文学文化研究中心发展的标志性成果，凸显了省文科基地的一个里程碑路段。人文学研究未有穷期。

2013 年 5 月 27 日于广州白云山麓

前　言

"恶"之花，其状妖冶而又多姿，其色艳丽而又鬼魅，其味芳香而又冷冽……诗集《恶之花》所呈现的诗意世界亦是如此：美丑并举，善恶对话，神人互往……诗人波德莱尔用生命徜徉于"恶"之世界与"丑"之天地，同时也用生命绽放出诗集《恶之花》中的篇篇现代性之诗，走近波德莱尔及其诗集《恶之花》，这是我们思考与探询现代性问题的一种可能之途。

本书题为"《恶之花》及其现代性研究"，主要致力于在"诗"与"思"两个维度上展开对《恶之花》及其现代性的思考，即从"诗"的层面研究与分析诗集《恶之花》所透显出的现代性观念或理论要素，从"思"的层面阐释与剖析诗集《恶之花》的诗意结构与意绪脉络，以期在"诗"与"思"的融通性境域下思考诗集《恶之花》及其现代性问题。

诗集《恶之花》于现代性社会中择取"恶"与"丑"之形象与意象，用诗意的笔墨渲染出现代社会的现代性焦虑与悖论。诗人波德莱尔以"向恶而生"的生存意志，将自我放逐于现代性社会的种种病态生活之中，以一种"沉沦"的方式探寻超越现代性社会的救赎之路，而在这条不归之途上，与其说这是诗人热衷于对"恶"与"丑"的诗意创作，毋宁说这是诗人对现代性社会存在样态舍弃自身的积极反思。既孤独又反叛的诗人波德莱尔，在现代性社会中"沉沦"，他否定着自身之"自性"而转向追寻他之"他性"，而这种"他性"正是现代性社会历史阵痛的集中反映。在一定意义上，"这一个"承载着现代性焦虑与悖论的运演，对于诗人波德莱尔而言，或许是一种历史性的宿命，抑或是生存的本体论选择。

诗集《恶之花》既用浓郁的笔墨描绘了因科技主义与工具理性主义极致发展而带来的启蒙现代性的种种面相与景观，又用犀利的词语彰显了审美现代性对启蒙现代性后果的反思与批判。《恶之花》不仅仅展现了现代性社会发展中城市景观的日新月异与万千变化，还深刻地刻画出了现代性社会发展中的种种“恶”与“丑”的畸形裂变现象。在“恶”之生存意识的观照下，波德莱尔“沉沦”于现实之“恶”与现实之“丑”中，通过诗意形象的建构渲染出极度的“恶”与“丑”，以达到“恶中掘美”的诗学旨趣，从而实现对启蒙现代性展开批判的一种“审美救赎”。

纵览诗集《恶之花》的种种思想旨趣与运思聚焦，其中的“审丑”论与“应和”论为其诗学思想之大端。前者对美学学科的反思提供了一种“他者”的审视视角，这在一定程度上纠正了审美贵族化的发展趋向；后者则对人与自然、人与世界、人与神的存在关系作了积极探索，这在一定意义上破除了狭隘的“人化”与“物化”理论的僵化与盲点，从多维角度阐释出人与自然、世界以及神之间可能存在的化感通变与和合共生之关系。

诗人波德莱尔早已逝去，然而诗集《恶之花》依然在世界中“存在”着，并且还在透显出它存在着的各种“消息”。面对依然存在着的诗集《恶之花》，掩卷深思，其会给今天的我们带来怎样的启示？启示是多样的，价值意义也是多元的，以下六个维度的启示就值得我们更进一步分析与研究：①在意识上，《恶之花》是审丑文艺的生发和扬厉；②在创作上，《恶之花》是象征方法的凝练和凸显；③在思想上，《恶之花》是现代主义的溃疡和痼疾；④在文化上，《恶之花》是自由情感的红杏出墙；⑤在心理上，《恶之花》是欲念根底的沉渣泛起；⑥在人性上，《恶之花》是精神提升的反面推力。

诗集《恶之花》中的具体诗篇从20世纪20年代开始就被翻译介绍进我国，对我国的诗学界与文学界产生了重大的影响并延续至今，对诗集《恶之花》的翻译也出现了多种汉译本，其中主要以钱春绮的《恶之花 巴黎的忧郁》译本（人民文学出版社1991年版）和郭宏安的《恶之花》译本（上海译文出版社2008年版）为主要代表，其影响也相对较大。钱春绮的《恶之花 巴黎的忧郁》译本中包含了《恶之花》和《巴黎的忧郁》两个部分，但在《恶之花》部分增加了“增补诗”25首；郭宏安的《恶之花》译本主要包括了《恶之花》、《恶之花》（1868年第三版增补）、《残诗集》、《风流集》、《题词集》以及《诙谐集》等部分内容。本书题为“《恶之花》及其现代性研究”，在“诗”与“思”的融通视域下展开对

《恶之花》思想文化的考察，基于研究的主题内涵以及运思的脉络与结构等因素考虑，本书主要选用郭宏安的《恶之花》汉译本（上海译文出版社 2008 年版）作为研究与分析的主要参考版本。

总体来说，本书在对波德莱尔及其《恶之花》研究的学术史进行梳理和总结的基础上，吸收了相关的研究成果，以期在“诗”与“思”的融通视域下对诗集《恶之花》及其现代性展开诗意阐发与哲思提炼，但这种分析与研究还只是初步的、尝试性的，书中疏漏之处在所难免，有待日后加以订正完善。

袁兆文
2014 年 4 月 23 日
于广州天河泽晖苑

目　录

下编 历史坐标中的《恶之花》

绪 论

夏尔·波德莱尔（Charles Baudelaire，1821—1867），法国19世纪一位颇具争议的诗人，被称为象征主义的创始人，抑或被誉为现代派的鼻祖，主要以《恶之花》、《1846年的沙龙》、《巴黎的忧郁》等诗作与评论闻名于世。波德莱尔以沉沦的方式感受现代社会生存境域，并在现代社会与前现代社会的裂隙处透显现代社会的生存经验和生存拷问，综览其诗作旨趣与思想内蕴，则主要注重对“恶”与“丑”形象与意象的挖掘、提取，建构现代性社会中独特的诗学面相，并依此创建现代社会中的另类诗意空间，从而进一步阐发现代社会中的种种生存悖论。作为诗人的波德莱尔，其既用自身生命体验诠释了现代社会之恶与生命之丑，又用诗歌篇章呈现了异域之花的艳丽与凄美。波德莱尔游走于恶之境地与丑之场所，这是一种沉沦式的自我放逐，但是生命的本真却在自我离弃中得到了一定程度上的确证和体认，尤其是通过这种生命中自我离弃的证悟，从某些侧面证实了悖论式的现代社会的真实。走向波德莱尔，这是对现代性社会的一种存在观照与思想触摸；关注波德莱尔及其诗集《恶之花》，这是对现代生存境域中另类真实的再次呈现与体验。

一、波德莱尔及其《恶之花》研究述评

自19世纪中叶以来，对波德莱尔及其诗集《恶之花》的研究，已逐渐发展为文学、诗学、美学领域中的重要研究内容之一，这不仅表现在研究理论视角的多元化建构，还体现在现代诗学的创作意向与运思态势上的现代性变更，由此，对波德莱尔及其诗集的研究成果数量颇丰，在文学、诗学以及美学等领域中影响也相对较大。这正如马塞尔·雷蒙在《从波德莱尔到超现实主义》一书的前言中所说：“如今人们一致同意把《恶之花》

(*Les Fleurs du Mal*) 视为当代诗歌运动极具活力的源头之一。第一条线路，即艺术家组合，从波德莱尔到马拉美，再到瓦莱里；另一条是通灵者的线路，从波德莱尔到兰波，再到寻找奇遇的后来的探索者。这种看法尽管模糊笼统，但尚可接受。通过他们近于绝望的大胆追求，通过他们若干首熠熠生辉的美妙诗篇——更不用说他们独具魅力的人格了——19 世纪后半叶的伟大抒情诗人让人释放出一种令人难于摆脱的魔力。"① 雷蒙此番言论充分反映出波德莱尔作为现代诗学开启者的地位在一定程度上得到了确认。

在我国 19 世纪末 20 世纪初社会转型发展的背景下，自"五四"新文学运动伊始，波德莱尔及其作品就得到了国内文学界和诗学界的重点关注，波德莱尔部分诗篇也陆续被介绍进国内，并随着其诗篇的传播，波德莱尔对我国现代诗的发展与演变也产生了极其深刻的影响。相对于其他西方现代派诗人，诸如德国诗人里尔克（R. M. Rilke，1875—1926）与英国诗人艾略特（T. S. Eliot，1888—1965）等，波德莱尔诗作的现代性诗学旨趣更能契合我国当时诗学创作的理论诉求与诗人创作的心理期待，在这个意义上，波德莱尔的诗歌更显得与我国现代诗歌具有一种诗学亲缘关系。相较波德莱尔诗作在我国文学界与诗学界的传播与影响态势，里尔克与艾略特等诗人诗作的传播迟至 20 世纪 30 年代才被陆续介绍进国内，40 年代才逐渐形成一定的文学影响。毋庸置疑，在我国现代文学与现代诗学的发展历史上，波德莱尔及其诗篇得到了高度关注并产生了重大影响。这种对波德莱尔诗学的高度关注，我们可以具体通过对波德莱尔的翻译作品及对其研究的状况等方面得以见出。

首先，在对波德莱尔诗作的翻译上，国内诸多翻译者对波德莱尔作品的译介工作进行了积极尝试，与此同时也积极介绍了有关波德莱尔的研究性文章。20 世纪 20 年代的周作人、李璜、田汉、徐志摩、俞平伯、王独清等人或将《恶之花》与《巴黎的忧郁》中的许多篇章翻译成中文，并在《晨报副刊》、《诗》、《小说月报》、《学艺》、《东方杂志》等报刊上刊载；或在《新青年》、《少年中国》、《新月》等刊物上刊发有关介绍和研究波德莱尔的文章。如果说 20 世纪 20 年代国内对波德莱尔及其诗作的介绍还

① ［美］马塞尔·雷蒙著，邓丽丹译：《从波德莱尔到超现实主义》，开封：河南大学出版社 2008 年版，第 1 页。

处于初步的尝试性阶段，那么进入30年代至40年代，国内文学界、诗学界对波德莱尔诗作的翻译则进入了较为深入的阶段，波德莱尔的主要诗篇都得到了积极翻译。在这个时期，波德莱尔的《巴黎的烦恼》和《波多莱尔散文》等著作得到了翻译及出版，尤其对波德莱尔代表性诗作的翻译可谓蔚为大观，如王兰馥翻译了《恶之花》中的《敌人》和《忧郁》，戴望舒翻译了《那赤心的女仆》和《邀旅》，陈敬容翻译了《悲哀》、《人与海》、《生动的火焰》、《黄昏的和歌》、《音乐》、《盲人》等。除了对波德莱尔主要代表作一般性语言的翻译之外，还有人尝试运用我国古典诗词体例对波德莱尔诗篇展开阐释性翻译，如王了一以五言、七言古诗和乐府诗的形式尝试性地翻译了《恶之花》的第一章《愁与愿》，共计译出58首。这段时期，在对波德莱尔的主要诗篇展开积极翻译的同时，还对国外关于波德莱尔的研究文章给予了重要关注，并通过翻译刊发于相关杂志上，如曹葆华翻译的《象征派作家》、罗莫辰翻译的《波特来尔论雨果》、张崇文翻译的《波特莱尔的病理学》等文。总体来说，在20世纪30年代至40年代这段时期，国内对波德莱尔及其诗作的译介工作主要从两个方面展开：一是对波德莱尔的相关诗篇展开积极翻译介绍；二是对有关诗人波德莱尔的研究性文章的翻译。20世纪50年代至70年代，由于国内政治意识形态等问题，波德莱尔及其诗作的译介工作相对迟缓，相关研究工作也未得到深入开展。20世纪80年代之后，对波德莱尔诗作的翻译以及有关诗篇的重译工作又得到了重视，如钱春绮翻译的《恶之花　巴黎的忧郁》，郭宏安翻译的《1846年的沙龙——波德莱尔美学论文选》、《波德莱尔美学论文选》、《美学珍玩》、《恶之花》、《巴黎的忧郁》、《现代生活的画家》以及《人造天堂》，张晓玲翻译的《私密日记》等。至此，波德莱尔的主要著作都得以翻译，并在国内得到了广泛传播。

其次，在对波德莱尔及其诗作的专题性研究上，国内研究者从文本研究、比较研究等层面展开了积极的探讨和分析。伴随着20世纪20年代以来对波德莱尔有关诗篇的译介工作，国内对波德莱尔及其诗作的专题性研究得到了相应开展，这种专题性研究主要经历了对波德莱尔的批判质疑到客观评价这样一个过程。这主要表现为，从20世纪20年代以来，文学、诗学界及翻译界对波德莱尔及其诗篇的质疑与批评经历了由片面、不准确到日渐公正这样一个发展过程。1920—1923年，《少年中国》杂志成为对波德莱尔展开相关批评的重要阵地，田汉、李璜、吴弱男、周无（太玄）、李思纯、黄仲苏等人有关法国诗歌的评论性文章中都涉及波德莱尔，并且从各自不同的角度对波德莱尔及其作品进行了批判性的研究和分析。[①] 田汉《恶魔诗人波陀雷尔的百年祭》一文是较早奠定国内学界对波德莱尔批评与肯定基调并举的论文。田汉引用了犹太心理学者马克思·劳多（Max Nordau，1849—1923）的《变质》（*Degeneration*，1892）一文中的观点对波德莱尔展开相应的批评，尤其立足于新犹太道德主义的视角，指责了波德莱尔对疾病、丑陋以及罪恶的怪异癖好以及与常规格格不入的叛逆性格，重点批评了波德莱尔的厌世性，认为波德莱尔沉溺于可惊的厌倦和痛苦的感情之中。田汉进一步认为，波德莱尔的理想与可悲可厌的想象紧密联系，尤其对丑陋、邪恶虚无、罪恶恋恋不舍以及对地狱极度关注。田汉对波德莱尔的批判论调，成为当时国内学界对波德莱尔质疑和批判的代表性观点。在指责波德莱尔迷恋恶和丑的同时，田汉又从另一个角度赞扬了波德莱尔的诗歌隐含着让人惊奇的效果，并充分肯定了《恶之华》是一种怪异、险奇、凄惨的纯艺术品，尤其强调了波德莱尔对香味的敏感和溺爱；分析了波德莱尔《恶之华》的“反抗集”，指出了波德莱尔的恶魔态度，认为波德莱尔的“恶魔主义之极致”实际最“接近人道”；“恶魔之可贵，贵在反叛……恶魔主义者之波陀雷尔公然扬‘反叛’之声，此波陀雷尔的恶魔主义之所以有生命也”，还倡扬“欲为大乘的艺术家，诚不可不借波陀雷尔的魔恶之剑，一斩心中的执着”。[②] 总的来说，田汉对波德莱尔的认识是相对客观的，在一定程度上揭示出了波德莱尔的诗学旨趣。

李璜的《法兰西诗之格律及其解放》一文详细介绍了波德莱尔的生平经历，并首次对“应和论”等诗歌创作思想和创作方法进行了积极研究，

---

① 《少年中国》对法国象征主义诗歌及关涉波德莱尔的理论评介文章主要有以下几篇：吴弱男《近代法比六诗人》(第1卷第9期，诗学研究号，1920年3月15日)；田汉《新罗曼主义及其他》(第1卷第12期，1920年6月15日)；周无《法兰西近世文学的趋势》(第2卷第4期，法兰西号，1920年10月15日)；李璜《法兰西诗之格律及其解放》(第2卷第12期，1921年6月15日)；黄仲苏《一八二〇年以来法国抒情诗之一斑》(第3卷第3期，1921年10月1日)；田汉《恶魔诗人波陀雷尔的百年祭》(第3卷第4、5期，1921年11月1日、12月1日)。

② 田汉：《恶魔诗人波陀雷尔的百年祭》，《少年中国》1921年第3卷第4、5期。

这在一定程度上把握了波德莱尔诗学创作核心思想的重要方面。在1919—1922年，周作人也对波德莱尔及其诗作保持了持续关注的热情，其主要关注的是波德莱尔的散文诗。周作人在《三个文学家的纪念》一文中别具慧眼地指出波德莱尔的诗“貌似的颓废”之后隐藏着“猛烈的求生意志”，他还认为这“与东方式的泥醉的消遣生活，绝不相同”。[①] 周作人对波德莱尔的散文诗展开了剥离式的研究与分析，在其中发掘了波德莱尔诗作中“颓废”与“丑恶”的形象与意象的积极意义。此外，徐志摩在《波特莱的散文诗》一文中指出，在19世纪的文学史上，波德莱尔与沸洛贝、华尔德斐特“永远在后人的心里唤起一个沉郁、孤独，日夜在自剖的苦痛中求光亮者的意象”，并认为他们所追求的是“性灵的抒情的动荡，沉思的迂回的轮廓，天良的俄然的激发”。[②] 朱湘的《评徐君志摩的诗》一文则将散文诗这种体裁的首创之功归于波德莱尔、王尔德及惠特曼。[③] 朱湘从诗学体裁的创制角度充分肯定了波德莱尔的重要作用。

随后在其他的文学期刊上，有关波德莱尔研究的文章多了起来。如梁宗岱的《象征主义》认为波德莱尔诗歌的影响深远，“以其十四行诗带来近代美学的福音，后来的诗人、艺术家、美学家没有一个不接受他的洗礼”，并指出《恶之花》的题材虽然平凡、易朽、偶然，甚至是丑恶与猥亵，却能在“人的灵魂里散布出一种新的战栗”，揭示其用象征主义手法达到相应的高度。[④] 再如，陈敬容的《波德莱尔与猫》认为波德莱尔作为象征派的创始人并不颓废，相反比任何象征派诗人都更为广博与丰富，因为他是生活忠实的热爱者与反映者。[⑤] 同时代类似的论文还有戴隐朗的《论象征主义诗歌》、宗临的《查理·波得莱尔》、沈宝基的《鲍特莱尔的爱情生活》、品品的《波特莱尔与孤岛》、宛青的《波德莱尔的怪癖》等文。

综观20世纪20年代至70年代，波德莱尔在国内的传播情况主要侧重对波德莱尔诗作的译介上，有关波德莱尔的研究性文章也较多关注对波德

① 周作人：《三个文学家的纪念》，《晨报副镌》1921年第11期。
② 徐志摩：《波特莱的散文诗》，《新月》1929年第10期。
③ 朱湘著：《中书集》，北京：东方出版社1995年版，第190~191页。
④ 梁宗岱：《象征主义》，《文学季刊》1933年第2期。
⑤ 陈敬容：《波德莱尔与猫》，《上海文汇报·浮世汇》1946年第12期。

莱尔作品文本的剖析、对象征主义流派的启发性功绩的评价以及对中国现代诗创作的影响等主要层面上。这个时期对波德莱尔及其诗作的研究主要从诗学理论与诗学创作实践上见出，诗学影响相对深远，但是在美学与哲学的理论，尤其是在现代性理论上的研究相对阙如。

自20世纪80年代之后，对波德莱尔及其诗作的研究进入了一个新的繁荣阶段，研究的角度也呈现出多元化、多维度的发展趋向。结合80年代以来对波德莱尔及其诗作的研究状况，经过梳理，可将对波德莱尔及其诗作的研究视角归纳为下面三种类型：

（1）有关波德莱尔诗学理论和美学观念的研究。

20世纪80年代之后，从波德莱尔的颓废美思想的角度展开对波德莱尔及其诗作的研究得到了相应的持续关注，出现了一系列的研究性文章。如刘辉成的《论颓废主义产生的原因及其启示——以波德莱尔的美学思想和文学创作为据》一文指出，虚伪的社会现实为波德莱尔选择颓废主义奠定了客观基础，而他面对现实所形成的冷漠的情感态度是其选择颓废主义的主观原因，并且认为波德莱尔的创作态度“冷漠”反而有利于形成“美在主观”的观点及发掘出丑恶的丰富性，进而从另一个角度得出作为现代主义鼻祖的波德莱尔的美学思想应是颓废主义的观点。宋维平的《论波德莱尔颓废美学的价值构成》一文认为，波德莱尔通过利用具有颓废美特征的怪诞意象来揭示人间现实丑恶，创建了与恶浊现实大相径庭的超验世界，寻得精神上的规避，从而开创了上帝缺席下的一种新的审美转向。宋维平一文从现代性社会与超验世界两个维度对比分析阐述了波德莱尔诗作的审美意义。

在对波德莱尔的审丑思想展开研究的层面上，也相应出现了专题性的研究性文章。如潘道正的《恶之花绽放的理由——试论波德莱尔的审丑思想》一文指出波德莱尔的审丑思想旨在从赤裸裸的丑恶中发掘出特殊的美，并认为波德莱尔正是通过提炼现实社会中的丑恶，继而运用象征手法加以形象化塑造，这既强化了艺术表现丑恶的合法性，又从“恶”中升华出了美的“花”。[①] 又如孔凡娟的《恶与美的交锋——波德莱尔的诗歌美学

---

① 潘道正：《恶之花绽放的理由——试论波德莱尔的审丑思想》，《兰州学刊》2009年第5期。

观念及其在创作中的体现》一文把波德莱尔的诗歌美学观念概括为“恶中掘美”与“忧郁就是美”，认为他的“恶中掘美”就是要从生命力中掘取那种热烈、忧郁又带着愁思的美，在波德莱尔的审美意识中“忧郁就是美”。此外，文章还指出波德莱尔诗歌美学观念践行的最高典范是《恶之花》，它正是在恶与美的对立描写与交锋较量中，阐释了一个天堂歌者叛逆而孤独的苦难历程。对波德莱尔的“恶”与“丑”展开分析的研究性文章，主要揭示出了波德莱尔对现实之恶向艺术之丑转化的诗学建构，从而进一步彰显出波德莱尔诗学思想中的另类诗学意义。

“应和论”，或称为“感应论”，是波德莱尔诗学思想中的核心命题之一，也是波德莱尔打通经验世界与超验世界的诗学方法，因此，对于这个命题的分析和研究也成为学界对波德莱尔诗学思想研究中的重要内容。如刘波的《〈应和〉与应和论》、《波德莱尔“应和”思想的来源》两文就是从“应和论”角度展开研究的代表之作。《〈应和〉与应和论》一文分析了应和论的美学意义与伦理意义，并认为“应和论”的美学意义即在感受方式和思想底蕴两方面开辟了诗歌现代性的新纪元，而将生命作为艺术品来创造，作为一个个瞬间来美化、升华和享用，则为其终极伦理意义。《波德莱尔“应和”思想的来源》一文则指出，波德莱尔创作的“应和”思想的来源既有巴尔扎克、埃斯基若等人的直接启示，又受斯威登堡和霍夫曼的“应和论”、傅立叶的“相似论”影响，还有爱伦坡的作品也强化了波德莱尔“应和”思想的信念。文章进一步指出，波德莱尔在文学创作和文艺批评中加强了对“应和论”的自觉运用，“应和论”成为波德莱尔美学思想体系建构的重要基础。还有文章关注波德莱尔“应和论”的理论来源以及相关影响的研究，如户思社的《文字的炼金术——谈兰波对波德莱尔应和理论的继承与发展》一文指出，兰波初期创作深受波德莱尔“应和论”的影响，他继承了波德莱尔的象征主义审美观，同时在具体创作实践中又发展了波德莱尔的“应和论”思想。郑建强的《论波德莱尔美学思想与浪漫主义的关系》一文也从作为波德莱尔美学思想哲学根基的“应和论”入手，着重分析了“应和论”的独特性，并通过对“应和论”中的恶中之美、想象力、自然观等美学思想的发掘来剖析其对浪漫主义的继承、延续与革新，文章最后认为波德莱尔试图终止浪漫主义，但其实是在延续浪漫主义。对于波德莱尔“应和论”的研究主要从诗学领域展开相应的理论阐发，但是波德莱尔关于“应和论”的诗学运用不仅仅透显出了诗学建构方面的价值与意义，即从修辞学的层面凸显价值内涵，更是从“存在论”的角度阐述了此岸与彼岸、经验世界与超验世界的“存在论”的价值与意义，从这个意义上说，波德莱尔的“应和论”不仅是诗学的，更应是哲学的。

（2）有关波德莱尔与现代性关系的研究。

现代性问题，又是波德莱尔诗学与美学思想中的另一个核心命题，对于现代性理论的谱系研究，波德莱尔所界定的现代性内涵是绕不开的一个有关现代性分析与研究的理论初点，因此，围绕波德莱尔的现代性相关理论节点和思想内蕴展开了充分的研究与分析，这些研究与分析主要从波德莱尔现代性意识的来源与形成、现代性的内涵及其对现代性的开创性意义等方面对波德莱尔与现代性的关系进行了系统的研究。如龚觅的《深渊中的救赎——论审美现代性视野中的波德莱尔》一文通过对波德莱尔作品中审美现代性品质的探讨来阐明他的体验方式究竟在何种意义上构成了文学史中的新因素，认为波德莱尔的作品作为审美现代性早期的重要源头已表现出了一种对传统文化和对社会历史现代性原则双重疏离的精神文化现象；波德莱尔这一现代主义的“源头”也正是首次集中表现了现代人价值危机的图景。殷曼楟的《论现代性的矛盾性——反思波德莱尔的现代性概念》一文则针对波德莱尔的现代性本身含有对现代性的抵制的矛盾性问题进行阐释，认为倡导现代性的先驱波德莱尔其实对该问题有更为辩证的见解，即其艺术二重性观点既肯定了偶然、短暂的一面，也承认艺术永恒性的一面，因而“现时的美”并不否定“永恒的美”，相反艺术品的“永恒”恰恰包含在现时的艺术品之中。钟丽茜的《波德莱尔诗歌中的“现代性意义危机”及其救赎方式》一文认为，波德莱尔诗歌中“新奇性”、“瞬间性”的美虽具现代特色，但刻意追求已造成了诗人的精神危机与诗的意义危机，并指出波德莱尔试图以古典美与现代美的结合弥补现代性体验所造成的心理裂痕，以达到诗歌意境的深厚和完满。文章认为波德莱尔在诗歌中纳入古典美的成分的救赎方式有一定作用，但也具有较大的局限性，不足以调和现代情势下人与自然、人与世界的对立。

付立峰的《审美现代性之“新奇”观的蜕变——从波德莱尔、阿多诺到罗兰·巴特》一文则研究了波德莱尔之后审美现代性的嬗变，认为波德莱尔首开“新奇”成为审美现代性核心范畴之一的先河，波德莱尔之“新奇”是对物体的瞬间把握并标识着主体的“独创性”，这与阿多诺把艺术对“新奇”之物的渴求规定为艺术对抗物化现实的“动能”和策略以及罗兰·巴特认为“新奇”是指“文”的生产性有所不同，文章试图通过三者对“新奇”的意义之蜕变的考察，透视出审美现代性展开的脉络及其危机。肖伟胜的《波德莱尔的审美现代性思想及其开创性意义》一文认为，波德莱尔首次将美学现代性意识定位于由无数个“现在”构成的时点上，这种英雄现时型的现代性一方面想将飞逝的时刻定格或永久化，另一方面又需要借助艺术家创造性的想象来加以表现，从而通过文人、嬉皮士、花花公子等体现出对资本主义社会及其商品文化的抗拒，初步确立起“艺术自律性”这一现代主义最为基本的原则。文章还认为波德莱尔“恶之花”的艺术和审美观念对中西方传统审美价值及社会世俗观念构成了巨大挑战，从而开创出现代艺术“审丑”的美学潮流，对整个现代主义的生发产生了深远影响。郗戈的《风俗速写、浪荡子和女子时装——从波德莱尔看现代性的时代意识》一文认为，波德莱尔是审美现代性的源头之一，他从基础性的审美现代经验中提炼出了“现代性”及“现代性的美”的概念，明确表达出了强烈的时代意识和确证了“现代性”之意图。文章指出，波德莱尔的这种意图是无效的，因为现代性的时代意识和自我理解中始终深藏着难以克服的矛盾和危机。张宏辉的《波德莱尔“厌倦”的隐秘——论“诗人”与“大众”及“城市”的在体论关系》一文认为，“厌倦”作为一种审美现代性震荡的精神气质，是19世纪末波德莱尔等人颓废浪荡的“世纪病”的一个根本性方面。文章进一步指出，“厌倦”气质的出现就在于“诗人”与“大众”及“城市”之在体性混溶，以及审美冲动和文化格局双重的“距离销蚀”、审美与文化及生活方式的“风格化”追求。

周圣国的《波德莱尔审美现代性思想研究》一文对波德莱尔的审美现代性思想进行了较为全面的研究。文章认为波德莱尔不仅认识到短暂、过渡、偶然的现时特点能给人带来最需要的新鲜艺术感受，还通过强调艺术永恒性来抵抗现代化对人的异化和批判资产阶级世界的平庸，通过提倡创新从而让艺术担负起这项伟大的使命。文章还认为波德莱尔在实践上全面践行他的审美现代性思想：在创作上他呈现现时之美，大胆创新，以丑为美、崇尚新奇，以此产生震惊效果；在批评上他从审美现代性出发，建立了现代批评的党派原则。文章最后认为由于现代性本身是一个充满悖论的自反性概念，兼之囿于时代的局限，波德莱尔理论上的缺陷和不足也是难以避免的。

卫华的《从波希米亚气质看波德莱尔的现代性意识》一文阐释了波德莱尔身上的波希米亚气质对其现代性意识衍生的影响，认为波德莱尔的波希米亚气质有利于他把发端于浪漫主义时期放浪不羁的文人生活现象提炼为一种现代生活的诗学核心原理，即一种非中产阶级生活方式的实践，这是艺术家艺术创作感觉不断增生和涌现的重要源泉，从而为旋涡式的现代生活进驻艺术提供了一个美学平台。刑崇的《波德莱尔审美现代批判精神的形成》一文认为，波德莱尔的审美现代性批判精神实际上是一种对现时的哲学解释，这种哲学解释是通过使现代性突破虚幻的艺术自律空间，扩展到更加广泛的历史社会领域而实现的，并且实现了对体制化的现代主义审美自律的质疑。

（3）有关波德莱尔与他人的比较研究。

随着比较文学学科的发展与成熟，波德莱尔与相关诗人的比较研究也得以兴起，根据比较文学研究的方法来看，这种比较研究主要从影响研究和平行研究两个角度展开。将波德莱尔与李金发、鲁迅等人进行比较研究的文章相对较多。例如，殷峻的《“恶之花”的移植——试论波德莱尔对李金发诗歌创作的影响》从诗歌题材、情调以及表现手法三个主要角度论述了波德莱尔对李金发诗歌创作的影响，并阐述了李金发对以病态事物为美与强调“观念联络的奇特”两种思想的借鉴与创新；向天渊的《论波德莱尔与李金发诗歌中死亡主题的差异性》则注重对波德莱尔与李金发的死亡意象与死亡的文化意义上的比较研究，阐述了波德莱尔的死亡意象的西方宗教意蕴与李金发的死亡意象的历史现实内涵。

同时，波德莱尔与鲁迅的比较研究也成了一个重要的关注点。钱林森的《孤独灵魂的拷问与生存体验的求证——鲁迅与波德莱尔》一文立足象征世界构造的角度，从象征手法的运用上揭示出波德莱尔与鲁迅创作手法的相异性，并阐明鲁迅运用的多元象征手法，包括作为象征主义手法的象征与整体象征、写实象征等，而波德莱尔遵循的则是纯粹的象征主义的结构体系。朱宾忠的《貌相类而神不同——比较卞之琳〈古镇的梦〉与波德莱尔的〈盲人〉》是少有的对卞之琳、波德莱尔两人诗作进行个案对比研究的文章。文章揭示出下之琳虽受波德莱尔的诗学启发而创作《古镇的梦》，但在意象、内容、情调、主旨上都与《盲人》原作大异其趣，从而揭示出现代作家是如何接受外国文学象征派的影响而又超越这种影响来进行文学创作的。近年来也有文章对波德莱尔与中国现当代作家进行了比较研究。如刘源的《陈敬容与波德莱尔诗歌之比较》一文认为，陈敬容虽在都市诗歌题材、诗歌意象、抒情基调、象征主义艺术手法等多方面受到波德莱尔的影响，但又有自己的个性特点，如意象上学习中国古典诗歌的意象、汁重国人的都市感受，也舍弃了波德莱尔对忧郁的无比钟情，只是比较注重从忧郁中发现真与美。

除了将波德莱尔与国内现当代作家、诗人进行比较之外，还有文章将波德莱尔与国外的画家、诗人以及哲学家也进行了相关的比较研究。如刘良吉的《纨绔及其意义——福柯与波德莱尔》一文认为，波德莱尔笔下的纨绔意指风格化、苦行和具有悲剧色彩的英雄主义态度，诗人波德莱尔本人就具有纨绔的生存意识。文章进一步指出，波德莱尔的气质在一定程度上是病态的，在这个节点上波德莱尔与福柯具有类似性。刘波的《波德莱尔：雨果的模仿者》一文指出，波德莱尔的某些诗篇受到了雨果的影响，并将这种影响融入他自己具有鲜明个人特色的创作风格之中。文章认为，波德莱尔注重对平凡琐碎事物中诗意品质的提取，尤其对处于社会边缘人群的命运展开了积极思考，由此可以看出雨果对波德莱尔诗歌创作的影响和启发。何木英的《离经叛道　独树一帜——埃德加·爱伦·坡与查尔斯·波德莱尔生活与美学观比较》一文从爱伦·坡和波德莱尔的现实生存经验出发，阐发了两人在对诗歌的定义与功能、美与诗歌的关系以及“应和论”等方面的相同性与差异性。李永毅的《艾略特与波德莱尔》一文指出，波德莱尔在诗学观念、创作思路和伦理宗教思想三方面对艾略特的诗学、诗歌和文化思想都产生了深刻影响，并认为从整个欧洲文化的历史框架中来审视艾略特与波德莱尔的关系，就会发现它代表了在旧文化秩序解体后集体叙事和个性抒情两大传统合流的趋势。

国内对波德莱尔及其诗作的研究除了刊发在期刊上的相关专题文章之外，还有部分研究专著，其中最具有代表性的有郭宏安所著《伊甸园中的一枚禁果——波德莱尔与恶之花》以及《波德莱尔诗论及其他》。在《伊甸园中的一枚禁果——波德莱尔与恶之花》一书中，作者对波德莱尔及其诗集《恶之花》展开了综合性的研究，从波德莱尔的生平切入到对诗集《恶之花》的具体解读，同时也将波德莱尔在其评论性文章中表述的有关观点在诗集《恶之花》中给予形象化的确证。从总体来说，此书侧重从诗学角度解读《恶之花》文本。《波德莱尔诗论及其他》一书主要介绍了波德莱尔的有关诗学观点以及翻译波德莱尔诗作的感想。此外，国外有关波德莱尔的传记研究也陆续被介绍进国内，其中最具有代表性的是克洛德·皮舒瓦与让·齐格勒著的《波德莱尔传》。该书对波德莱尔的家世渊源给予了翔实而又细致的考证和评述，并利用丰富的书信资料，对波德莱尔的生平轨迹展开了比较客观的描述，尤其是对波德莱尔创作历程的梳理用功尤勤，这为我们整体把握波德莱尔的人生历程和创作经历提供了重要的参考。贝尔纳—亨利·莱维著的《波德莱尔最后的日子》一书则用富有浓郁情感的笔调描写了处于生命末期的波德莱尔的生存境况，作者运用文学传记的书写手法勾勒出了波德莱尔在生命消散时的生存困顿和精神痛苦。

综观上述波德莱尔及其作品研究情况，从不同角度解读和研究了波德莱尔及其作品，扩大了波德莱尔在我国文学、诗学、美学等领域的影响力与冲击力，并且上述三种类型的研究方式都相对比较深入，有助于我们进一步理解波德莱尔及其作品。但是这三种类型的研究方式在一定程度上都存在着一定的不足和偏颇：第一种类型侧重对波德莱尔诗学理论和美学观念的研究，研究的重点在于对其作品的传统诗学理论和美学观念的解读，而关于波德莱尔审丑论的研究依然被置于美学的传统框架中，同时对于波德莱尔的现代性观念和思想涉及较少，波德莱尔的诗学、美学与现代性之间关系没有得到应有的梳理；第二种类型加强了对波德莱尔与现代性之间关系的研究，但是这种类型的研究主要是通过波德莱尔的相关评论性文章展开的，对波德莱尔的代表诗集《恶之花》的现代性的研究与阐发涉及很少，从总体而言，这种类型的研究方式缺乏相应的融通性，理论深度也有待进一步深入挖掘；第三种类型注重波德莱尔与他人的比较研究，其中尤其注重影响研究和平行研究，而对比较研究的可能性条件和可能性境域关注较少，“熔铸”方法的运用相应阙如。

国外对波德莱尔及其作品的研究主要历经三个阶段：

（1）整个 19 世纪现代性问题史发轫期。

这一时期对波德莱尔的研究主要表现在与波德莱尔同时代的人对其展

开的研究和评价上。例如，评论家巴尔贝·多尔维利认为诗集《恶之花》内部隐含着一个秘密结构，阅读的过程中应遵循诗集的内部意象性结构，不然诗的意义无法得到充分透显；雨果对《恶之花》蕴含的“新奇”思想展开了相应的评说；兰波对波德莱尔进行了开创性研究，在诗歌创作上也对波德莱尔的“应和”理论有所继承和发展。

（2）19 世纪末至 20 世纪中期现代性问题史转折期。

这一时期对波德莱尔的代表性研究如本雅明在《发达资本主义时代的抒情诗人——论波德莱尔》中对波德莱尔的资本主义现代性中的城市意象进行的解读。他首先分析了波德莱尔笔下法兰西第二帝国时期的城市巴黎，其中重点关注了“波希米亚人”和“游荡者”所承担的追逐现代性的使命，其次讨论了波德莱尔的几个母题，即“震惊”、“大众”、“通感”等，最后在波德莱尔的基础上进一步阐发了 19 世纪的都市巴黎的现代性状况。对于本雅明而言，波德莱尔及其诗作是他阐发自己思想的一个出发点，即通过对波德莱尔及其诗作的解读，重点阐发了现代社会生存境域中的震惊经验，正如本雅明自己所说：“大众是一幅不安的面纱，波德莱尔透过它认识了巴黎。”① 在一定意义上，我们也可以说本雅明通过波德莱尔笔下的巴黎，洞悉了现代性社会中的碎片、断裂以及感受到了相应的过渡、飞逝和任意的时间、空间和因果性这三者的不连续的体验。在这样一种理论诉求下，波德莱尔笔下的现代化都市巴黎、大众、浪荡子等诗歌形象与意象得到了本雅明的极度关注，在一定程度上本雅明延续了波德莱尔对现代性碎片的挖掘和提取。

在这段时期，普鲁斯特也对波德莱尔展开了相关研究，他在《驳圣伯夫》一书中对圣伯夫与波德莱尔之间的关系进行了相应的梳理，并对圣伯夫只注重作家的社会生活环境，忽略作家隐秘的内心世界的文学批评方法进行了批评。普鲁斯特在批判圣伯夫的基础上对波德莱尔表示了相应的亲近，通过对圣伯夫与波德莱尔的对比研究，在一定程度上赞同波德莱尔的诗学旨趣与诗学方法。普鲁斯特指出：“波德莱尔是借助语言前所未有的非凡力量（无论如何，比雨果的语言强烈百倍），将情感永恒化，在指明

---

① ［美］理查德·沃林著，吴勇立、张亮译：《瓦尔特·本雅明：救赎美学》，南京：江苏人民出版社 2008 年版，第 233 页。

这种感情时又竭尽全力让人感觉不到这种感情，感情与其说是表达出来，不如说是刻画出来。"[①] 在这里，普鲁斯特认为波德莱尔把握住了对苦难的真切体验，并对痛苦情感的表现也达到了一定的深度和力度。通过对圣伯夫与波德莱尔的比较研究，普鲁斯特认为，波德莱尔是一位真正的诗人，因为他将诗人内心隐蔽的世界通过诗歌彰显出来，尤其表现在对人生苦难的真切感受的诗意传达上。由此，普鲁斯特对波德莱尔的艺术观和批评观表示出了认同和赞赏。

在《文艺杂谈》一书中，瓦莱里对波德莱尔在诗学领域的地位给予了极高的评价，他指出，"随着波德莱尔，法国诗歌终于跨出了国家而在全世界被人阅读；它树立起了自己作为现代诗歌的形象；它被仿效，它滋养了众多的头脑"[②]。瓦莱里尤其从波德莱尔及其《恶之花》对世界诗歌的影响诸方面作了详细介绍，认为魏尔伦和兰波在情感与感觉上深深受到波德莱尔的影响，而马拉美在诗歌的完美和纯粹性方面也受到波德莱尔的巨大影响。

(3) 20 世纪中期以来的现代性问题史反思期。

萨特的《波德莱尔》一书对波德莱尔的"诗的事实"进行了深刻审察，该书立足于波德莱尔的人生经历，剖析出波德莱尔的本真生存样态。米歇尔·莱里斯在《波德莱尔》一书的序言中指出："萨特选择了把建立一种自由哲学作为他的活动的可触及目标，对他来说，主要想做的是从人们关于波德莱尔这个人物已知的事情中引申其意义；他对自身做的选择（成为这个而不是那个）——他和任何人一样，在有生之初，也从一个瞬间到另一个瞬间，在他被历史性地界定的'处境'的大墙下，作出有关自身的选择。"[③] 萨特通过波德莱尔的现实经历与相关诗作，挖掘出波德莱尔"这个人"的内在特性，尤其是其生存的悖论性。在萨特的笔下，隐含在波德莱尔内心的某种存在情绪得到了有力彰显。巴塔耶在《文学与恶》一

---

① ［法］马塞尔·普鲁斯特著，王道乾译：《驳圣伯夫》，上海：上海译文出版社 2007 年版，第 122 页。

② ［法］瓦莱里著，段映红译：《文艺杂谈》，天津：百花文艺出版社 2002 年版，第 167 ~ 183 页。

③ ［法］让—保尔·萨特著，施康强译：《波德莱尔》，北京：北京燕山出版社 2006 年版，第 2 页。

书中对波德莱尔也有过相应的论述，他指出波德莱尔的诗歌隐含着寻求精神真理，而不是占有精神真理的诗学旨趣。他还进一步认为，波德莱尔诗作的全部意义，不是在他的错误中体现的，而是在历史等待中确定的，因此在一定意义上波德莱尔之诗向历史开放。巴塔耶对波德莱尔的研究是在萨特对波德莱尔的研究基础上展开的，其通过对波德莱尔诗作的认识展开了对诗的思考。

由于波德莱尔首次对“现代性”的内涵给予了明确界定，在现代性理论研究中，波德莱尔的“现代性”就成为一个无法回避的关键性切入点，诸多现代性理论家对波德莱尔的“现代性”进行了相应的研究与阐发。如马歇尔·伯曼在《一切坚固的东西都烟消云散了——现代性体验》一书中对波德莱尔的“大街上的现代主义”展开了相应分析，并指出了波德莱尔现代性思想中启蒙现代性与审美现代性两种图景并存的现象；哈贝马斯在《现代的时间意识及其自我确证的要求》一书中强调了波德莱尔的现代性的时间意识，并指出波德莱尔的现代性在时代性和永恒性的交汇点上的艺术作品中得到了充分体现；斯温伍德在《现代性与文化》一书中认为波德莱尔的现代性是对启蒙现代性的积极反思，以及审美现代性是对启蒙现代性的质疑和反驳；卡林内斯库在《现代性，现代主义，现代化——现代主题的变奏曲》一文中认为波德莱尔的现代性将“现代生活”与“现代艺术”结合在一起，并进一步指出波德莱尔的现代性不仅仅关涉美学层面，更应该与诗学紧密关联；尧斯在《现代性与文学传统》一文中指出波德莱尔将现代性的美与历史经验重合在一起，并且认为在现代性中改变了的自我意识在其对立面中得到了确认；福柯在《何谓启蒙》一文中对波德莱尔的现代性意识进行了相关解读，并指出波德莱尔的现代性本质上是一种具有自省、反思以及质疑等特性的哲学气质。现代性理论思想家对波德莱尔的现代性给予了充分关注，并结合自身对现代性的理解，对波德莱尔的现代性进行了不同侧面的研究和阐发。

国外对波德莱尔的研究主要表现为两条路径：其一，在诗学宏观视域下对波德莱尔及其诗作进行相应的诗学解释和研究；其二，将波德莱尔及其诗作置入启蒙现代性与审美现代性的矛盾境域之中进行考察，研究的重心内容主要表现在对波德莱尔审美现代性理论的阐发。对比国内与国外对波德莱尔及其诗作的研究，从总体而言，国内研究的深度相对挖掘不够，尤其是在诗学领域下的研究还无法整体把握波德莱尔诗作的价值意义，因此对于波德莱尔的现代性研究还有待于更进一步的理论梳理和阐发。

二、波德莱尔及其《恶之花》现代性研究的价值

从波德莱尔及其《恶之花》研究述评中可以发现，对波德莱尔及其《恶之花》的研究主要从三个维度展开：

一是侧重对波德莱尔诗作的诗学阐释和研究。这种研究方向注重了诗作的诗学内蕴、诗学方法以及诗学价值意义方面的透显，但是在这样一种诗学视域下，波德莱尔及其《恶之花》隐含的对传统诗学的重新评估就很难得到应有的有效分析，由于理论视域的前置性决定了对诗作解读的意向性结构，波德莱尔诗作在一定程度上对诗学的反向性超越就难以得到诠释和阐发。诚然，波德莱尔诗作属于诗学研究的范畴，但是又不能仅仅用传统诗学理论和观念来套解，因为它对传统诗学存在着深刻的反思和超越。从根本意义上说，波德莱尔的诗作，尤其是代表作《恶之花》，不是确证诗学的自主性和自律性，而是在一定程度上对诗学另一维度的开启，是对诗学与非诗学问题的一种无意识的触摸。因此，在对波德莱尔诗作的诗学解释层面，应该既注重诗作诗学研究的合法性，又关注诗学解释的有效性。具体来说，我们既要在诗学的自主性与自律性方面研究波德莱尔诗作的诗意元素和作诗规律，又要在非诗学的层面进行相关的创新解读。

二是注重对波德莱尔诗作的美学诠释和阐发。这种研究方向运用美学理论和美学方法对波德莱尔诗作展开分析研究，在一定程度上厘定了波德莱尔及其诗作的审美旨趣和审美意向以及相应的美学观念。但是，在波德莱尔诗作中存在着对传统美学的一种反驳意识，在这个意义上，如果完全局限于用传统美学知识来解读波德莱尔的诗作，就如同削足适履，波德莱尔诗作中隐含着的多元诗学意味就无法得到整体性把握。诗集《恶之花》中所蕴含的“恶中掘美”的审丑论思想对传统美学理论进行了一定程度的颠覆，丑与美结缘、美与善分离，这也对传统美学原则构成了一种反动，波德莱尔这种审丑论的价值意义在传统美学框架下很难得以挖掘。

三是侧重对波德莱尔评论性文章中蕴含的现代性思想的挖掘。这种研究方向充分揭示出了波德莱尔现代性思想在现代性理论谱系中所处的重要

位置以及积极影响，但是这种研究聚焦于对波德莱尔评论性文章中有关“现代性”思想的诠释，而对于诗集《恶之花》所蕴含的现代性思想的分析着力不多，而诗集《恶之花》是波德莱尔现代性观念和思想的形象化的诗意建构，是波德莱尔现代性观念和思想在诗歌创作中的具体彰显。

在诗学、美学以及现代性的理论视野下对诗集《恶之花》的现代性展开融通性研究，主要基于《恶之花》的现代性中所蕴含的以下价值意义：

一是诗集《恶之花》的现代性对资本主义合理化进程中的启蒙现代性的批判性意义。检阅欧洲中世纪社会向资本主义社会转型的历史过程，18世纪的启蒙运动作为一个根本性的历史事件从本质意义上奠基了这种转型的一种可能性，启蒙运动在思想文化、社会政治经济结构以及社会工具理性实践等方面对中世纪的宗教—形而上学的社会结构进行了颠覆性的反拨，在启蒙思想启示下的宗教合理化与世界祛魅的发展进程推动着资本主义精神的形成与演进，资本主义的思想文化、社会政治经济结构以及文化艺术形态等各个领域相较于前现代社会发生了颠覆性的变化，这种本质性的变化相对于中世纪的神学世界而言表现出本质差异性的区别：经济上的商品经济的发展，劳动分工的分衍；政治上的市民社会、民族国家的出现，民主与进步理念的高扬；文化上的主体性的觉醒，神圣文化向世俗文化的转变，等等。随着启蒙运动与资本主义社会的发展，现代性成为资本主义社会发展的标志性特征。现代性在资本主义社会的发展中具体表现为：一方面是启蒙精神的高扬与启蒙现代性的膨胀；另一方面是审美现代性在一定时期和一定范围应和与反叛这种启蒙现代性的社会历史运演。启蒙现代性与审美现代性的交织深刻地影响着资本主义的政治、经济、文化以及社会意识诸多领域，尤其随着后现代社会的深度发展，现代性与后现代性之本质性关系问题在何种理论下展开相应的梳理？在资本主义发展的这种自反性确证的进程中，现代性何为？审美现代性如何？这些对现代性的原初性的追寻，在文学、诗学以及美学领域首先触及的就是波德莱尔及其《恶之花》。

波德莱尔身处传统社会与现代社会交汇的历史节点上，对社会的转型保持了高度的敏感性，因此他有意识地对19世纪中期现代化都市中的城市生活场景展开诗意的提取，形成“新奇”的诗学形象和意象，并通过诗歌的形式加以形象化呈现。在一定意义上，波德莱尔被喻为现代主义者和现代性都市的诗人，这有其必然性。波德莱尔因处于传统社会与现代社会的交汇点上，见证了传统社会的土崩瓦解，以及如云烟一样骤然消散的社会景象，同时也在现代社会演进中短暂、飞逝、过渡、偶然的社会变迁和生活的非恒定性中感受到了现代生存经验，这种对现代社会的震惊在其诗作中得到了充分的表达。波德莱尔以恶之现象与恶之意象入诗，尤其是其作品《恶之花》，描述的是魔鬼、腐尸、地狱、毒品、吸血鬼、幽灵等主题所构成的昏暗、邪恶、丑陋的世界，这种对恶之现象与恶之意象所构成世界的沉迷与徜徉，是对现代性社会中大众生活的客观描述，尤其是对19世纪巴黎城市的都市生活的一种客观反映：新开辟的巴黎大街、新开张的咖啡厅、新装置的街灯、新建造的剧院，以及林荫道上的妓女、蹒跚游走的穷人、酒店里的醉汉、快速奔驰的马车……这一切都是巴黎城市现代化进程中所呈现的社会景观，传统的生活模式、生活景象以及生活体验都已烟消云散。波德莱尔关注恶之现象与恶之意象，以诗的形式呈现资本主义启蒙现代性，深刻刻画出资本主义社会的碎片化、短暂性、过渡性等现代性特征。波德莱尔以诗与诗论的形式切入巴黎城市现代化，其诗作在一定程度上彰显出现代性的特征，或者说波德莱尔诗作就是现代性的一种呈现。因此，通过对《恶之花》现代性的研究，一个方面让我们从诗歌中感受到了资本主义现代性的发展状况，另一方面也让我们体察到资本主义现代性发展带来的不良后果。对《恶之花》现代性的研究是对现代性展开思考的一个重要切入点，在这个意义上说，《恶之花》现代性研究有相当的价值。

二是诗集《恶之花》现代性研究在“诗”与“思”对话层面展现了对文学、诗学、美学以及现代性的有效思考，这对文学、诗学、美学的学科反思以及现代性理论的诗意化表现都有一定的价值意义。《恶之花》现代性研究既从“诗”的维度展开了对现代性的思考，又从“思”的层面诠释了诗作的现代性意义。从这两个角度展开对《恶之花》现代性的融通性研究，突破了传统文学、诗学与美学的框架束缚，同时也为传统诗学与美学学科反思提供了一种可能。在一定意义上可以说，《恶之花》作为传统文学、诗学和美学的一个“他者”而存在，其促使着学科自反性的思考。具体来说，诗集《恶之花》正因为关注现代生活的碎片以及碎片流逝的短暂性、过渡性，对诗学和艺术的疆域进行了一定程度上的拓展。恶之现象的描述与恶之意象的构造突破了传统文学、诗学的审美偏执化与贵族化，这在一定程度上触及了文学、诗学、美学以及艺术的他化现象。国内著名学者栾栋对文学的他化论问题进行了深入思考，他认为：“文学他化，是文学非文学思想的一个重要方面，即文学是己非己的复杂原因。这样一个命题，说起来简单，但是展开来看，立即会进入悖论推理——文学非文学、文学反文学、文学化文学。这三个悖论中揭示出一串危机重重的话题：文学蘖生、文学蜕变、文学消亡。当然这三个悖论中也包含着一种全新的文学观念，诸如文学潜移、文学辟合、文学默化。”[①] 栾栋从文学他化论的角度展开了对文学非文学、文学反文学以及文学化文学的思考，依据这种理论，诗集《恶之花》在一定程度上涉及了文学他化论的某些旨趣，尤其在美与善、美与丑之间的关系问题上隐含着他化逆转的诗学转向。波德莱尔以巴黎城市现代化中的生活碎片和恶之现象作为诗作的主题内容，这是对诗学是诗学、文学是文学的“是”层面的自性特征进行的相应反拨，同时也隐含着对诗学非诗学、文学非文学的“非”层面的边界性的开启。依据栾栋的文学他化论思想，波德莱尔诗学还不能说在文学化文学上表现出了有意识的思考，但是在诗学非诗学、文学非文学的层面上则可以说隐含着对诗学与文学的“非”层面的无意识尝试，由此可见，波德莱尔的《恶之花》所蕴含的理论主旨和思想意蕴对诗学、文学以及美学的学科反思具有积极意义。

---

① 栾栋：《文学他化论——关于文学的三悖论考察》，《学术研究》2008 年第 6 期。

上编　波德莱尔与《恶之花》

第一章

波德莱尔生平

第一节 “常人”生存样态的波德莱尔

海德格尔曾在论述“日常自己存在与常人”时写道：“平均状态是常人的一种生存论性质。常人本质上就是为这种平均状态而存在。因此常人实际上保持在下列种种平均状态之中：本分之事的平均状态，人们认可之事和不认可之事的平均状态，人们允许他成功之事和不允许他成功之事的平均状态，等等。”① 海德格尔以“平均状态”阐述了相对于“此在”生存论展开状态的常人生存实质，“常人”生存样态是人日常生活的存在方式，是人的一种社会性存在的公共生活状态，这种公共生活状态展示的是人之生命的自然消亡与人之活动的现实展开的过程，其中包含着对本真生活的遮蔽与掩盖，但是，作为本真状态的“此在”正是从“常人”生存样态中开启自身的遮蔽，以达“澄明”，在一定意义上“常人”生存样态是通达“此在”生存样态的可能性条件。按照海德格尔关于“常人”生存样态的论述，波德莱尔的“常人”生存样态的生命历程究竟是如何呈现的？这一问题是切入波德莱尔本真生存状态的入口。关注一个人的生命历程，或许我们可以一种历史的真实洞悉这个个体生命的历史，抑或以一种曾经生存在世的“现象”式的生命历史描述而给予一种主观限定。对于波德莱尔的曾经“在世”，尽管其生命以“常人”生存样态表现出生命中种种“迷雾”与“尘埃”，但是正是通过走进这个生命的自然消散，才能呈现与体察这个生命的“常人”生存样态的生命轨迹，这也正是理解和阐释波德莱尔诗作的一个现实基础。让我们首先来关注波德莱尔一生流转变迁中的激情澎湃与生命消散……

夏尔·波德莱尔的父亲弗朗索瓦·波德莱尔出生在法国东北部马恩省的一个葡萄种植工家庭，其曾在巴黎大学受过哲学和神学教育，并具有一定的文学艺术修养。他在圣巴尔布从事过一段神职工作，后来放弃了教会

---

① ［德］海德格尔著，陈嘉映、王庆节译：《存在与时间》，北京：生活·读书·新知三联书店 1999 年版，第 148 页。

工作而从事教育，被安托万·德·舒瓦瑟尔—普拉斯兰上校雇为私人家庭教师。弗朗索瓦·波德莱尔认同并接受了18世纪启蒙思想的学说，对于1789年的法国资产阶级大革命也表示热烈拥护与支持，最后成为一名忠实的共和国拥护者。他与具有自由思想的爱尔维修夫人、卡巴尼斯、孔多塞等人有过密切交往，还喜欢文学艺术，利用在参议院工作的机会与那些参加参议院工作的艺术家们保持密切联系。1800年，弗朗索瓦·波德莱尔以多数票当选为参议院行政委员会的特别秘书，这个岗位的最初俸金是每年4 000法郎，到了1807年的时候，已经涨到了1万法郎，从而为其积累了一定的财富。弗朗索瓦·波德莱尔于1797年与罗莎丽·雅南结婚，并继承了罗莎丽·雅南母亲的大部分财产。罗莎丽·波德莱尔夫人于1814年去世，弗朗索瓦·波德莱尔于1819年以60岁高龄续娶了26岁的卡洛琳·迪法伊斯（夏尔·波德莱尔生母）。1827年，弗朗索瓦·波德莱尔去世。检阅弗朗索瓦·波德莱尔的一生，可见其为波德莱尔的人生发展奠定了两个基础：其一为财富的积累；其二为艺术的熏陶。这两个方面对于波德莱尔的生命演绎可谓意义重大，在一定意义上可以说为波德莱尔的生命悖论与诗学选择提供了一种现实的“可能”。

夏尔·波德莱尔于1821年4月9日出生在巴黎的奥特菲依街。他六岁时，父亲弗朗索瓦·波德莱尔去世，留下了丰厚的遗产，其中包括诸多素描、水粉画、版画和水印画，如《查理一世》、《浴中的苏珊》、《浴女》、《德·拉瓦利埃尔夫人》等。在母亲改嫁前的这一段时间，波德莱尔与母亲居住在巴黎。对于波德莱尔来说，这段时期是一段非常幸福的童年岁月，他在1861年5月写给母亲的信中说道：“在我的孩提时代，有一段时间我对你怀着充满激情的爱……我还记得后来，在圣安德烈—代—阿尔克广场和讷伊，我们常常长时间地漫步，你给了我无穷的柔情！我还记得那到了晚上变得如此悲凉的河岸。啊！那一段时光对我来说，是母性温柔的美好时光。”[①] 1828年，波德莱尔的母亲和一个名叫奥比克的少校结婚，这件事情对波德莱尔的幼小心灵产生了极大的影响，他认为母亲的改嫁既背叛了已经去世的父亲，也背叛了童年的他。随着母亲的改嫁，以前那种

---

① ［法］克洛德·皮舒瓦、让·齐格勒著，董强译：《波德莱尔传》，上海：上海人民出版社2007年版，第78页。

充满母性温柔的美好日子也不复存在，因此，波德莱尔对于母亲改嫁这件事情一直耿耿于怀，在波德莱尔的心理逻辑中总是重复着这样一句带着怨恨情绪的话："一个人若有个儿子像我这样——'像我这样'是心照不宣的——此人就不会再婚。"① 由此可见，母亲的再婚深刻地影响着波德莱尔的心理，母亲再婚前的幸福童年生活与母亲再婚后的反叛生活，对于波德莱尔已形成了强烈的悖论性生命体验，这种生命体验并不是现实生活中物质方面的不幸，而是心理体验的矛盾冲突。波德莱尔走进了其一生都无法走出的心理裂变，这在一定程度上从亲情的层面反映出了波德莱尔在现代性社会中生存的强烈分裂性。

1832 年，波德莱尔跟随继父和母亲到里昂生活，并开始入读中学。刚开始的时候他的成绩并不是很好，并且在上课的时候经常跟同学交头接耳，因此受到了老师的严厉批评。为了改过自新，波德莱尔写下了认罪书，同时为了增强改过自新的决心，他参加了圣餐仪式，这表现出青少年时期的波德莱尔一开始对社会的一种妥协。但是之后他又表现出强烈的反叛性，"妥协"与"反叛"在现实生活中持久地纠缠着，这导致了成年的波德莱尔最后完全彻底地走向"反叛"，不仅包括身体的反叛，还包括思想与精神的严重反叛。在里昂求学期间，波德莱尔对当时城市的建筑风格表现出浓厚的兴趣，多年后他在写给圣佩甫的信中说到："在安特卫普有许多美妙东西，尤其有我特别喜欢的这种耶稣会的极妙风格的范例，以前我只在里昂中学的礼拜堂内才见过这种风格，这个礼拜堂是用各种不同颜色的大理石支撑的。"② 可见，里昂中学的巴洛克艺术对波德莱尔的影响是深刻的，这种建筑艺术风格与波德莱尔的艺术精神存在着一种契合，因此在其相关诗篇中巴洛克艺术的痕迹也隐含其中。在这段求学时期，波德莱尔认真学习了英文、希腊文、拉丁文以及法文，与此同时，当时的学校教育中追求"秩序"的现代性观念也深刻影响着波德莱尔，但是波德莱尔是以反叛秩序来表达其生存的样态，而波德莱尔的继父则是追求秩序这种社会思想的典型代表，在这个层面上，这为后来波德莱尔与继父的矛盾冲突

---

① ［法］让—保尔·萨特著，施康强译：《波德莱尔》，北京：北京燕山出版社 2006 年版，第 2 页。

② ［法］让—保尔·萨特著，施康强译：《波德莱尔》，北京：北京燕山出版社 2006 年版，第 96 页。

埋下了伏笔。波德莱尔对里昂中学的寄宿生活感到烦闷和忧郁，在他眼中这种寄宿生活枯燥无味，缺乏新奇的生活活力，因而总感到“懒怠”与“厌倦”，于是他总是不安于学校相对刻板的生活方式，总是有种要“逃”出现有生活方式的冲动。面对这种状况，波德莱尔母亲表示出了担心和指责，她在给同父异母的兄长的信中写道：“但他那么轻浮、那么疯狂，他太喜欢玩了！……我们惟一可以指责他的就是在班上不好好上课而只知道玩，而且有非常坏的习惯，那就是直到最后一刻也不肯去做作业。”① 通过波德莱尔母亲的信可知，当时的波德莱尔并未以学习作为重要任务，而是根据自己的性情去生活。波德莱尔在里昂求学的五年里，尽管他的心思不在课本知识的学习上，但是他对文学艺术表现出了浓厚的兴趣，他的同学亨利·伊尼亚尔后来回忆道：“我们还对美好的文学作品有共同的、早熟的爱好。我们崇拜拉马丁和雨果，在课间单调乏味的休息时间或者在教室区内无聊的散步时间，我们两人互相朗诵我们最喜欢的这两位诗人的诗句。我们还写了一些诗。”② 分析波德莱尔在里昂五年的求学心境，总的来说他对里昂的印象是不愉快的，甚至非常糟糕，在他的印象中里昂总是与煤炭的味道联系在一起，这意味着一个封闭的社会，是一个学校的紧箍，甚至有一种“恶臭”，一到晚上就从“安提卡伊里的医院”里散发出来。

1836 年，波德莱尔随着继父奥比克少校来到了巴黎，入读路易大帝中学。在语言学习上，他表现出了突出的天赋，拉丁诗、拉丁文翻译、希腊文翻译以及英语等名列班级前茅，由此被分到由被认为“有超人天赋的人”组成的补习班中。在给他的评语中老师这样写道：“思维十分细腻，但不太严肃。在拉丁诗方面获得了成功。”“在他投入的时候，可以有创新，而且很细腻。但不够严肃，无法从事坚实、严肃的学业。”③ 在评语中可以发现，波德莱尔所具有的诗人气质已初露端倪，他追求艺术自由与心灵抒发，但是学校严格的管理制度让他备受束缚，这让他无法过自由梦想

① ［法］克洛德·皮舒瓦、让·齐格勒著，董强译：《波德莱尔传》，上海：上海人民出版社 2007 年版，第 110 页。

② ［法］克洛德·皮舒瓦、让·齐格勒著，董强译：《波德莱尔传》，上海：上海人民出版社 2007 年版，第 112 页。

③ ［法］克洛德·皮舒瓦、让·齐格勒著，董强译：《波德莱尔传》，上海：上海人民出版社 2007 年版，第 121 页。

的生活，也与他喜爱艺术的兴趣爱好存在着一定的冲突。1838 年夏天，波德莱尔去巴莱日旅行，这个法国最美丽的地方为他带来了灵感，激发了他的诗情，由此他还充满激情地写下了半拉马丁半雨果式的诗歌：

在那上边，那最上边，远离大道，
有农场、山谷，在山坡的那一边，
在森林的那边，有绿茵如毯，
远离牧群处处的最后的草地，

可以遇见一个嵌在深渊中的湖泊，
有一些孤立、积雪的山尖围着；
湖水日夜在美妙的休息中沉睡，
从不中断它那时有风暴的宁静。①

自然的美景从年轻的波德莱尔笔下自然流露，对文学艺术的钟情也逐渐在其心间生根发芽。波德莱尔在诗歌创作上表现出了相应的天赋，在古典文化熏陶着波德莱尔的年轻之心时，德拉克洛瓦的作品中蕴含着的新艺术思想、维克多·雨果诗中的现代文学气息也在一定程度上裹挟着波德莱尔。诗中美丽的自然景致是这个时期波德莱尔的心灵写照——一种对幸福的沉迷。

1839 年，对于波德莱尔来说，是一个不该忘记的年份——在这一年里，当时社会与波德莱尔的矛盾冲突第一次呈现：波德莱尔因为在考试中拒绝交出同学传递的纸条而被路易大帝中学开除。其后，波德莱尔转入圣路易中学学习，直至中学会考成功。“这最后一年就这样结束了，我要开始另一种生活了。这让我觉得很奇怪，而在我的众多忧虑之中，最强烈的忧虑是选择一个将来的职业。这现在就让我忧心忡忡，辗转反侧，尤其是我觉得自己没有什么特别想做的事情，而且常常有不同的爱好占上风。”②

---

① ［法］克洛德·皮舒瓦、让·齐格勒著，董强译：《波德莱尔传》，上海：上海人民出版社 2007 年版，第 125 页。

② ［法］克洛德·皮舒瓦、让·齐格勒著，董强译：《波德莱尔传》，上海：上海人民出版社 2007 年版，第 149 页。

从事何种职业，这一困惑在波德莱尔心中纠结着，他在给阿尔封斯的一封信中曾经表示，对于将来从事的职业自己心中并未有明确的方向，但是对文学艺术的爱好在其诸多爱好中独占鳌头。关于职业选择，波德莱尔的重心已经偏向了文学艺术，他曾写信给维克多·雨果表达了对他的热切喜爱，这说明了其对文学艺术的浓厚兴趣。波德莱尔于1839年秋天在法学院注册，但是他对攻读法律的兴趣不大，仍沉迷于对文学的钻研，阅读了大量罗马末期相关作家的作品，尤其表现出对颓废情调的深深眷恋；同时，波德莱尔还阅读过七星诗社诗人的作品，诗歌中的严谨声律让其佩服不已；此外，波德莱尔还认真阅读了巴尔扎克的作品，其之后的诗歌创作深受巴尔扎克的影响。波德莱尔在文学艺术上的所有这一切表现都与继父奥比克对他的职业期望发生了严重冲突，马克西·杜·冈曾就此说："在继父与继子之间，斗争开始持续不断，而且有时非常尖锐，常让奥比克夫人叹息、流泪。"①

继父奥比克希望通过一些方式约束波德莱尔的放荡不羁，于是决定让波德莱尔离开巴黎，试图通过改变环境来将波德莱尔引入"正道"。他安排波德莱尔于1841年6月至1842年2月期间出海旅行，目的地为印度的加尔各答。但是在旅行的航船上，波德莱尔终日阅读巴尔扎克的作品以排遣沉闷的旅行时光，正如萨里茨船长写给继父奥比克的信中所说："从我们离开法国那时起，我们大家就已经看出，我们已经无法改变波德莱尔先生这种对我们所说的文学的惟一爱好，以及他那不从事任何别的职业的决心。由于这一惟一的爱好，所有跟文学没有关系的谈话都让他觉得陌生，也使他远离那些我们海员之间或者其他乘客（军人、商人）之间的谈话。"② 出海旅行无法让波德莱尔从对文学艺术的痴迷中脱离出来，反而让他更加郁郁寡欢，于是他终止了原定期限的旅行计划，于1841年10月从波旁岛踏上折回法国的路途。这次短暂的旅行，对于生命绝大多数时间都在巴黎度过的波德莱尔来说，算是人生中最长的一次旅行了。尽管旅行生活郁闷和烦厌，但是异域的景致与风情却已扎根于波德莱尔心灵深处，在

① ［法］克洛德·皮舒瓦、让·齐格勒著，董强译：《波德莱尔传》，上海：上海人民出版社2007年版，第169页。

② ［法］克洛德·皮舒瓦、让·齐格勒著，董强译：《波德莱尔传》，上海：上海人民出版社2007年版，第181页。

之后的诗歌创作中也往往成为其诗歌的主题意象，其中诸如辽阔的大海、炙热的热带阳光、浓郁的热带香气以及翱翔的海鸟等，在相关诗篇中都得到了形象的描述。

回到巴黎的波德莱尔想完全按照自己的意愿生活，因此他试图从家族的监护中挣脱出来，获得自由自在的生活，于是他向继父和母亲直接提出了选择“作家”作为自己职业的愿望。但是选择作家作为职业与继父和母亲为他规划好的职业存在着矛盾冲突，于是由于职业选择取向上的不同意见，波德莱尔与继父奥比克的关系迅速恶化。波德莱尔于1842年4月离开了家庭，为了满足“喜欢孤独一人”的需求搬到了贝图纳滨河大道10号居住。不得已，继父奥比克与母亲为他设立了监护人账户，其中账户总金额10万法郎，作为监护人账户的余款，先向波德莱尔支付了1.8万余法郎，还有两份法国银行的股票以及359法郎的国家年金（除去5%的税），另外分给他四块巴黎郊区的地产。在富足资金的支持下，波德莱尔过起了他笔下“浪荡子”那种自由不羁、挥金如土的生活，但糟糕的是在短时间内账户总金额的一半就这样很快被挥霍掉了。为了改变波德莱尔这种奢侈的生活方式，继父奥比克和母亲为他申请了法定监护人，以期达到对他资金使用上的有效控制。他母亲的代理人费利克斯·让—彼埃尔·勒格拉在申请中这样写道：“在这种情况下，看到了她儿子的一半财产已经挥霍殆尽，而他大手大脚的习惯已经根深蒂固，同时又坚决不肯从事什么有用的职业，申请人认为在不久的将来，无法避免会出现新的挥霍，甚至她儿子可能彻底破产，所以要求法律的介入，来指定一名法定监护人。”① 由于资金被法定监护人所控制，波德莱尔无法自由支配，原来“浪荡子”的生活方式受到了严重影响，因此他对此充满了愤怒，并对母亲发出了“严正要求”，要求她“理智”、“温柔”。但是监护程序很快启动，因法定监护人对波德莱尔财产的严格控制，波德莱尔不得已常借债度日，并经常被债主追债，他只好东躲西藏，狼狈不堪，这种生活状况一直持续到他去世。

1842年至1844年期间，波德莱尔积极投入到文学艺术实践活动之中，尤其对绘画理论和实践表现了浓厚的兴趣，经常参加文学小团体举行的沙

---

① ［法］克洛德·皮舒瓦、让·齐格勒著，董强译：《波德莱尔传》，上海：上海人民出版社2007年版，第200页。

龙，并由此结识了画家埃米尔·德洛瓦。波德莱尔经常向朋友朗诵他的诗作，《恶之花》诗集的大部分诗作也是在这段时间创作完成的。1845年，波德莱尔出版画论《1845年的沙龙》，该书主要评论了浪漫派画家德拉克洛瓦画作的独创性风格。在这段时间，波德莱尔的创作冲动表现尤其强烈。为了让母亲满意，波德莱尔于1846年初在文献学院的国王图书馆注册，但是他并没有实质性地去读书，而是喜欢在一些小报的编辑部消磨时光。同年，波德莱尔创作了《1846年的沙龙》，提出了现代生活中蕴含的诸多美学命题，提倡以现代性来定义浪漫主义，并且言明这本"具有崇高的美学的书"是题给"资产阶级"的。也是在这一年，因思想的困惑和现实的矛盾冲突，波德莱尔试图自杀，但并未成功，事后其用纠结的心声向我们道出："我自杀是因为我对别人来说是无用的——而对我自己则是危险的——我自杀是因为我自以为是不朽的，而且我真的如此希望。"① 波德莱尔内心的纠结让他无法承受，自省与质疑总是让他内心无法平复。

1847年1月，爱伦·坡的短篇小说《黑猫》刊登在《和平民主》杂志上，这一短篇小说被编辑部介绍为是那些"最后剩下的、还相信生殖的邪恶（即原罪）的人""最奇特的论据之一"。波德莱尔对爱伦·坡的作品保持着浓厚的兴趣，并且坚持十七年时间连续不断地翻译爱伦·坡的作品。波德莱尔之所以对爱伦·坡着迷，正是因为爱伦·坡的作品为波德莱尔自己的创作提供了保证——一种对自我认识的确证。波德莱尔通过发现爱伦·坡而发现并认识了自己，在一定程度上说，爱伦·坡的思想成为波德莱尔创作的重要理论来源之一。整个1847年，波德莱尔都处于穷困潦倒之中，经常因缺钱而发愁，还经常受到债主的追债。

1848年2月24日，法国爆发了工人起义，曾受到傅立叶乐观主义影响的波德莱尔看到了改变世界、实现和谐，并解决家庭问题的良好时机，因此全身心投入到了这次革命当中。儒勒·布伊松后来回忆道："'我刚刚开了一枪！'他对我说。我就笑着，看着他那全新的、没有用过的武器：'不会是为了共和国而开的枪吧！'他没有回答我，而是大声喊叫，而且总

---

①［法］克洛德·皮舒瓦、让·齐格勒著，董强译：《波德莱尔传》，上海：上海人民出版社2007年版，第255页。

是重复那几句话：‘我们必须去枪决奥比克将军。’”[①] 在波德莱尔眼里，奥比克是资产阶级制度、法律、秩序以及道德的代表，枪毙他就是从禁锢的社会框架中自我解放。其实从根本上说，波德莱尔的潜意识中激荡的是一种反抗精神，反抗的对象反而显得并不重要，正如吕孚所说：“波德莱尔爱的并不是暴力和不正常本身，他爱的是反抗，因为这个世界，无论什么制度，他都不能容忍。”[②] 当时的波德莱尔内心还存有乌托邦的理想，相信社会进步，相信学者成为财富的所有者与财富的所有者成为学者的理想社会的建构还是有希望的，但是随着巴黎工人起义被血腥镇压，波德莱尔感到了绝望和恐惧，逐渐失却了原有那种乌托邦式的政治理想。这表现出了波德莱尔对启蒙现代性由早先的赞扬转向批判的心理路程。

1852 年至 1856 年期间，波德莱尔与银行家阿尔弗莱德·莫塞尔曼的情妇萨巴蒂埃夫人有过一段密切的交往，经常出入萨巴蒂埃夫人的沙龙，并在沙龙上认识了雨果、戈蒂耶、邦维尔等文化界的名人。波德莱尔认识萨巴蒂埃夫人后，曾在一段时间里对她产生了强烈的暗恋，并且隐名给她写信表达爱意，并为她写下几篇诗作。对于波德莱尔来说，在萨巴蒂埃夫人身上寄托着他的精神向往和追求，还有精神恋爱的纯粹与纯洁，但是等到波德莱尔与萨巴蒂埃夫人欢愉一刻之后，波德莱尔就退却了，精神之恋或言理想之恋堕入现实而成碎片，现实的粗俗与欲望的沉沦消却了柏拉图的精神之爱。在波德莱尔的情感生活中，还有一个名叫让娜·杜瓦尔的黑人女子占据着重要的位置，她几乎是波德莱尔的终身伴侣，波德莱尔沉迷于杜瓦尔的异国情调之中，在她所给予的沉沦的肉欲与诗情中遨游与徜徉，向下的坠落与向上的超越纠结于波德莱尔的心中，在波德莱尔的诸多诗篇中我们都会发现杜瓦尔的影子——一个挥之不去的美丽魅影。

1857 年 4 月，波德莱尔的继父奥比克将军在巴黎的寓所中去世，这个波德莱尔认为阻碍他与母亲温馨关系的障碍消失了。同年 6 月，波德莱尔经过精心创作的“恶之花”绽放出了迷人的花瓣——诗集《恶之花》得以正式出版，但是法国文学界对《恶之花》的评价却褒贬不一。

---

① ［法］克洛德·皮舒瓦、让·齐格勒著，董强译：《波德莱尔传》，上海：上海人民出版社 2007 年版，第 319 页。

② 郭宏安著：《伊甸园中的一枚禁果——波德莱尔与〈恶之花〉》，海口：海南出版社 1993 年版，第 13 页。

文学上的成功并没有让波德莱尔的经济状况得以好转，反而每况愈下。1859 年，波德莱尔的终身伴侣杜瓦尔的瘫痪越来越严重，波德莱尔不得不进行照顾，此外债主的索债也让他疲惫不堪，再加上因早年的放荡生活所染的病不时发作，处于中年阶段的波德莱尔似乎渐露晚年景况了。

1861 年，波德莱尔希望进入法兰西学士院，并申请作为候选人，希望通过此行为来洗刷以前被污蔑的名誉，但是基于当时的社会制度和遴选条件，波德莱尔最后不得不放弃。贫困交加的波德莱尔为了走出困境，不得不四处寻找解决生活困顿的可能机会。1864 年他来到布鲁塞尔，希望在这里通过讲座和出售作品来改善自己困顿的生活状况，但是现实是残酷的，希望最后完全落空，波德莱尔此行并未达到预期的目的。对这次布鲁塞尔之行的结局，波德莱尔耿耿于怀，在之后不知是否出于一种报复心理还是其他的原因，波德莱尔撰写了一系列讽刺性信件，寄给《费加罗报》发表，并结成《可怜的比利时!》一书，以表达他对在布鲁塞尔所受冷遇的仇恨。尽管布鲁塞尔之行对波德莱尔造成了一定打击，但他没有就此完全消沉，而是依然笔耕不辍，尽情发挥自己在文学创作和文学批评上的才能，在这段时间发表了大量的散文诗，这些散文诗在他去世后被结集为《巴黎的忧郁》出版。

1866 年 3 月，波德莱尔不慎跌倒，由此导致出现了大脑活动障碍的严重症候，随着病情的迅速恶化，波德莱尔不得不于 7 月 2 日被送回巴黎。1867 年 8 月 31 日，瘫痪近一年时间的波德莱尔在巴黎一家医院凄然去世，诗人的平凡与诗人的伟大在死亡面前的道说似乎已经没有了意义。

对波德莱尔“常人”生存样态的描述是以既成性的生存历史来铺设其生命轨迹的，其中曾经生存的展开状态消弭于既成的语言之中，但是对于曾经存在的生命历史的捕捉需要这样的常人“平均状态”的梳理，因为处在这种“平均状态”的生命样态中的纠结，在一定程度上能够透显出诗人的内心诗情与佐证其外在诗文，语言构建的意义节点能够彰显生命的秀出层面，同时语言的盲点之处也能透现生命的本真信息。因此，立足于波德莱尔的“常人”生存样态，是接近波德莱尔生命存在的一种可能之途。

第二节 “此在”生存样态的波德莱尔

在海德格尔哲学中，“此在”作为一种特定的存在者而通达存在，即通过此在的存在展开状态，存在不是完全被封锁着而是已经以某种方式敞开了，这样才可能通过这种特定的存在者通达存在。针对如何就“此在”展开深入的生存论分析的问题，海德格尔指出：“但我们现在必须先天地根据我们称为‘在世界之中存在（In－der－Welt－sein）’这一存在建构来看待和理解‘此在’的这些存在规定。”[①] 海德格尔在此言明的是“此在”的生存论分析是一直由“在世界之中存在”来引导的，即在“在世界之中存在”这一存在建构的背景中来分析“此在”，“此在”不能脱离“在世界之中存在”这一缘域结构存在。与此同时，对“在世界之中存在”的领会与阐发也离不开“此在”这一前提性存在。因此，在海德格尔看来，“此在”解释要成为本源的解释，必须对此时提出的“此在”这一存在者进行整体且本真的把握。

“此在”只有“在世界之中存在”才能获得自身的解释，那么“此在”如何展开而现身？海德格尔在对“此在”之“此”的生存论建构中认为，“此在”之“此”展开三种同样源始的方式，即“现身（或情绪）”(Befindlichkeit)、“领会”（Verstehen）和“言谈”（Rede）。“现身”是“此在”在世的一种基本方式，其作为对现身的反省的前状态而更为源始存在，海德格尔说：“现身远不是经由反省的，它恰恰在‘此在’无所反省地委身任情于它所忙的‘世界’之际袭击‘此在’。”[②] 其实，海德格尔在此阐释的现身是指“此在”“在世界之中存在”这一存在样态，即去存在，但是海德格尔说“此在”现身并不是主观的选择或者对自身现身的反省体验，而是“此在”被抛于这个世界而存在的不可选择性。根据海德格

---

① ［德］海德格尔著，陈嘉映、王庆节译：《存在与时间》，北京：生活·读书·新知三联书店1999年版，第71页。

② ［德］海德格尔著，陈嘉映、王庆节译：《存在与时间》，北京：生活·读书·新知三联书店1999年版，第136页。

尔的理论阐述，我们可以从以下两个层面把握“现身”之内蕴：其一，在“此在”的现身中，人意识到其自身存在这一事实。人的存在不是可以选择地去存在，而就是人存在，人处于“被抛境况”（Geworfenheit）。其二，现身紧密关涉其自身总是与世界中的事物相联系的指引模式，即“此在”总是处于“在世界之中存在”，是关于人的自我认识的一种不言明的、连续的“判断”。因此人能够通过现身这一源始的方式向自己展开自身，而不是通过认知论中的理论反思确证自我存在。

“领会”和“现身”一样是作为“此在”源始的存在样式，按照海德格尔的理解，“领会”不应作为一种具体的认知模式来加以理解，而是具体认知模式之所以可能的东西，并且在“现身”的情态之中就已存在，因此，所有的“领会”都与现身情态相关联。在“此在”的现身情态中，“此在”之“领会”针对的不是具体存在事物有所知觉，即不是对现成性或既成性的东西的“领会”，而关涉的是“此在”在世界中所具有的存在样式，而这种存在样式就显现为一种“能在”，“‘此在’一向是它所能是者；‘此在’如何是其可能性，它就如何存在”①。海德格尔通过“能在”说明“领会”，而“能在”是指“此在”存在的可能性，即生存论的可能性，这种可能性并不是逻辑上所指的尚未存在的东西的能在，而是“此在”最原初、最极端、最积极的存在论的特性。在一定意义上讲，“此在”之能在显现的是“此在”不是现成性的东西，而是“能在”的展开可能性，“‘此在’就是它……尚不是的东西。……只因为此之在就是它所成为的或所不能成为的东西，所以它才能够有所领会地对它自已说：‘成为你所是的’。”② 海德格尔在此言明的是“此在”并不是已经完成的一个存在者，而是在成其所是的展开中领会“能在”可能性的存在样态，“领会”构成了“此在”的一种源始的存在样式。

在海德格尔对“此在”的分析中，“言谈”与“领会”和“现身”是同等基本的因素，“言谈”德文为Rede，从字面意义上看就是言谈，意指语言和交谈，但是海德格尔并不在言语行为和语言的意义上给予关注，而

① ［德］海德格尔著，陈嘉映、王庆节译：《存在与时间》，北京：生活·读书·新知三联书店1999年版，第143页。

② ［德］海德格尔著，孙周兴选编：《海德格尔选集》（上册），上海：上海三联书店1996年版，第122页。

是从使言说得以可能的“此在”存在的存在论的组成部分层面给予阐释。海德格尔对“言谈”的阐述是其语言观的重要内容，理森查认为可以将“言谈”（Rede）译成 logos，这里我们可以通过海德格尔对 logos 的论述来理解“言谈”。海德格尔对 logos 的定义包括以下两种：其一为“说”之意，其二为“让某种东西现出”之意。海德格尔认为，相对于古希腊源初语言的本真内蕴而言，任何言说都是让某种东西现出，而任何让某种东西现出的活动也都在自身中包含了言说，言说与存在同在。因此，语言包含着这两种源初意义，随着历史的发展，语言的“说”的意义得到了强调，而语言的“让事物现身”的意义被湮没。对于这种情况，海德格尔重视后者，重新赋予语言“让事物现身”的源初意义，因为“让某种东西现出”就是指某物的自身开显。事物如其所是地敞开，就是存在真理的现身。于是，海德格尔把语言与存在之真理相关联，赋予了语言存在论意义。海德格尔以“言谈”展现“此在”的生存样态，但是其关于“言谈”的界说形而上学色彩较浓，我们从“原诗”的维度来解读波德莱尔及其《恶之花》的展开状态，一方面吸纳了海德格尔“言淡”的存在论意义，另一方面立足作为诗的《恶之花》其自身所凸显出来的存在论意义。“恶之花”是波德莱尔“此在”生存样态的展开，即通过诗和诗意展现出生存样态，同时诗集《恶之花》也在一定程度上具体地彰显了波德莱尔的生存样态。

对海德格尔“此在”生存结构的分析，旨在为分析波德莱尔的“此在”存在样态提供一种可能的理论视域，并且通过“此在”的“现身”、“领会”以及“原诗”等源始要素的阐述，在一种可能性意义上展开波德莱尔的存在样态。研究与分析波德莱尔的“此在”样态是把握波德莱尔“在世界之中存在”的关键问题，作为“常人”生存样态的波德莱尔沉沦于世界之中，其整个生命在一系列的闲谈、好奇与歧义中展开，生命的底色渲染的是错失、彷徨、迷惘与遮蔽；而作为“此在”生存样态的波德莱尔彰显的是其存在的本真状态，是在世的存在情态以及在世的理解存在方式。不同于波德莱尔“常人”生存样态的线性生命流程，“此在”生存样态试图关注的是波德莱尔的存在之可能和本真性。

一、“他性”：波德莱尔的“现身”

萨特在《波德莱尔》一书的开篇就用触目惊心的语言写道：“‘他的一生与他的这个人不相称。’这句给人安慰的箴言，为波德莱尔的一生似乎提供了最好的图解。”[①] 萨特在何种意义上说波德莱尔的一生与他这个人不相称？波德莱尔的一生不是波德莱尔本人的一生吗？似乎矛盾的语言究竟透显出这个人怎样的存在悖论？“不相称”在此隐含着波德莱尔作为波德莱尔似乎存在着某种“欠缺”或某种“溢出”，“常人”生存样态的波德莱尔作为曾经的个体生命已经以既成性的生命“曾在”而成为历史，但是透过波德莱尔的“常人”生存样态的雾霭，其作为本真的生命依然显示出相应的生命张力，时间性的生命描述与空间性的生命展示透显出波德莱尔生命中的种种真实与实在。作为个体生命，波德莱尔正如其他人一样被抛入我们这个世界，这种“被抛”是无法选定的生命“去—存在”。波德莱尔六岁那年，生父撒手人寰告别年幼的波德莱尔和他那年轻的母亲，紧随着一年后母亲的改嫁，波德莱尔似乎开始进入了生命的悖论之中——波德莱尔似乎总是在离弃自己的过程中演绎自己的生命历程，在这个意义上是否可以说波德莱尔进入“被抛境况”是以“非波德莱尔”存在的样式而呈现？诸多疑问直接关涉波德莱尔的“此在”生存样态，作为“常人”的生存样态是其现实生命的消散，而“此在”生存样态关注波德莱尔生存的本真性，亦即波德莱尔在存在论意义的展开状态。“他性”是波德莱尔在世界中存在的“现身”方式，即波德莱尔以自我“他性”建构其本真存在。生命中的“他性”意指离弃自我的逆向生命展示，是以其根本的否定性来建构自性生命的悖论式生存样态，在其中“解构”和“拆除”成为主要意蕴，这不仅仅关涉心理与精神的分裂，更关乎生存无可奈何的遮蔽，在这个意义上波德莱尔之“他性”就根本性地呈现为“可能性”的个体生命的诉求与“既成性”生命的“不可能性”之间的悖论。

波德莱尔在《恶之花》诗集“忧郁和理想”篇中的第一首诗《祝福》

---

① ［法］让—保尔·萨特著，施康强译：《波德莱尔》，北京：北京燕山出版社2006年版，第1页。

中写道：

当至高无上的十能天神命令
诗人在这厌倦的世界上出现，
他的母亲惊恐万分，骂不绝声，
对着怜悯她的上帝握紧双拳：

“啊，我宁愿生下的是一团毒蛇，
也不愿喂养这招人耻笑的东西！
真该诅咒啊那片刻欢娱的一夜，
我腹中开始孕育我的赎罪祭礼！

“既然你已在女人中把我选出，
让我受到那可怜丈夫的憎厌，
我就不能把这长不好的怪物，
像一纸情书那样扔进火焰，

“我就把你那将我压垮的憎恶
朝着你恶意诅咒的工具淋浇，
我还要扭伤这株悲惨的小树，
让它长不出染上瘟疫的花苞！”①

父亲的离世已经让年幼的波德莱尔具有强烈的孤独感与自我离弃感，而在《祝福》一诗中，在波德莱尔头脑中母亲对他的形象竟如此“憎恶”，在这样一种生存境域下，在他人（包括母亲）对他厌恶的情形下，波德莱尔对自我的接受也产生了一定程度上的怀疑。波德莱尔被抛入这个世界之中，随着父亲在现实中离他而去和母亲在心灵上离他而去，波德莱尔在质疑他是他自己吗？一个充满悖论的问题让波德莱尔的自反性认识日益加

① ［法］波德莱尔著，郭宏安译：《恶之花》，上海：上海译文出版社 2008 年版，第 6～7 页。

强。在诸多选择中，波德莱尔选择了通过孤独、叛逆、沉沦甚至反抗等生存样态对应这样的生存性被抛，“他性”问题就成为其“在世界之中存在”的现身样态。

波德莱尔在《祝福》一诗中暗示了母亲对他的不可接受性，以及对他的一种无法卸去的排斥性，至亲之人这种冷漠的“拒绝”，让波德莱尔与母亲眼中那个作为客体对象打量的“自己”也保持了一定的距离，因此波德莱尔的目光落在诗歌上，以冷峻的神态注视着母亲对他的诅咒，在这里存在着无法消除的距离，而这种距离正是波德莱尔在世界中存在所需要的距离，也是其构建自身他性所需要的距离。在《祝福》一诗中，波德莱尔更为深刻地体验到世界对他的拒绝性，但是波德莱尔的“他性”有其可靠的依据——“十能天神命令”，在这里波德莱尔并未感受到其自身“他性”的不可接受性，“神”保护了他的“他性”的合法性。概言之，在《祝福》一诗中波德莱尔的“他性”在他人的拒绝中呈现出来，这是从世界与他人的角度观测波德莱尔的“他性”存在。对于波德莱尔而言，“他性”是其生存的不可能的可能性。“我是另一个。我与你们不同，而你们让我受苦。你们可以迫害我的肉体，但是不能损害我的‘他性’……”[①] 波德莱尔在此申明的不仅是自己与他人不同的他性，而且是其中隐含着的自身的“他性”，这彰显的不是“我＝我”的生存演进过程，而是“我＝非我”的他性逆转，在这个意义上选择“他性”是其存于世而向自己以及他人展开的根本性生存样态的一种可能。波德莱尔曾说道：“很小的时候，我心中就有两种矛盾的感觉：对生活的恐惧和对生活的迷醉。”[②] 正因为我之“他性”的存在让生存充满着矛盾和悖论，波德莱尔深刻感受到了“他性”与“自我”反向运动的纠结性。尽管在海德格尔看来，此在的“现身”是存在论意义上“被抛”的可能性，是成就自身的展现的可能情态，但是对于波德莱尔而言，其是以自身的“另一个”即“他性”构建其存在样态。波德莱尔的“他性”并不是他已经成为现成性和既成性的存在者之后的一种逆转，即不是由一种存在者的状态转入另一种存在者的状态，而是波德

① ［法］让—保尔·萨特著，施康强译：《波德莱尔》，北京：北京燕山出版社 2006 年版，第 5 页。

② ［法］波德莱尔著，张晓玲译：《私密日记》，长沙：湖南文艺出版社 2007 年版，第 53 页。

莱尔在“此在”意义上以“他性”绽放和成就自己，在一定意义上说，波德莱尔的“他性”是构成他作为此在“在世界之中存在”的生存样态。“他性”不是波德莱尔的某种性格特征或品质，而是生存的一种本质性的展开状态，是一种时刻对自我进行排斥和否定的生存意志的表达。

波德莱尔的“他性”让他历经折磨和痛苦，一种时刻对自身的领会让其心态变得漂浮不定。例如，他对安塞勒的态度由大发雷霆，怒不可待，之后转换为对自我判断的摇动，再之后转入心态平和的心理过程，就在一定程度上展现了其身上时刻存在着的“他性”。关注波德莱尔对安塞勒的态度变化，不是要从心理学的角度分析波德莱尔在短时间内的心理之跌宕起伏过程，而是要通过短时间内的心理变化透显出波德莱尔的“他性”现象，即“他性”结构的生成过程。波德莱尔对安塞勒态度的变化，主要表现为他给母亲的信中所表现出的短时间的情绪变化与心理体验。波德莱尔在同一天这相对短暂的时间里给他母亲写了五封信，然后又在第二天上午写了第六封信。首先这样的写信行为就表现出其巨大的情绪波动以及非理性的冲动；其次每封信中都呈现出了瞬息变化的不同情绪样态。波德莱尔的这种写信行为以及情绪瞬间转化的现象就是其自身的“他性”使然——一种对“自性”的彻底性怀疑与拒绝而导致的状态，一种“他性”的不可控地爆发的情绪反应。下面让我们感受波德莱尔那种因“他性”时刻审视自己而表现出来的心理的骤然变化：

在第一封信里，波德莱尔用非常愤怒的语言写道：

安塞勒是一个混蛋，我要当他妻子和孩子的面抽他的耳光。到四点钟（现在两点半）我就要抽他耳光。①

在两点半这个时刻，波德莱尔勃然大怒，情绪几乎无法控制，在给母亲的信中明确写下教训安塞勒的时间（即四点钟），这说明了波德莱尔要教训安塞勒的决心，其中也隐含着对安塞勒进行教训的行为的坚定性与不可怀疑性。这是波德莱尔写第一封信时的“自性”表达。但是时间到了四

① ［法］让—保尔·萨特著，施康强译：《波德莱尔》，北京：北京燕山出版社2006年版，第16页。

点钟之时，波德莱尔又写了一张便条：

今天我不去讷伊了，我同意在报复之前再等一会儿。假如他不向我当众赔礼道歉，我要去揍安塞勒，我要揍他的儿子……①

波德莱尔的“他性”在随时检测着他的言行，似乎存在着“另一个”波德莱尔严格审视着“这一个”波德莱尔，由第一封信中限定时间教训安塞勒转变为这张便条中的在这一天放弃教训安塞勒，波德莱尔的情绪由极度愤怒转向适度平和，马上去讷伊教训安塞勒的冲动慢慢消散。到了当天晚上他又写道：

我向两个人请教自己该做什么。当着他家人的面打一个老人，这么做很恶劣。——然后我需要得到赔礼道歉——假如他不赔礼道歉，我又该怎么办呢？——至少我必须当着他妻子和他家属的面告诉他，我对他的行为是怎么想的。②

波德莱尔的“他性”让他产生了对自己所作决定的质疑，自己无法对自己所作决定有所“担当”，这种不自信让他不得不转向向他人请教自己言行的妥当性。在这里波德莱尔的“他性”通过他人的证实来予以确认，纠结的波德莱尔、变化的波德莱尔让其自身总处于自我坚信与自我否定的冲突之中，对于波德莱尔而言，没有持续的确信，也没有固守的坚持，有的更多的是变化，尤其是一种对自身无法把握的变化。愤怒的情绪继续消解，到了第二天上午，波德莱尔的愤怒语气相对于第一封信已大大减弱：

再也不必给他写什么了，除了一句话，告诉他我再也不需要他的钱了。

---

① ［法］让—保尔·萨特著，施康强译：《波德莱尔》，北京：北京燕山出版社2006年版，第16页。

② ［法］让—保尔·萨特著，施康强译：《波德莱尔》，北京：北京燕山出版社2006年版，第17页。

过了九天之后，波德莱尔对安塞勒的所有愤怒都烟消云散，波德莱尔的“他性”对自我的监督达到成功：

我昨天写给安塞勒的信很得体。和解是得体的。

我去他家的时候，他又到我家来了。我对这些闲言碎语极端腻烦，不想费神去核实安塞勒是否为责备这个戴纳瓦勒而来。

安塞勒对我说，他正式否认大部分有关的话。

我自然不会拿他的话去与一名商人的话比较轻重。说到底他有一个过错永远改不了，即他那种孩童般的、外省人的好奇心和容易与众人一起说长道短的脾气。①

通过波德莱尔对于安塞勒短时间内的情绪变化，可以观察出波德莱尔对自己的决定持一种不信任的态度，自省的力量时刻消解着他之前所作的所有决定，他似乎总是处于一种流动状态，即使存在某个时刻对自己所作决定的坚守，但是很快这种坚守意志会被瓦解，波德莱尔的“他性”时刻表现在他瞬息变化的心境与情绪之中，从而让他总是处于瞬息变化的生存样态之中。对于波德莱尔而言，他的“他性”在抵抗着他自身的存在，似乎总有另一个他对自己发号施令，并且似乎那个对抗他自己的另外一个他才是真实的他。现实中生活着的波德莱尔就是这样展开他生存的所有可能性。

波德莱尔是一个矛盾的综合体，其生存意志总是表现出对其自身拒绝的变化无常，并总是处于一种流动的变化之中，其不是在生存过程中寻找自己，而是在抛弃自身中追寻一种自身的“他性”。对此，萨特对波德莱尔这种生存状况给予了比较客观的评价：“他不再是任何东西；他在做。无疑他在自己身外建造一个客观的个性。不过当他着手这样做的时候，这个个性与他本人尚无区别。而这以后，他又不能进入这个个性。”② 萨特的这个评价概括出了波德莱尔自身存在的深刻背离，“他性”成为波德莱尔

① ［法］让—保尔·萨特著，施康强译：《波德莱尔》，北京：北京燕山出版社2006年版，第18页。

② ［法］让—保尔·萨特著，施康强译：《波德莱尔》，北京：北京燕山出版社2006年版，第31页。

生存中的本质诉求，他试图展现自身的“他性”，但是又无法把握和洞悉这种生存的“他性”，“他性”只是作为一种异己力量监控着自我的言行，因此，在一定意义上说，波德莱尔的“他性”是存在于世的最大可能性的表现形式。

波德莱尔的“他性”不仅仅表现在现实生活中，而且在他的诗作中也得到了比较充分的体现，诗作中的“他性”建构往往是与“恶”紧密联系的，因为“恶”之否定性力量应和着“他性”的解构性力量。由此，波德莱尔以“恶”的意识抒写其钟情的诗歌，以“恶”的意象，诸如豺狼、豹子、猴子、蝎子、秃鹫、毒蛇、毒品、妓女、腐尸、梅毒等来构建诗歌要素，其以对“恶”的寻觅渲染人类的“他性”，而这正是“他性”构成自身的一种生存展开状况，也是一种背离自我的建构。

综观波德莱尔的人生历程以及创作选择过程，波德莱尔的“他性”是对自身的抛弃，而恰恰正是这种抛弃成就其自身。波德莱尔以自身的“他性”现身于世，其在诗集《恶之花》中所彰显出的“恶”的意识以及丑的形象和意象，在一定程度上也就是波德莱尔“他性”的一种表现形式。综观波德莱尔的一生，其自身的“他性”总是让他处于一种生存的游离状态，他不断地离弃自己直至了却一生。

二、“沉沦”：波德莱尔的“领会”

海德格尔认为，作为此在的源始基本构成要素的“领会”主要表现为“能在”，即生存的可能性，那么对于波德莱尔而言，这种根本性的能在就表现为“沉沦”。在这里“沉沦”不仅指涉现实生活中的道德意义角度的堕落这种向下运动，还与其生存的本体意义上的可能性紧密相连，这个问题就涉及了波德莱尔的“沉沦”的“能在”样态。波德莱尔在《我心赤裸》一文中提到：“所有的人，在任何时候，同时都会有两种乞求，一是向上帝，一是向撒旦。乞求上帝或灵性，是一种晋升的欲望；祈求撒旦或兽性，是一种堕落的欲望。”[①] 波德莱尔指出了人存在的这两种反向生存的

---

① ［法］波德莱尔著，张晓玲译：《私密日记》，长沙：湖南文艺出版社 2007 年版，第 28 页。

运动方式，即向上祈求上帝是超越性的生存姿态，向下与撒旦共舞是沉沦的生存姿态。透过波德莱尔对人存在着两种生存姿态的阐述，我们发觉波德莱尔的生存意志更多表现为对向下运动的迷恋，即波德莱尔以沉沦的方式领会世界。

在波德莱尔看来，生存姿态的向下沉沦，正如进入深渊并感受深渊的无限震惊。“无论在精神上还是在肉体上，我总有一种如临深渊的感觉，不仅仅是睡眠的深渊，而是行为、梦幻、回忆、欲望、悔恨、内疚、美、数目等的深渊。”① 波德莱尔通过沉沦这种下坠的生活方式，感受到了如坠深渊般的无所依托与无处驻足，沉沦中漂浮的感觉如涟漪般在波德莱尔的生存意志中慢慢散开，其中伴随着的是飞逝与旋转的眩晕，这种试图以沉沦感受世界真实性的方式不可能通达意义世界，从根本上说除了沉沦的深层体验，这里无他物存在。由此，正如波德莱尔自己所言：“放荡之后，人总会觉得更加孤单、更加孤独。”② 波德莱尔这句话非常形象地描绘出了深渊中漂游的无根性，以沉沦的方式生存本想试图感受世界的某种意义，带来的却是诗人之心更加向内收缩，与此同时在沉沦中企图探寻自我的本真，却触摸到更加冰冷的“他性”。在《恶之花》诗集中，这种沉沦的姿态得到了充分的表现，波德莱尔或用冷峻的笔调渲染理想与现实的纠葛，或用嘲讽的语气描述爱情与恶的共处。波德莱尔在《病缪斯》一诗中写道：

可怜的缪斯，唉！今晨你不舒服？
深陷的双眼充满了憧憧夜影，
我见你的脸色中交替地映出
疯狂和恐惧，都是沉默又冰冷。

是绿色的淫魔和粉色的妖精
用小瓶向你洒下爱情和恐怖？

---

① ［法］波德莱尔著，张晓玲译：《私密日记》，长沙：湖南文艺出版社 2007 年版，第 127 页。

② ［法］波德莱尔著，张晓玲译：《私密日记》，长沙：湖南文艺出版社 2007 年版，第 127 页。

这是噩梦的手既专横又任性，

把你淹进传说的明图纳深处?①

波德莱尔用诗的语言揭示出诗人的生存境况，其中“憧憧夜影”、“淫魔”、“妖精”构成了诗人的生存境域的基本要素，诗人在与淫魔、妖精的纠缠中，走向他的“能在”——明图纳（沼泽）深处的可能性境地。诗人在沉沦中感受到了深刻的分裂，“淫魔”和“妖精”将本为人类美好情愫的爱情与让人颤抖的恐惧赠送给诗人，诗人在欲罢不能中感受着生存的窒息，美好与恐怖同在，天使与魔鬼同行，这种充满悖论的场景让诗人如同处于冰与火交织的深渊之中。与此同时，“噩梦”之手也让诗人无处可逃，诗人只能一步步迈向那无根基的深渊。对波德莱尔而言，沉沦就是在恶中徜徉的“能在”之可能性，从某种意义上说，“沉沦”是波德莱尔面对恶的根本生存方式。在这样一种“领会”状态下，波德莱尔拒绝幸福，因为对他来说，幸福是不道德的，而他宁愿选择沉沦的痛苦。波德莱尔向恶的沉沦，不仅仅是一种价值意义上的选择，更是一种生存论意义上的向死而生。在波德莱尔的有关诗篇和文章中，“沉沦”式的向下生存姿态得到了充分的展现，如他在《每人有他的怪兽》一文中写道：

他们每个人都背着一个巨大的怪兽，重如一袋面粉或如一袋煤，或如罗马步兵的装备。可是这怪兽并不是一件僵死物；相反，它用弹性而有力的肌肉搂压着人，用它庞大无比的头压在人的额头上，就像古时的武士为了威吓敌人而戴的可怕的头盔。②

“怪兽”在波德莱尔的笔下并不是外在的异己物，而是一种人之生存状态中的“沉沦”的自身力量，这种力量促使着人的生命向恶的境地绽放，预示了沉沦是生命能在的最大可能性。波德莱尔的“沉沦”生存姿态并不是只局限于道德意义上，道德意义上的“沉沦”只是其中的一个重要

① ［法］波德莱尔著，郭宏安译：《恶之花》，上海：上海译文出版社 2008 年版，第 22 页。

② ［法］波德莱尔著，郭宏安译：《巴黎的忧郁》，上海：上海译文出版社 2011 年版，第 15 页。

内容，它具有更丰富的意义，在一定意义上可以将波德莱尔的“沉沦”置于与物质世界的距离之间的关系中来进行考虑。“沉沦”对于波德莱尔而言，一方面表现为生命向恶的体验的存在的可能性；另一方面表现为沉沦于人世间的那种“闲逛者”的生存姿态，在深入城市生活的匆忙之中，感受城市生活的片段和碎片，在人群熙熙攘攘的拥挤中“观察”着他者。这两个方面在其作品中得到了充分的描写，这在一定意义上正是波德莱尔以“沉沦”方式领会周遭世界的生存需求。在波德莱尔的诗歌中，我们见到了他“沉沦”于世的形象化建构，与此同时波德莱尔在现实生活中陷入了这种“沉沦”，如波德莱尔流连于妓院，沉沦于情欲的世界，感受着感官刺激的疯狂，最后沾染了让他痛苦一生的梅毒；为了追求神奇和眩晕的感觉，波德莱尔也曾经尝试过吸食大麻。波德莱尔在现实生活中就践行着这样“沉沦”的生存姿态，这似乎是一种悲剧，但对于波德莱尔而言，这也是无法选择的一种生存选择。

在资本主义现代性蓬勃发展的时代中，波德莱尔以“沉沦”的方式领会现代性社会的种种境域，这是他应对现代性社会的一种生存姿态。海德格尔在《诗人何为?》一文中阐述了在“世界图象化”的时代中诗人以何种姿态深入世界深渊而展开“返乡”之途，从而通达本真世界。海德格尔对此指出，诗人所处的时代是“世界图象化”的时代，也就是一种“无家可归的状态”。“世界之图象”只是作为一种非本源的世界图画存在着，其离开了本源性的存在，抛弃了存在之意义，或者说它并没有处于存在之无蔽领域中，存在之真理是隐而未现的。因此，海德格尔在《思想经验》一文中认为这是一个零乱的世界：“令人窒息的淫声秽气”，“文化肤浅”，“追求快捷”，“狂热地追求新奇对基础发生着腐蚀的作用”，“向往过眼烟云的妖媚”…… 在这样一种对象化的世界中，诗人何为呢？诗人不得不对“世界之图象”保持清醒的认识，并且不得不深入到无底的深渊之中，探寻存在之消息，寻觅“神圣”之踪迹，也就是说，诗人要突破“世界之图象”，试图为人类返回源初世界作几许暗示和指引。海德格尔所描述的“零乱世界”正是波德莱尔及其诗作中诗人所要进入的场所，在对象化的世界图景中通过沉沦而达到对“零乱世界”的某种否定性的证明。

按照海德格尔对诗人之天命的分析，诗人通过“返乡”和“倾听”追寻源初世界。波德莱尔通过在世界中的“沉沦”探寻自己本真的存在样式，同时这也是诗人突破“世界图象化”的一种生存选择，但是波德莱尔以“沉沦”的方式进入深渊却感受不到诸神的指引，而海德格尔笔下的诗人在深渊中探寻则得到了缺席的诸神以不在场的方式进行感召。这是两条不同的探寻本真世界之路，但是两者都要深入世界的深渊之中，都企图在坠落之处探寻拯救的可能性。比较这两种诗人的生存姿态可以发现，海德格尔笔下的诗人是进入存在缘域之中探寻失落的意义世界，这正是波德莱尔所说的向上帝祈求的超越性之路，而波德莱尔笔下的诗人则是沉入现实感性生活的深处追寻存在的某种真实，在与恶魔同行中感受世界存在的一种可能性。

波德莱尔在“沉沦”中感受着自己的本真存在样态：一方面，其以自身的“他性”展开作为此在的生存样态，在其中隐含着以“沉沦”领会“他性”的诉求；另一方面，“他性”在“沉沦”中得到了根本性的展现。波德莱尔以生命向恶展开，这不是说他存在着沉沦于恶之世界的主观选择的嗜好，而是他以沉沦的极端方式来呈现现代社会文明掩盖下的罪恶，以沉沦的方式拥抱罪恶，这是波德莱尔不得已的生存选择。恶之花美丽摇曳，而花朵生长的土壤却腐烂恶臭，这正是直视本真生命的一种无法逃避的宿命。

三、“恶之花”：波德莱尔的“原诗”

对于波德莱尔而言，“恶之花”既是对诗集颇具深意的命名，即作为诗集《恶之花》的文本，又是其在现代性社会中本真生存展开状态的彰显。“恶之花”是“原诗”，这不是从某种特定的文学样式来界定的，而是从诗与存在以及诗与神圣的角度来切入思考的。诗集《恶之花》的出现之所以引起当时社会的广泛关注和激烈争论，其中的原因不应仅仅归结于诗集中透显出对“恶”的挖掘和对“丑”的提炼，而更应是诗集展现了更为本体的东西，即对个体存在意义的展开。在这个意义上，将“恶之花”理解为“原诗”。“原诗”不是意指诗歌共同本质属性的聚合，也不是诗歌逻辑性总结的概括，而是敞开着与不断涌现着的诗意缘域，在其中是天、地、神、人四方共舞。这种意义上的“原诗”，脱离了既成性而绽开着生发性，因此，“原诗”不是形而上学意义上具有普遍性的诗的本质，而是天、地、神、人相互询问与应答的耦合性的诗意敞开。通览诗集《恶之花》，其中建构的诗学形象与意象将此岸与彼岸、经验世界与超验世界熔为一炉，于现代性社会中罪恶处与丑陋处展开实实在在的真实，神人共舞中消却了神的超验意义而凸显了人的世俗意义，突破神人界限达乎世界的本源，“恶之花”关乎道德的抉择，但更关注世界存在的根本性的“真”之彰显。从根本意义而言，“原诗”绽放于存在之所。《恶之花》在何种意义上彰显为“原诗”？在这个问题中隐含着三个层面的解说：一是《恶之花》之历史性；二是《恶之花》之存在性；三是《恶之花》之语言性。对上面三个层面的相应阐发，透显了《恶之花》为何是“原诗”的根由。

（一）《恶之花》之历史性

历史性意指《恶之花》在存在历史中对存在的一种应答和创建，这涉及诗集《恶之花》对现实存在的一种“诗意”转渡。具体来说，诗集《恶之花》呈现了“古典诗意”向“现代诗意”的转向，这里不是指某种文学样态新的创建，而是对诗与存在关系的再思考与再呈现，“诗意”是特定文明与历史构成的诗学缘域，是特定社会存在的诗学呈现，这里讲的“诗学”是从诗意存在的层面来理解的。从哲学角度来解释“现代诗意”和“古典诗意”，“古典诗意”是“类的生存方式”表现出来的诗歌创建旨趣，具体在诗歌中描述为“类”的本质追求，对人类整体性的宏伟建构，也是对人类共同愿景的美好期待，在这个意义上“古典诗意”注重群体性存在的诗意呈现，描述的是人类普适价值和共同情感，在具体的诗歌中则表述为对“伟大”、“崇高”、“博爱”、“英雄”、“集体”、“人类”等形象和意象的诗意建构。在“古典诗意”主导的社会境域中，“类”的意义大于“个体”的意义，“个体”生命意义消融于“类”的意义追求之中。在人类发展的历史长河中，前文艺复兴时代的诗学中主要呈现“古典诗意”。“现代诗意”则是注重个体性存在的诗意呈现，追求的不是人类的“共在”，其立足点不在于作为“类”的人之群体性，而是生命的个体性意义，关注的重心是个体生命存在于世的生存体验与诗意表达，因此“现代诗意”在诗中具体表现为个人的心灵独白、个人的情绪情感、个人的生存体验等。“古典诗意”向“现代诗意”的转渡，这表现的不仅仅是诗学旨趣与运思结果的改变，更表现的是人与存在之间关系的转变。在“古典诗意”中，个体的存在融汇于“类”存在之中，诗歌中个体对存在的追寻也是以“类”的存在作为导向性的航标；而在“现代诗意”中，由于“古典诗意”因现代性发展而被解构，诗歌就表现为以个体与存在之间关系的思考与探寻作为最后的目标。诗集《恶之花》就处于“古典诗意”向“现代诗意”转向的时间节点上，并且《恶之花》在一定程度上承担着这种诗意转渡，《恶之花》之历史性就体现为这种诗学发展中的历史担当。诗集《恶之花》正因为以“现代意识”取代了“古典意识”，其注重的是个体的现代性生存境域、生存经验以及生存姿态的诗意建构，在诗集中则具体表现为“大众”、“妓女”、“老妇人”、“老头子”以及“赌徒”、“孤独者”等形象，通过个体形象的塑造，将个体与存在的关系烘托出来，也正因为如此，个体的“忧郁”、“苦闷”、“孤独”等意绪得到了充分的宣泄。波德莱尔《恶之花》正是“现代诗意”的充分表达，在“古典诗意”的映照下，“丑”取代“美”而成为现代诗意的核心范畴和命题。概言之，《恶之花》的历史性就在于其对个体历史性存在的追问与探寻，这里不是从诗反映现实的“反映论”角度来思考的，而是将个体历史性存在作为创建诗意的基础性命题，在这个意义上，诗集《恶之花》的历史性表现为对“古典诗意”的告别以及对“现代诗意”的创建。

（二）《恶之花》之存在性

存在性关注的是波德莱尔及其诗集《恶之花》如何创建“现代诗意”的问题，亦即个体性存在如何在诗歌中表达之问题，这个问题的紧要处在于个体人与存在之间的关系如何呈现之问题，再之后才是个体人的情感体验与价值意义于诗学中的表达问题。在诗集《恶之花》中，诗人既通过个体性形象描述透显出个体性的存在，又通过感官世界与理念世界、现实世界与本体世界等“二元模式”的对立来思考个体存在的本真性。感官世界与理念世界、现实世界与本体世界的“二元模式”是“古典诗意”中的重要诗学命题，而这也在《恶之花》所塑造的诗学形象与诗学空间中存在着，但是，《恶之花》阐述的不是“二元模式”中的“分离”，而是“统合”。在诗集《恶之花》的相关诗篇中，如在《应和》与《高翔远举》两诗中，就通过感官世界与理念世界的相互应和来呈现诗意境界，在这里关键性的问题在于尽管存在着“古典诗意”中的“二元模式”，但是在象征论中因万物的相似性而让感官世界和理念世界统合于一体，即理念世界并不是独立于感官世界之外的存在者，理念世界的意义和神秘在感官世界中得以折射。这也正如波德莱尔在论述现代性时所谈到的在过渡、短暂以及偶然性中提取永恒和不变，此意与应和论所阐发的意蕴具有一致性。从根本上讲，波德莱尔所说的“象征森林”就是感官世界与理念世界的意义聚合，是对个体历史性本真存在的一种诗意探寻，是对人和存在之关系的重新审视。在诗集《恶之花》中，尽管有感官世界与理念世界之分，但是其不是追求那种独立于感官世界之外的所谓理念世界，那种理念世界由于现代性的发展已得以消解，由此感官世界的个人性存在才是关注的核心问题。具体在诗集中，审丑的诗学旨趣的选择正是关注感官世界的一种表现，对丑的追问正是对个体本真存在的探寻，丑之诗意也正使个体存在的必然性和不完善性得以充分呈现。由此看来，诗集《恶之花》中那些“丑”的形象和意象并不是诗人在主观世界中所构想出来的，而是对个体存在的真实性以及不完善性的本真彰显。在这个意义上，“恶之花”是“原诗”，因为它呈现了一个“存在”的世界——个体历史性的存在。

（三）《恶之花》之语言性

语言性是指诗集《恶之花》对感官世界与理念世界的诗意呈现，而语言是指存在历史性的创建。对于诗集《恶之花》而言，既成性与现成性的语言因为属于特定的历史，因而无法真实地表达感官世界和理念世界，个体历史性存在也变得无相应的语言来予以展开，既成性和现成性的语言已经变异蜕化，其不再真实地呈现变动不居的现实。在这个意义上，语言与思想出现了断裂，语言与存在出现了鸿沟，语言与真实世界不再相亲相爱。因此，波德莱尔试图在“象征的森林”中通过具体物象之间以及具体物象与抽象意义之间相互的隐喻、暗示来规避既成性和现成性语言的强大控制力，但诗集《恶之花》又处于这样的语言世界中，无法做到完全逃避语言的牵引力，只能在语言的垃圾中进行相应的改造编排，通过这种无可奈何的方式表达诗人所要展现的世界。由此，诗集《恶之花》中所运用的语言打破了常规，脱离了既成性的语言逻辑，试图营造“真实”的诗意世界。同时在这样的词语破碎处与语言的空隙处，留下了隐秘的意义，亦即无法用现成性语言表述的某种未知的东西，这让诗集《恶之花》在一定意义上隐含着诗意的神秘。《恶之花》之语言性隐含着以下悖论：其一，《恶之花》所运用的语言依然是现代性社会中具有现代性意义的语言词汇，语言的历史性意义无法得以完全摒弃，《恶之花》所要呈现的意义世界也终究无法完全脱离既成性的语言逻辑与词语意义；其二，《恶之花》运用的语言打破了现代性社会中语言意义的常规表达和逻辑结构，在熟悉的语言中建构了另一种意义模式。因此，总体来说，《恶之花》的语言性一方面表现为对既成性与现成性语言的一种逃避，同时又不得不对既成性与现成性语言进行诗意的提取与重排；另一方面又通过万物的暗示性来表达意义世界和神秘世界，非既成性和现成性语言的丰富性和神秘性在一定程度上得到了生发。在这个意义上，《恶之花》的语言性是对个体存在展现方式的一种创新性尝试。

“恶之花”是“原诗”，是对个体历史存在活泼的诗意呈现，也是个体与存在之间不断涌现出的缘域透显，正如波德莱尔自己所言：“诗的这种命运何等伟大！不管快乐还是悲伤，它身上总是带着乌托邦的神圣品格。”① 波德莱尔这种关于诗的思想阐发，也正表明了他在现代语言的诗意建构中，尽可能地突破语言的历史性而展现语言与存在的本质关系。“恶之花”是“原诗”的判定，为我们进一步解读诗集《恶之花》提供了更为宏广的理论视域。只有在这种观念的烛照下，“恶之花”之“恶”尽管触目惊心，但是也正以否定性的面相呈现出了现代性社会于裂隙处救赎的必要性和可能性；“恶之花”之“丑”尽管让人不忍直视，但是也正因为其对丑的择取与提炼，赋予了诗集《恶之花》审美现代性的张力。

“恶之花”是“原诗”，这是波德莱尔于世界中“现身”与“言谈”的存在样态，波德莱尔“此在”生存样态表现在“恶之花”所敞开的世界之中，在诗学领域中凝结为诗集《恶之花》这种艺术形态。通过对波德莱尔的“此在”生存样态的分析与研究可以发现，“他性”对于波德莱尔而言，不仅存在于现实生活的生命悖论中，也充分表现在其诗歌创作的意象构造之中。相应地，“沉沦”也同样如此。而“恶之花”作为“原诗”，是波德莱尔对现代性社会的聆听与应答的诗学展现，从这个意义上说，“此在”生存样态的波德莱尔的生命本真更在于其艺术生命——在诗集《恶之花》中不断生成的活泼的艺术生命。

概言之，波德莱尔的“常人”生存样态是对波德莱尔生命演变的一种

---

① ［法］波德莱尔著，郭宏安译：《波德莱尔美学论文选》，北京：人民文学出版社2008年版，第439页。

描述，这是波德莱尔生命现实演绎的历史实在，而将诗集《恶之花》的释读置于作者的生命演变历程之中，则是作品的“现实性”需求。“此在”生存样态揭示了波德莱尔生命中的某种本真样态，而这种本真样态是隐含在波德莱尔身上的一种生存意识和生存姿态。只有通过对波德莱尔“此在”生存样态的透析，从而真正地把握艺术生命的真实样态与意义模式，才能更进一步领会诗集《恶之花》所开显的更为真实的可能世界。透过现实生存的现象，感受生命之底的那种本真存在的涌动，这是我们接近波德莱尔的一种有效方法。

第二章

《恶之花》的创作过程

第一节 创作及出版情况

1842年至1844年是波德莱尔诗歌创作的高峰期，这个时期的波德莱尔诗意迸发，才情涌动，创作了大量诗篇，其中包括《恶之花》大部分的诗篇。在这段时期，波德莱尔经常参加一些文艺沙龙，在聚会上和朋友们谈论诗歌，同时也向他们朗诵自己创作的诗歌。波德莱尔曾向夏尔·库尚、路易·梅纳尔朗以及阿斯里诺朗诵了《噩梦》，这首诗被喻为“疯人之诗”，诗中讲述了一个男人看到两个当兵的人从他的情妇身上跨过的情景。他还向路易·乌尔巴赫朗诵了《下等娼妓马农》，诗中描述了妓女飘逸的“肮脏的衬衣”。1842年5月，波德莱尔与多松发生了“争执”，并且相互通过创作诗歌展开了激烈的辩论，波德莱尔在收到了多松的《书籍》一诗的挑战后，马上写下了《坏修士》一诗给予强烈的回应。波德莱尔经常和德拉克洛瓦交往，为了应和他的著名肖像画《红头发的女乞丐》，波德莱尔运用七星诗社的艳情笔法写下了《给一位红发女乞丐》一诗。波德莱尔还经常热衷于向朋友朗诵他的诗作，如《噩梦》、《下等娼妓马农》、《坏修士》、《信天翁》、《女巨人》、《我崇拜你有如那黑夜的穹宇》、《腐尸》、《反抗的女人》、《晨光熹微》、《致一位马拉巴尔姑娘》、《我没有忘记，离城不远的地方》等。在这段时期，诗歌创作成为波德莱尔生命展现的重要一环，独树一帜的诗歌形象构造与意象呈现，表现出波德莱尔诗歌旨趣的选择方向。

据阿斯里诺回忆，“这期间（1843—1844），《恶之花》中的大部分诗篇已经写出，十二年后出版时，诗人无须改动什么了。他在风格上和思想上都是早熟的。”[①] 后来又经普拉隆考证，他指出《信天翁》、《唐·璜下地狱》、《女巨人》、《我崇拜你有如那黑夜的穹宇》、《腐尸》、《某夜我在可怕的犹太女身旁》、《反抗的女人》、《致一位马拉巴尔姑娘》、《我没有

① 郭宏安著：《伊甸园中的一枚禁果——波德莱尔与〈恶之花〉》，海口：海南出版社1993年版，第9页。

忘记，离城不远的地方》、《贝尔特的眼睛》、《您曾忌妒过那位善良的女仆》、《晨光熹微》、《酒魂》、《醉酒的拾破烂者》、《醉酒的凶手》以及《寓意》等16首诗歌应该在1863年年底之前就已经创作完成了。而在这些诗篇中，《坏修士》、《信天翁》、《女巨人》、《我崇拜你有如那黑夜的穹宇》、《腐尸》等诗篇被收入诗集《恶之花》的“忧郁和理想”篇中；《给一位红发女乞丐》、《您曾忌妒过那位善良的女仆》、《我没有忘记，离城不远的地方》、《晨光熹微》等几首诗作被收入诗集《恶之花》的“巴黎风貌”篇中；《酒魂》、《醉酒的拾破烂者》、《醉酒的凶手》等几首诗作被收入诗集《恶之花》的“酒”篇中。波德莱尔在这段时期里不仅创作出了诗集《恶之花》的大部分诗篇，同时也按照特定的诗意结构对所创作的诗歌进行了有意的编排。

十四行诗《给一位白裔夫人》在1845年5月25日的《艺术家》杂志上刊出，使用笔名为“波德莱尔·迪费”（迪费是波德莱尔母亲娘家的姓），这是波德莱尔最初发表的诗作之一。1845年10月，波德莱尔创作的画论《1845年的沙龙》得以发表，并在《1845年的沙龙》的封面上预告了《莱斯波斯女人》的出版信息。《莱斯波斯女人》是波德莱尔诗歌创作中的一部重要诗集，这部诗集主要描述莱斯波斯上盛行的女同性恋之风。这部诗集收入的诗篇，绝大多数后来被收入诗集《恶之花》之中。《莱斯波斯女人》诗集的命名与诗篇主题的选择也在一定程度上反映出了波德莱尔的诗学旨趣。

1848年11月，《酒商回声报》预告波德莱尔的《灵簿狱》将于1849年2月出版。波德莱尔用“灵簿狱”这一名称取代了1845—1847年间使用的“莱斯波斯女人”这一名称。波德莱尔选择“灵簿狱”这一名称，隐含着他对诗篇的某种考虑。“灵簿狱”一词与“社会主义”存在着某种亲缘关系，同时又隐含着基督教的某些旨趣，更暗指现代社会生存境域中的诗人忧郁状态的生存体验。1850年6月，《家庭商店报》再次以“灵簿狱”名称预告这本书即将出版，并特别指出这本诗集“将表现现代年轻人的骚动与忧郁”[①]。在《家庭商店报》这一期上刊发了波德莱尔的《惩罚

① ［法］克洛德·皮舒瓦、让·齐格勒著，董强译：《波德莱尔传》，上海：上海人民出版社2007年版，第341页。

骄傲》和《酒魂》两首诗歌。《灵簿狱》涵盖了后来《恶之花》中的11首十四行诗。1851年，《会议通讯》杂志上发表了波德莱尔的11首诗，如《艺术家之死》、《猫》、《猫头鹰》等。

1852年至1856年，波德莱尔为萨巴蒂埃夫人写下了诗作《给一个过于快活的女郎》，并同时给她寄去了《可逆性》、《精神的黎明》以及《忏悔》等诗篇。波德莱尔心系萨巴蒂埃夫人，在对萨巴蒂埃夫人的精神之恋中，其诗歌创作激情得到了肆意迸发。

1855年6月1日这一天对于波德莱尔而言具有重要的意义，诗集《恶之花》的前身——18首诗版《恶之花》诗集得以正式出版。《两世界评论》在此以从未出现过的名称“恶之花”，发表了波德莱尔的18首诗，并且杂志编辑在注释中写道：“这些作品的价值在于它们生动而又奇特地以颓废、暴力的形式表达了一些道德上的痛苦。面对这些痛苦，哪怕不接受它们，或不对它们进行讨论，也应当把它们看作是我们时代的信息之一。”① 这里“恶之花”作为18首诗的诗集名称第一次出现，通过编辑注释中的言语，我们可以隐约推测出波德莱尔对“恶之花”名称选择的些许旨趣，即以蕴含颓废、暴力等形式要素的“恶”来显现当时社会存在的样态，同时隐含着对医治社会时代病的某种诉求。在一定意义上可以说，“恶”的选择正是应和了波德莱尔对现代性社会的观察视角，同时也表现为对现代性世界的一种整体性把握。1852年至1857年，波德莱尔又进入了创作的另一个高潮期，在这5年期间，他先后在报刊上发表了二十多首诗、十余篇评论以及大量译作。

1857年6月25日，《恶之花》突破了重重障碍，终于由普莱·玛拉西斯·布罗瓦斯书店出版，收录波德莱尔诗作100首，另附有《告读者》1首，共印1 300部。《恶之花》诗集的命名将美与恶对举，形成了鲜明的对比，正如波德莱尔自己所说：“我喜欢神秘的或爆炸性的题目。”② 但这部诗集的出版者和波德莱尔很快受到法院的审判，《首饰》、《忘川》、《给一个过于快活的女郎》、《莱斯波斯》、《吸血鬼的化身》以及两首《被诅咒

---

① ［法］克洛德·皮舒瓦、让·齐格勒著，董强译：《波德莱尔传》，上海：上海人民出版社2007年版，第422页。

② 郭宏安著：《伊甸园中的一枚禁果——波德莱尔与〈恶之花〉》，海口：海南出版社1993年版，第16页。

的女人》中的一首（在令人懒慵的苍白灯光下……）等诗被删除。这是1857年版《恶之花》诗集的出版情况。

1857年初版《恶之花》诗集共分为5个主题篇章，即“忧郁和理想”、“恶之花”、“反抗”、“酒”、“死亡”。波德莱尔在继续创作的基础上，又于1861年出版了《恶之花》第二版。相对于初版《恶之花》诗集，第二版在编排上作了调整和补充，删去6首禁诗，增补35首，共分成6个主题篇章，增加了“巴黎风貌”主题一篇，这样第二版《恶之花》诗集的内部结构主要按照“忧郁和理想”、“巴黎风貌”、“恶之花”、“反抗”、“酒”、“死亡”顺序组成。

在诗人波德莱尔1867年去世后，诗人之友阿斯里诺和邦维尔修订出版《恶之花》诗集第三版，在这一版中共收入诗篇151首，并于1868年收入《波德莱尔全集（第一册）》，由米歇尔·莱维书店出版刊行。

诗集《恶之花》所收入的诗篇，有一部分在不同年份分别发表在相应的报纸杂志上，而其余部分则未经发表直接收入《恶之花》诗集中。为了掌握波德莱尔诗歌创作经过以及发表情况，现将诗集《恶之花》所收入的主要诗篇发表情况按照发表的时间顺序胪列如下：

1845年：《戏剧周报》上发表了《薄暮冥冥》；《艺术家》上刊发了《给一位白裔夫人》。

1846年：《艺术家》上发表了《唐·璜下地狱》。

1848年：《酒商回声报》上发表了《醉酒的凶手》。

1850年：《家庭杂志》上发表了《酒魂》；《家庭商店报》上刊发了《惩罚骄傲》。

1851年：《议会信使》上发表了《理想》、《从深处求告》、《猫》、《猫头鹰》、《快活的死者》、《恨之桶》、《破裂的钟》、《忧郁之一》、《情人之死》、《艺术家之死》共10篇诗作。

1852年：《巴黎评论》上刊载了《人与海》、《圣彼得的否认》。

1855年：《两世界评论》上发表了《告读者》、《精神的黎明》、《邀游》、《吸血鬼》、《死后的悔恨》、《坏修士》、《毁灭》、《仇敌》、《厄运》、《从前的生活》、《魔鬼附身者》、《通功》、《忏悔》、《不可救药的》、《苦闷和流浪》、《贝雅德丽齐》、《库忒拉岛之行》、《爱神与脑壳》共18篇诗作；《巴黎评论》上载有《今晚你将说什么，孤独的灵魂》。

1857年：《法兰西评论》上载有《美》、《女巨人》、《她的衣衫起伏波动，有珠光色》、《我赠你这些诗，如果我的名字》、《黄昏的和谐》、《香水瓶》、《毒》共7篇诗作。《阿朗松报》上发表了《异域的芳香》、《阳台》、《醉酒的拾破烂者》、《全部的她》、《活的火把》；《艺术家》上发表了《赞颂我的弗朗索瓦兹》、《自惩者》、《无可救药》；《现代》上载有《幻想的版画》、《风景》。

（这一年，《恶之花》诗集中的一部分诗篇未在报纸杂志上公开发表就直接收入了初版《恶之花》诗集中，主要包括《祝福》、《应和》、《我爱回忆那没有遮掩的岁月》、《灯塔》、《病缪斯》、《稻粱诗神》、《流浪的波希米亚人》、《我崇拜你有如那黑夜的穹宇》、《你能把全宇宙放进你的内屋》、《还不满足》、《舞蛇》、《腐尸》、《猫》①、《乌云密布的天空》、《美丽的船》、《某夜我在可怕的犹太女身旁》、《倾谈》、《幽灵》、《月之愁》、《烟斗》、《我没有忘记，离城不远的地方》、《您曾忌妒过那位善良的女仆》、《雾和雨》、《音乐》、《墓地》、《忧郁之二》、《忧郁之三》、《忧郁之四》、《太阳》、《给一位红发女乞丐》、《天鹅》、《赌博》、《晨光熹微》、《醉酒的孤独者》、《醉酒的情侣》、《被杀的女人》、《被诅咒的女人》、《两个好姐妹》、《血泉》、《寓意》、《亚伯和该隐》、《献给撒旦的祷文》、《穷人之死》等43篇诗作。）

1858年：《艺术家》上载有《决斗》。

1859年：《法兰西评论》上刊发的诗篇有《信天翁》、《头发》、《西西娜》、《虚无的滋味》、《远行》等；《阿郎松报》上发表了《高翔远举》；《当代评论》上发表了《面具》、《秋歌》、《秋之十四行诗》、《七个老头子》、《小老太婆》。

1860年：《艺术家》上刊发有《献给美的颂歌》、《一个幽灵》、《午后之歌》、《痛苦之炼金术》、《共感的恐怖》、《时钟》、《盲人》、《给一位过路的女子》；《当代评论》上发表了《永远如此》、《顽念》、《骷髅舞》、《虚幻之爱》、《巴黎的梦》、《好奇者之梦》；《自由谈》上发表了《给一位圣母》、《骷髅农夫》。

---

① 与1851年已发表的《猫》版本不同。

通过对诗集《恶之花》中诗篇创作和发表情况的梳理，可知《恶之花》最后得以结集出版，主要历经了三个重要的阶段：第一个阶段为1845—1847年期间《莱斯波斯女人》诗集的出版，该诗集主要以“女同性恋”作为诗歌的主体性诗学形象与意象，这一方面反映出波德莱尔对观察与感受现代性社会的切入点的选择意图，另一方面也体现了波德莱尔对于诗学形象与意象构建的独树一帜和“另类”趣味。从波德莱尔对“女同性恋”的诗学选择，可以初步感受到诗集《恶之花》的诗学意向结构。第二个阶段为1848—1855年期间的《灵簿狱》诗集，该诗集的诗歌主题突破了《莱斯波斯女人》诗集以“女同性恋”作为单一诗歌意象的局限，而将诗歌主题拓展到了诗人生存境域的多维体验层面，诗歌主题内容得到了相应扩充，这为诗集《恶之花》主题意象的丰富性奠定了基础。第三个阶段为1855—1857年期间的18首诗版《恶之花》诗集，该诗集首次用“恶之花”命名具有重要意义。这一方面将所收入的诗篇归到“恶之花”这一主题思想下，为诗集厘定了诗学旨趣；另一方面为诗集《恶之花》定本的正式出版作了相应的舆论和思想准备。诗集《恶之花》结集出版所历经的三个阶段，一方面反映出波德莱尔的诗歌创作历程；另一方面则透显出波德莱尔诗学意向结构的发展过程，其中隐含的是波德莱尔在诗学层面上对现代性社会展开反思与反驳的生存之思。

概言之，诗集《恶之花》的创作与出版透显出了诗人波德莱尔在诗歌创作中的心路历程，这既包括了他内心所有的诗情与诗意在曲折的创作中的形象化体现，又反映出了他在诗学异域中掘取诗歌元素时蹒跚跋涉的生存经验。波德莱尔沉沦于世的存在体验在诗集《恶之花》的创作过程中得到了肆意的渲染，从一定意义上来说，诗集《恶之花》的创作之旅构成了波德莱尔生命之旅的重要组成部分，这正如恩斯特·卡西尔在《人论》一书中所说：“人的突出特征，人与众不同的标志，既不是他的形而上学本性，也不是他的物理本性，而是人的劳作（Work）。正是这种劳作，正是这种人类活动的体系，规定和划定了‘人性’的圆周。”① 卡西尔认为，人

① ［德］恩斯特·卡西尔著，甘阳译：《人论》，上海：上海译文出版社1998年版，第87页。

的劳作是感受人的本质特征与内涵的核心因素。依据卡西尔的观点，对于波德莱尔而言，其正是通过诗歌创作和艺术评论这样的劳作形式体现了他的人性之圆周，呈现其生命的辗转流程，其中包含着他的所有憎恨与爱恋。《恶之花》诗集的创作确证了波德莱尔“在世界之中存在”的真相，凸显了其自身“人性”的圆周。

第二节 命名

以“恶之花”为诗集题名首次出现在1855年18首诗版《恶之花》诗集，但是定本《恶之花》诗集则于两年后的1857年才得以正式出版。关于用“恶之花”作为诗集《恶之花》的题名，一方面是波德莱尔在批评家、小说家伊波利特·巴布的建议下确定的；另一方面也在一定程度上透显出波德莱尔的诗学旨趣。对于诗集《恶之花》名称的选择，波德莱尔在给戈蒂耶的献词中就隐含着对“恶之花”名称选择的某些考量，他在献词中说道：“我知道，在真正的诗高远的空间里，是没有恶的，正如没有善。我也知道，我这本可怜的忧郁与罪恶的字典可以使来自道德的反应显得合法，正如渎神者可以确立起宗教的合法性。”① 波德莱尔的这番语言从诗的本质性内涵的视界检测其选择“恶之花”之名的不可逃避的现实纠结，以“另类”的诗意取向确认现代性社会的某种真实。在此时此刻的波德莱尔眼中，诗的本质要求无涉道德，超越善恶，但是现代性社会所呈现的世界让诗进入恶之深渊，除了展现世界的本真存在，没有他途。波德莱尔选择“恶之花”来命名，这是他以沉沦方式进入世界的不得已的选择。

通过波德莱尔向戈蒂耶的解说，我们清楚地了解到波德莱尔并不是以恶作为其生存的嗜好和人生意义的终极追求，而是通过直视恶之事物本身，并且将笔墨集聚于“恶”与“丑”之诗学形象与意象建构，以期达到对现代性社会本真面目的某种呈现与揭示。因此，诗集《恶之花》以

① ［法］克洛德·皮舒瓦、让·齐格勒著，董强译：《波德莱尔传》，上海：上海人民出版社2007年版，第502页。

“恶”的意识和形式要素描绘了“恶”的边界和领域，但是其价值意义不是在于对“恶”的迷恋与倡导，而是在于通过对“恶”的本体性分析，描述现代人的生存境域，从而进一步从反面的角度确立“善”的合法性构建。波德莱尔承担着游历恶之世界的使命，沉沦于恶之世界，进入地狱的边缘，其舍弃自身而深刻感受着现代性社会中的“恶”与“丑”，舐舔着现代性社会中的“恶”与“丑”之伤口，并由此将“恶”与“丑”的底蕴全盘托出，从而让现代性社会的客观真实样态一览无余。

“恶”之何为？波德莱尔在何种意义上使用“恶之花”之“恶”？文本的命名标识着文本的存在，那么研究分析波德莱尔的《恶之花》，必然首先走向对“恶”的追问，而在追问中存在着两个方向：其一是展开对“恶”之思想发展进程中的历史溯源；其二是对“恶”的本质内涵与内在品性展开相应的哲理思考。下面综合这两个方向让我们走向对“恶”的追问，并以此达到对“恶之花”之“恶”的体认与把握。

人类历史上对“恶”的追问与思考活动早已存在，这最早可以追溯到公元前5世纪后半叶，当时古希腊人在追问人类情感的道德性问题时就关注了“恶”的命题，在这个时期恶作为善的对立面的命题而得到了相应的思考。

苏格拉底对“恶”的认识是基于对道德的认识基础之上的，在苏格拉底眼中，道德即知识，而知识的匮乏以及无知则表现为“恶”，由此苏格拉底就提出了“恶起源于无知”的著名论断。柏拉图对“恶”的认识则从灵魂这个角度切入，指出“恶”产生的根本原因在于灵魂的统一秩序和结果遭受到了破坏，从而“恶”表现为灵魂内部因为出现了叛乱而表现出的病态症候，因此，对于柏拉图而言，善是对理念的完美模仿，而恶则是不完善的模仿。现实世界因为需要而模仿理念世界，但这种模仿具有不完善性，因此在柏拉图看来，现实世界存在着的恶具有不可避免性。苏格拉底与柏拉图都是从存在论和本体论（Ontology）意义上去界定“恶”，从这个层面对“恶”的认识并不具有严格的道德伦理意义。亚里士多德在阐述对道德的认识时展开了对“恶”的释读，其认为道德就是保持了一种适度，而违背适度表现为过度或者不及的就是“恶”，“恶”是缺乏德行的一种表征形式。因此，对于亚里士多德而言，“恶”就是对适度原则的破坏而表现出的所有过度与不及的现象与行为。普罗提诺对“恶”的认识主要立足于物质与灵魂之光之间的相互作用而展开，其认为世界中的物质因为自身的不稳定性、不确定性以及不完全性等根本性的“欠缺性”削弱了灵魂之光，而这种因物质的“欠缺性”对灵魂之光的损害就表现为“恶”。在普罗提诺的哲学思想中，灵魂之光作为世界的主导是第一位的，而物质则是第二位的。在这种思想前提之下，普罗提诺进一步认为现实中“恶”就是人的欲望、情感以及虚假意念的集合，即人之感性因素。为了摒弃这种现实之“恶”，普罗提诺认为只有通过沉思、勇敢、正义等美德才能真正解放人之感性自我，离弃肉体之我，以达到对灵魂之光的触摸，最终进入“太一”（善）的境界。检阅普罗提诺关于“恶”的认识，其主要认为人之感性因素制约和影响了对“太一”的追逐，而感性因素的根本“欠缺性”与不完全性产生了“恶”。普罗提诺从物质的“欠缺性”角度来处理“恶”的问题，其对“恶”的价值态度也是否定性的，因为这严重影响了对灵魂之光与“太一”的分有。

上帝存在与“恶”的问题是中世纪基督教哲学的重要问题之一。从一定意义上来说，基督教哲学中本体论的“恶”就在于事物之原初的有限性所具有的不完善性，也正因为这样上帝才作为全知、全能、全善的终极存在，世界也正因为具有“不完善性”和“欠缺性”而显现出多样性和多元性。基督教中“神正论”（Theodicy）思想中关于“恶”的认识主要关涉这样一个追问：在一个全能和至善的上帝所创造的世界中为什么还存在“恶”？这种对“恶”的追问最根本的是关于“恶”之来源、“恶”之理由的问题，在基督教思想中关于“恶”的神正论的经典解释是奥古斯丁所提出来的。奥古斯丁认为，“恶”并不是一个本性或本质，而是神所创造的良善受到败坏的结果，其认为“恶”之所以进入上帝的创造物之中，根本的原因在于两个方面：一是人作为上帝的创造物必然是完美的，但是人却具有自由意志，这就产生了背离上帝和善的可能性，而正因为这种背离导致了“恶”的出现。因此，“恶”是因为人之感性因素产生对上帝的背离而出现的。二是作为一个等级序列，上帝处在等级的顶端，作为善的代表而存在。在这一等级序列中，低一级事物的存在相对于高一级事物而言是非存在，后者是前者存在的根据，“恶”就是背离本体，趋向于非存在的东西。奥古斯丁认为“恶”不是一个本性，也不是一个存在者，而是否定与“无”，而“无”是存在的缺乏或不充分。奥古斯丁出于神正论的立场，把“恶”解释为对存在的悖逆，因而是违背存在的缺乏，这样通过否定存在论意义上的“恶”，从而排除把“恶”归咎于人的本性的可能性，因此在这个意义上，“恶”并不关涉道德伦理意义，而只是作为存在的“欠缺性”而存在，或者说“恶”是非存在。奥古斯丁关于“恶”的论断，从根本说上是从存在论的角度阐述“恶”之属性，并从基督教哲学的角度分析了“恶”的逻辑问题，这对“恶”的思想发展产生了积极的影响。

圣托马斯·阿奎那承接奥古斯丁的神正论，展开对“恶”的问题的相关分析和研究。按照奥古斯丁的传统，阿奎那也将“恶”的本质定义为善的缺失，并以此来使“恶”的存在与作为本质的善及宇宙创造者的上帝相容。阿奎那通过论证“恶”不是实体来阐述“恶”与上帝并存的合理性，他认为，“恶”既然不是独立存在的实体，那么它必处于某种实存的东西之中，这种实存的东西就是具体的善，具体的善是潜在的善，具有不完备、缺乏的特点。阿奎那将“恶”与潜在的善联系起来考虑，从潜在的善的角度界说“恶”的内涵，并以此证明“恶”与上帝同在具有可能性和合法性。

莱布尼茨认为，“恶”就是根基于人之有限性，而这种有限性表现为“缺失”与“缺陷”等属性。在莱布尼茨看来，“恶”并不意指现实的存在者，而只是针对作为完善、完全的对立面的“缺失”与“缺陷”而言。由此，莱布尼茨认为，过失和罪必须归入个体自由的领域之内，而苦难和罪之存在理由和解释就在于形而上的“恶”，即一切创造物以及人的有限性所固有的不完美性。莱布尼茨借鉴亚里士多德所提出的“欠缺”（Privation）这个概念，认为创造物由于自身的有限性而表现出不完美性。欠缺意味着被剥夺，是指事物缺乏为达到它应有的完美性而能够占有和按照其本质或者处境而应当拥有的状态和特性。

概言之，在基督教哲学中，“恶”的问题既关涉人性，又涉及本体论和神正论的问题，在基督教哲学视域下，上帝是用来描述最终实在的象征，恶的本质与作用作为基督教伦理学中的关键问题与上帝发生关联，并且作为具有全知、全能、全善属性的上帝与此世存在的自然之恶与道德之恶之间的矛盾纠纷，长久以来不仅是基督教哲学中的重要课题，也是基督教伦理学中的重要课题。在基督教哲学中，“恶”的本体论含义主要从“不完善”、“欠缺”两个层面给予界定。基督教认为，最终实在的最初定义就是善，世界起源于完善上帝的创造，相对于恶而言，善是处于本体论上的优先地位，即恶从属于善。

康德对“恶”的问题进行了系统思考，这相对比较集中地体现在《单纯理性限度内的宗教》一书中。康德认为，从人的本性角度而言，趋恶是人本性中无法完全克服的自然倾向，这种自然倾向主要体现在三个方面：其一，由于人的本性是脆弱的，从而表现为向善意志的不坚定性和不彻底性，善的导引作用因人本性中的脆弱而得到了相应的消解，从而出现有心向善却无坚定意志与强大力量去实现善，在这样的过程中表现出趋恶的一种可能性。其二，人即使克服了人之本性中的脆弱，即人有向善的意志和实现善的足够力量，但是由于非道德动机与道德动机的界限模糊不清，或者说道德动机中混杂着非道德动机从而表现出不纯正，在这种情况下向善的意志并未从道德动机中获得纯正的意志力量，从而也就让向善具有不彻底性，这是从向善的意志即道德动机的角度阐述了趋恶的另一种可能性。其三，人在向善的进程中由于采纳的准则出现了偏差，即采纳恶的准则，把出自道德法则的动机置于其他非道德的动机之后，因而也叫灵魂的颠倒。[①] 在康德看来，“恶”是人本性中的一种自然倾向，即就一般人而言偶然产生的性好（习惯性的欲望）之可能性的主观根据，人在本性上是恶的，但是人性恶不能归咎于客观必然性，原因在于意志会摆脱良心感受的道德的规范，即恶的本性是意志的主观必然性。康德进一步指出，人的本性之中既包含着善的禀赋，也包含着恶的倾向，两者的根本分辨点就在于人之意念，具体来说就是指持有何种对待道德法则的态度，从这个意义上看人之本性表现在道德上的善恶不涉及行为，而只涉及意念，以及作为行为动机的准则，因此对于康德而言，只有道德意念才是判断人之善恶的根据。

“恶”的问题是黑格尔道德哲学中的重要命题之一，因此黑格尔对“恶”的内涵展开了深刻的思考，其对“恶”的内涵的释读主要从以下几个方面展开：首先，黑格尔认为“恶”是相对于“善”而存在的范畴。“善”与“恶”对举并存，“善恶”互为前提，一方的不存在会导致另一

---

① ［德］康德著，李秋零译：《单纯理性限度内的宗教》，北京：中国人民大学出版社2003年版，第18页。

方存在的不可能性。在历史发展进程中，包含着对“恶”的克服，而向着历史发展的目标——“善”前进。这隐含着“恶”是实现“善”的手段的思想，只有通过对“恶”的克服才能通达“善”以及真正实现“善”。在黑格尔看来，作为目的的“善”与作为手段的“恶”之间这种辩证关系充分反映了历史发展的辩证过程。黑格尔立足作为目的的“善”这一观测点，赋予了作为手段的“恶”积极意义。其次，黑格尔将“恶”的作用置于社会历史发展的角度而给予相应的审视，其认为“恶”在社会发展进程中发挥着重要的推动作用，在一定意义上可以说“恶”是作为社会发展的能动性力量而存在着，甚至在一定程度上“恶”成为社会发展动力机制中的重要因素。因此，在这个意义上，“恶”就是社会发展进步中存在的能动性的客观存在，“恶”作为社会发展的动力因素在不同的历史发展时期表现出不同的历史特征，其作为动力作用相应表现出的效果也存在着差异性，但是“恶”对历史的推动作用是客观存在的，因此，“恶”在社会发展中也具有相应的客观性。“恶”作为社会历史发展的动力因素以其自身作为否定性力量而发挥相应的作用，并作为善的对立面而与“善”构成矛盾冲突，在这个层面上，“恶”是作为“善”发挥力量的鞭策对象。因此，黑格尔认为“恶”是“善”发挥力量的重要测量杠杆，与此同时，“恶”以自身的否定性力量来表现其作为历史发展的动力。此外，黑格尔认为，“恶”还表现为诸如贪欲、权势欲望等一类恶劣情欲，对于这些情欲的认识与把控，激发了人类的克服力量与控制力量的发挥，这也在一定程度上推动了社会历史向善发展。由此，黑格尔进一步明确指出，人类社会的所有行动都在于“上帝放任人们纵其特殊情欲谋其个人利益，所达的结果并不是完成个人的意图，而是完成她的目的，这个目的与每个人的目的大不相同”①。这也从一个方面充分说明了恶在历史发展中的积极意义。对于黑格尔关于“恶”的思想，恩格斯在评价黑格尔历史哲学的相关文章中明确指出：“在黑格尔那里恶是历史发展的动力借以表现出来的形式。”②

总结黑格尔关于“恶”的历史作用，其主要表现出两个方面的积极意

---

① ［德］黑格尔著，贺麟译：《小逻辑》，北京：生活·读书·新知三联书店1957年版，第396页。

② ［德］马克思、恩格斯著，中共中央马克思恩格斯列宁斯大林著作编译局译：《马克思恩格斯选集》（第4卷），北京：人民出版社1995年版，第233页。

义：一是作为人的自然本性或主观动机的“恶”的意义。这种“恶”的作用就在于人类在对其控制的进程中展现出进步的力量，从而推动社会历史的发展。对于这种“恶”的分析，黑格尔主要从利己主义与利他主义、目的与手段以及“善”与“恶”的辩证关系中给予充分的论述，这些二元对立的冲突正是推动社会发展所需要的矛盾力量。二是在社会历史发展客观进程中“恶”作为否定性力量的积极意义。社会发展总是遵循着自身发展的客观规律和客观趋向，人的主观动机与历史客观效果总是处于不一致的状态之中。历史客观效果与人的主观动机的不一致总是体现为人之主观动机的“恶”的因素的存在，在这个意义上，“恶”是以自身的否定性力量反作用于社会历史发展，从而进一步达到对历史的推动作用。黑格尔关于“恶”的论断，主要是在社会历史发展进程中对其展开论述，“恶”成为社会历史发展中的辩证法的重要构成要素，是组成社会发展矛盾的重要一维，在这个层面上，“恶”以自身的否定性作用而具有重要的意义，因此，黑格尔充分阐述了“恶”的社会历史内涵与历史作用。

关于“恶”的命题，马克思主义有关理论中也有丰富的论述。考察马克思主义有关“恶”的思想，我们发觉其主要依循康德与黑格尔关于“恶”的思考路线，尤其是借鉴了康德与黑格尔关于“恶”在历史社会中发挥着重要作用这一思想观念，并依此提出了“恶”是作为历史发展的重要杠杆而存在的观点。但是与康德和黑格尔关于“恶”的论述不同，马克思主义有关“恶”的思想是在唯物主义与辩证法以及历史唯物主义的理论视域下展开论述的，因此，其关于“恶”的品性与内蕴有着自己的创见。马克思主义关于“恶”的思想，内涵极其丰富，具体来说，其主要充分体现在以下三个方面：第一，新旧事物之间的矛盾冲突中表现出的新事物对旧事物的反驳，尤其是新的历史事物对旧的社会秩序的背离、对抗以及颠覆等，从而表现出一种“恶”。相对于旧有事物与旧有社会秩序来说，新事物的出现是对原有的“神圣事物的亵渎”①。在马克思主义看来，这种“恶”是相对的，因为这种相对意义的“恶”充分体现了社会发展的客观规律，人类社会形态的更替以及社会历史发展的螺旋式上升就具体地表现

① ［德］马克思、恩格斯著，中共中央马克思恩格斯列宁斯大林著作编译局译：《马克思恩格斯全集》（第20卷），北京：人民出版社1995年版，第200页。

在新事物对旧事物的对立、反叛、超越，只有通过新旧社会历史事物之间的矛盾冲突以及新事物对旧事物的取代，社会历史才能取得进步。在这个意义上，这种“恶”是相对意义上的“恶”，从历史发展的趋势来看，这其实是一种“善”。第二，人类感性因素中的恶劣情欲，这又是一种“恶”的表现形式，其中主要包括人在社会历史生活中表现出来的各种形式的贪欲、自私欲、权力欲等恶劣情欲。这些“恶”的形式在社会发展中表现出矛盾性的作用，一方面对社会发展起到消极作用，诸如贪欲、权力欲等对社会秩序和社会制度的破坏作用；另一方面对社会发展起到积极作用，因为这些恶的消极性以及否定性作用，激发了社会克服它们的反作用力，由此更进一步推动社会历史的进步。第三，在历史社会进步中总是要付出相应的代价，而这种因为推动历史发展所付出的代价就表现为一种“恶”。在马克思主义看来，新事物与旧事物的斗争进程中存在着新事物暂时失败的状况，而这种暂时失败的代价恰恰是历史社会取得更进一步发展所不得不付出的。如在国家与民族发展的进程中，某些阶级和民族所承受的阶级斗争、战争灾难等就是这种“恶”的表现，但是将之置于历史社会发展的总体进程中来考虑，这种付出或者说这种“恶”就推动了历史的发展与进步。

梳理了历史上关于“恶”的观念和思想之后，那么“恶”的内涵究竟应该怎样规范与界定？这既要从哲学本体论意义上理解“恶”之存在性，诸如苏格拉底、柏拉图以及亚里士多德关于“恶”的思想，又要从伦理学层面上理解自然之恶与道德之恶的辩证之分，还要从宗教意义上的“恶”之逻辑性与实证性问题去关注，以及从历史社会发展层面中的“恶”的价值论视点去考虑。通过对“恶”的整体考量，我们可以这样描述：“恶”是一种“欠缺”，从一定意义上可以说是“无”，这是对存在遮蔽的另一种言说；“恶”是一种恶劣情欲，是人之非理性膨胀到极致的聚合，但其中蕴含正负价值的交织磨合；“恶”是一种解构性力量，以否定性确立自身的存在……那么，波德莱尔以“恶之花”命名诗集，其需要折射出怎样的“恶”之品性与“恶”之内蕴？毕竟，诗学中对“恶”之形象与意象的选择和建构不同于现实生活中对“恶”的嗜好与沉迷，因为其中隐含着形而上的反思与追问。对于波德莱尔而言，不管是现实生活中对“恶”的体验还是诗学中对“恶”的思考，都应该包含着一种对“恶”的存在论意义上的拷问。

“恶”散落于波德莱尔的整个生命历程之中，“恶”也凸显在波德莱尔的诗作评论之中，在一定意义上可以说“恶”成为波德莱尔生存样态中的一个重要组成部分，这其中既包含对“恶”的现实体验，又包含了对“恶”的恋恋不舍的思想追问。“恶”，相对于波德莱尔而言，既是作为具象的恶者，诸如诗篇中的“毒品”、“大麻”、“腐尸”、“妓女”、“同性恋者”等诗学形象与意象，又是作为抽象的恶之意识而存在，诸如“恶中掘美”、堕落、沉沦等艺术意念与生存意志，还包括宗教意义上的原罪诉求。对于本体意义上的“恶”，波德莱尔用生命去进入，其中既包括现实生命的存在体验，又隐含着艺术生命的重构；对于道德意义上的“恶”，波德莱尔以拒绝的形式加以占有，以沉沦于“恶”的姿态促使对现代性社会作深刻反思与批判，尽管无舍生取义的宏大意义，但也有舍生取义的点滴余韵；而具体的恶的事物，则成为波德莱尔笔下的主体诗歌题材，并得以肆意渲染与编排，“恶”之象、“恶”之味、“恶”之旨如数家珍般地全盘托出……概言之，“恶之花”之“恶”，不仅包含了价值评判之色彩，更是作为一种本体存在缺失的彰显；“恶之花”之“恶”，呈现出了“恶”的根本否定性的内涵。在波德莱尔看来，这种“恶”的根本否定性的内涵主要表现为：一是“恶”的自身价值内涵具有否定性和解构性；二是“恶”让道德主体的生存体验是否定性和消极性的；三是“恶”从根本上消解了价值意义存在的可能性。

波德莱尔将“恶”的根本否定性的内涵渗透进他的人生经历和诗歌创作之中，他曾经就爱情与“恶”的关系发表过这样的言论：“爱情带给人的惟一的和最高的感官享乐在于确信自己在作恶。——男人和女人一生下来就知道任何感官享乐都在恶之中。”① 波德莱尔在这里将人性欲望定位于“恶”的领域，这种解说是基于他对爱情中生理欲求的强调。在波德莱尔眼中，爱情无关乎人之情感和心灵共鸣，而只是生理欲望享受的一种合法形式，爱情作为人类情感中的重要价值意义并不存在。后来波德莱尔又对爱情与“恶”的关系提出了这样具有戏谑的说法：“小猫，小猫咪，咪咪，

---

① ［法］让—保尔·萨特著，施康强译：《波德莱尔》，北京：北京燕山出版社2006年版，第51页。

我的猫，我的狼，我的小猴，大猴，巨蛇，我伤心的小驴子。这样随意地使用语言，不断地重复，不停地称呼兽类，证明了爱情邪恶的一面。”① 波德莱尔认为恋人之间用小动物作为昵称称呼对方，其实就是影射出爱情邪恶的一面，爱情的美好意义被剥离，其与兽性、邪恶赤裸裸地纠缠在一起。在波德莱尔看来，爱情与兽性存在着一种紧密的亲缘关系：爱情是恶的一种具体表现形式。

在波德莱尔看来，现代社会中的人群处于恶的境域之中，因为人类自己就不断地制造着恶，让恶肆意充斥着现代社会的所有场所。波德莱尔认为：“把撒旦当作知己，这意味着什么？如同日常生活所证明的那样，既然人总是与人相像和相同，也就是说总是处于一种野蛮的状态，那还有什么比进步更加荒谬？在文明所造成的日常冲击中，森林与草地受到了多大的破坏？人在大街上纠缠着上当者，或在陌生的森林中刺杀其猎物，他难道不是永恒者，即最完美的猎食动物吗？”② 波德莱尔此番言论，说明在人类文明的发展进程中，人类的恶魔性也得到了发展，人类对自然和动物的恶性行为无时不有、无处不在。在波德莱尔看来，人性已经完全复归动物性，人类文明只是一件华丽的外衣，甚至可以说是以恶为内核的华丽外衣，娇艳的颜色与精致的款式渲染的却是人类的人性之恶。

波德莱尔以“恶之花”命名诗集，这一方面说明波德莱尔用“恶”的根本的否定性来统摄其诗篇旨趣，即深入“恶”之世界，感受“恶”的彻底否定性；另一方面通过诗歌透显“恶”的生存体验，以“恶”之生存样态言说现代社会，并以此反观人类现代性处境中的“恶”之种种宿命。依据黑格尔和马克思主义认为“恶”在历史发展中发挥推动历史社会进步与提升人类精神的观念，在一定程度上波德莱尔的诗歌对“恶”的描述与展现也具有类似的作用，只不过是以种种极端的“恶”之形象与意象的创作与建构来加以表现而已。

具体到波德莱尔自身，其用诗篇展现“恶”的目的正如萨特所指出的：“这里涉及的是一种不会产生后果的游戏，一种与生命、与恶的游戏。

---

① ［法］波德莱尔著，张晓玲译：《私密日记》，长沙：湖南文艺出版社 2007 年版，第 81 页。

② ［法］波德莱尔著，张晓玲译：《私密日记》，长沙：湖南文艺出版社 2007 年版，第 85 页。

可是正因为这是一种空洞的游戏，波德莱尔才感到乐在其中；一些无意义的、不结果的、没有后嗣的行为，一种幽灵似的恶能使人感到自由和孤独。”① 萨特在这里充分阐述了波德莱尔对生命的认识：生命的意义建构于无意义的“恶”的不断生发与展开之中；生命的价值在于无价值的游戏之中；“恶”构成生命的所有诉求，并且只有通过“恶”才能到达一种生存之自由——孤独的存在自由。

萨特在解读波德莱尔时进一步指出：“请注意恶与诗的关系。当把恶视为目标时，这两种有限责任的创作就相互结合，融为一体，这样，我们就拥有恶的花朵。但是，有意识地自己制造恶，即错误，却是接受和承认善。这是向恶致敬，自认低劣，并承认自己的成就就是相对的、派生的，如果没有善，创作就不存在。”② 萨特在这里指出了波德莱尔的诗与“恶”的关系，“恶”成为诗的目标，“恶”在诗中得以呈现，“恶”构成诗的要素，这是“恶”对于诗的一种规范和要求。同时“恶”通过诗歌形式加以呈现，这就孕结出艺术之花——恶之花。但是，萨特又在这里指出，“有意识地制造恶”是以“善”作为参照系的，“善”是作为“恶”存在的背景而存在的，波德莱尔并没有直接论述“恶”与“善”之间的关系，但是“恶”的本体论地位对于波德莱尔而言是毋庸置疑的，或许“善”只是以不在场的方式出现而已。

相较于海德格尔用“向死而生”来诠释此在之内蕴，在这里我们可以认为，对于波德莱尔来说，“恶”的更根本的意义在于其“否定性”成了一种存在的积极力量，“向恶而生”成为其生命的本体论意义，但这种意识化过程最终给予主体的指导意义却是积极的。通过“恶”，那些自在的原本只能被人感觉的东西对生命的否定性意义被明确而又清晰地“说”了出来，从而指导生命主体对“恶者”（即含否定性价值的对象）作出正确的道德行为反应。波德莱尔为我们作出了这样的选择，在他展现的“恶”的世界中让人感受到恶的真切实在性，那么如何反思“恶”之世界就成为现代人不得不面对的现实问题，这也是波德莱尔《恶之花》的价值取向和

① ［法］让—保尔·萨特著，施康强译：《波德莱尔》，北京：北京燕山出版社2006年版，第53页。

② ［法］巴塔耶著，董澄波译：《文学与恶》，北京：北京燕山出版社2006年版，第19页。

意义指引问题。波德莱尔进入“恶”的世界，并且向我们展现出“恶”的死亡气息，有一种“我不下地狱，谁下地狱”的豪迈。

“恶”与诗歌在《恶之花》文本中构成了一种张力，“恶”中孕育和开放的花朵就表现为诗歌，而诗歌的旨趣与内蕴涵摄着“恶”的本质内容。波德莱尔选择“恶之花”命名他的诗集，这一方面是希望以爆炸式的书名吸引社会公众眼球，这是波德莱尔从诗集的社会效应与反响层面考虑的结果；另一方面，也是最根本性的驱动力在于波德莱尔的“向恶而生”的生命本体论意义上的一种诉求，是以生存于恶中来反思和拷问现代性社会的一种生存方式反映。与此同时，结合诗集《恶之花》中的具体诗歌内容与诗学取向，即诗集主要以描绘“恶”之形象和散发恶之意识为主导，诗集的诗意表达也是以“恶”为底色的，因此，在这个意义上选择“恶之花”来命名诗集也就是一种必然了。

对于波德莱尔而言，《恶之花》在“世界中”存在，这敞开了一个“恶”的世界，这是现代人生活于现代性社会中最本质的一种反映，同时以“恶之花”命名诗集，这也是《恶之花》作为诗作的本质使然。

第三节 诗歌结构安排

诗集《恶之花》出版后，有评论家认为诗集有一个诗人有意、精心设计的秘密结构，在释读诗集之时，如果不按照诗人安排的顺序阅读，对诗的意义理解和把握就会大打折扣。诗集《恶之花》是否存在着作者波德莱尔有意为之的秘密结构呢？检阅《恶之花》诗集已出版的三个版本，可以发现三个版本都以相应的主题统摄相应的诗作，即具体的诗歌总是统一在相应的主题之下，并且这种编排并不是按照写作年代的顺序组织安排的，而是奇妙地按照一个有秩序的紧密结构排列的，例如 1857 年初版按照“忧郁和理想”、“恶之花”、“反抗”、“酒”以及“死亡”五组主题排列，1861 年第二版与 1868 年第三版都遵循“忧郁和理想”、“巴黎风貌”、“恶之花”、“反抗”、“酒”以及“死亡”六组主题排列。波德莱尔对于《恶之花》的结构作如此安排是基于何种理由或者目的呢？《恶之花》诗集究竟存在着怎样的隐秘结构？这些问题都是我们解读《恶之花》诗集不得不解决的。在这里，我们结合诗集的主题以及具体的诗歌内容对《恶之花》分组的依据给予相应的解说。

在第一版的诗歌结构基础之上，第二版和第三版《恶之花》诗集的结构顺序都是按照“忧郁和理想”、“巴黎风貌”、“恶之花”、“反抗”、“酒”以及“死亡”六个主题进行有序排列，这种安排具有明显的诗歌意绪发展的脉络结构。

第一组以“忧郁和理想”作为主题命名，统摄《恶之花》诗集中2/3的诗作，在诗集诗歌数量中所占的比重颇大。波德莱尔选择以“忧郁”与“理想”这对具有矛盾冲突的命题作为第一组诗歌的主题思想，这非常明显地突出了现实与理想之间的冲突。在这里，诗集首先将诗人生存的现代性社会的各种面相具体地描绘出来，并且将“忧郁”与“理想”两者之间的冲突作为诗人生存在其中的现代性社会的总特征。在波德莱尔看来，诗人的“生活世界”就是“忧郁”与“理想”并存的世界，那么现实和理想是如何发生冲突并导致现代人“忧郁”生存体验的出现？

联系波德莱尔生活的19世纪社会状况，可以发现自18世纪启蒙运动以来，资本主义社会的政治、经济、社会生活以及思想文化发生了根本性的变化，这种根本性的变化具体主要表现在以下几个方面：一是现代性世俗化进程日趋加快。在这个时期，中世纪形成的“宗教世界的图景”已经逐渐消散，“祛魅”成为时代的特征，宗教的控制与影响日益衰落，世俗生活得到了充分肯定。随着宗教的衰落，现代人改变了以前只能从神或者宗教那里找到自身存在的合法性依据的状况，并由此转向了现代人自己给自己立法，人与神、人与宗教的存在关系得以改变。二是理性化活动日益演进。现代人脱离了神与宗教的宰制，人之主体性得到了极度张扬，“我思故我在”的认知论哲学奠定了理性的基础性地位，社会理性化的建构日益加强，从而导致了社会生活的市民化、政治的官僚化和科层化等社会样态的变化；凸显理性化目的的商品经济也得以迅猛发展，自由竞争无处不在……随着19世纪的资本主义社会在民主科学上取得长足发展，人也逐渐发生异化，最终演变为被理性化控制的对象，精神物化、人性碎片化、人格分裂等就成为现代人的重要特征。马克思对于现代社会中的这种状况有过形象化的总结：

在我们这个时代，每一种事物好像都含有自己的反面。我们看到，机器是有减轻人类劳动和使劳动更有成效的神奇力量，然而却引起了饥饿和过度的疲劳。新发现的财富源泉由于某种奇怪的、不可思议的魔力而变成贫困的根源。艺术的胜利，似乎是以个性的丧失为代价换来的。随着人类愈控制自然，个人却似乎愈成为别人的奴隶或自身卑劣行为的奴隶。甚至科学的纯洁光辉仿佛也只能在愚昧无知的黑暗背景上闪耀。①

马克思所描述的19世纪的社会特征主要表现为：随着社会对合理化的极度要求，最后导致出现了社会发展的严重非合理化。波德莱尔所处的时代正充分地表现出这种时代发展的悖论性特征，由此波德莱尔以现代人的生存体验“忧郁”与对“理想”的向往而形成的矛盾冲突作为诗集《恶之花》的第一组主题，在一定意义上可以说“忧郁和理想”在《恶之花》诗集中处于第一组的地位是波德莱尔直视现实的相应总体描述。“忧郁”构成波德莱尔生活时代图景的底色，但是他依然有挣脱与超越现实到“理想”中去生存的情感冲动和诗意冲动。

波德莱尔对“忧郁”与“理想”的冲突矛盾的描述在具体诗篇中得到了大量的呈现，例如在《祝福》中诗人的母亲给予诗人深刻而又恶毒的现实诅咒，但是诗人依然怀抱着理想——感召上帝，与天使同行，然而后来诗人意识到理想过于虚化，因为诗人在《信天翁》中感受到了无法摆脱的现实羁绊和无奈；物质世界如此困扰人心，而诗人希冀挣脱，回归到人与自然的微妙感应关系之中（《高翔远举》、《应和》），但是人与自然的美妙回应也只是暂时的解脱，美好的向往挣脱不了生活现实的牵绊之线；疾病的折磨给诗人涂染了夜的漆黑（《病缪斯》），同时现实的贫穷确认了对诗神感恩赞美的苍白无力（《稻粱诗神》），灵魂已物化，并逐渐固化为冷冰冰的坟墓（《坏修士》）；时间与生命不停地对抗着，痛苦的种子经过孕育已逐渐发芽（《仇敌》），理想中的珍宝与绚烂的花朵因为命运的阴差阳错而犹如海市蜃楼般可望而不可即（《厄运》），虚弱的回忆展现了过去生活

① ［英］伊格尔顿著，王杰等译：《美学意识形态》，桂林：广西师范大学出版社1997年版，第69~70页。

的美好，对以往生活状况的低吟在痛苦中表达着现实生活的种种不如意（《从前的生活》）；抛弃回忆，带着希望流浪，辗转的心路历程也是本真生命的一种证实，于是在现实中走向那不可知的黑暗王国（《流浪的波希米亚人》）；诗人在旅途中感受着人与海的相互对立，渺小与宏广构图为美丽的景致（《人与海》），走过地狱，但诗人的眼光依然眺望着天堂（《唐·璜下地狱》），执着的目光渐渐黯淡，超越之心慢慢坠落，这是幻想的代价（《惩罚骄傲》）；美何处可以寻觅？美只是以遮蔽的面目和诗人会面，无法捕捉（《美》），诗人依然挣扎着坚持理想（《理想》），但是或许诗人累了，回归现实，用情欲宣泄着理想的压力（《女巨人》）；悲哀的美不期降临，诗人感受到了美的哭泣以及它与丑的相依相伴（《面具》、《献给美的颂歌》），一种异域的芳香短暂地停息了诗人的追逐，睡下吧——诗人在异域中梦呓着瞬间的感受（《异域的芳香》）。

诗人在自言自语着：爱情与情欲或许使疲惫之心沉沦，微微的悸动或许是生命的另一种真实（《头发》、《我崇拜你有如那黑夜的苍穹》），但是情欲之爱却让诗人感受到了污秽与崇高的价值互换与意义互赠（《你能把全宇宙放进你的内屋》），夷平道德的等级，欲望之兽渲染出诗人的贪得无厌（《还不满足》）；诗人在继续追问着：情欲为何？（《她的衣衫起伏波动，有珠光色》、《舞蛇》），原来，情欲与死亡相依，激情与空洞相绕，眩迷与腐烂相伴，这是诗人沉沦深渊的生命体验（《腐尸》）；何处是归途？诗人企图向上帝祈求明晰的答案（《从深处求告》），但是上帝依然沉默，诗人在短暂的自省后寂寞地转身离去，继续感受着恶的缠绕（《吸血鬼》、《某夜我在可怕的犹太女身旁》）；诗人在言说：炎炎情欲之火烧过，几许悔恨或许留下吧（《死后的悔恨》）。

诗人面对恶之世界力求脱身而去，但对理想的追逐却失去了方向与动力，名为“云中之君”的诗神正如在甲板上蹒跚而行的信天翁，留下的只是歪歪斜斜的足迹；面向天堂，那却是一个虚化的理想之所，让人无法触及；那么沉入地狱般的情欲，抑或可以安置自己的心灵，诗人于是走向了散发着腐尸般气息的情欲之海；沉沦的生存方式，依然无法完全压抑超越之心与向往之心，诗人只能转向，或许精神之恋是人生的另一出口，诗人摸索着，走向那寄予厚望的精神之爱……

消除了情欲的欲生欲死，美妙的精神之爱温暖着诗人的冰冷之心

(《阳台》)，如狂似痴的爱恋感召着诗人回归，精神的愉悦点燃了诗人心中之火，被抚慰的灵魂有了寄托的牵引（《魔鬼附身者》）；焦灼的等待、爱恋的芬芳、美女如画，这是诗人精神之恋的写照（《一个幽灵》）；美丽的守望，凝结着诗人所有的浪漫情怀（《我赠你这些诗，如果我的名字》），虽然满腹相思也寂寞（《今晚你将说什么，孤独的灵魂》），但精神之恋的火光穿透诗人整个世界（《活的火把》）；爱恋导引着精神的前进，继续营造和谐的心之宁静（《精神的黎明》、《黄昏的和谐》），爱到死的决然，一个香水瓶就可以作证（《香水瓶》）；相爱成痴，痴中含恨，变换的是爱恋的百般滋味（《毒》、《乌云密布的天空》）；不管怎样，一起感受爱的芬芳才是人生真谛（《遨游》），但诗人的美好体验刚刚浮现，怀疑与纠结之心就再度苏醒，无法更改的追逐再次不期而遇（《不可救药的》）；在最后的精神拥有中尽管相对无言，但心境依然相通（《秋歌》）。

诗人在炽热的精神之恋中感受着一种灵魂的安静，爱恋之真与爱恋之痴点燃了诗人的全部热情，然而，事物发展到极致往往意味着衰退。诗人的精神之恋能安放诗人的全部身心吗？回答是否定的，于是“忧郁和理想”转向另一种诗意基调，渲染的是另一种情感色彩。

热情告退，忧郁重现，诗人依然在徘徊（《忧郁（四首）》），徘徊于一种虚无之中，无法解脱（《顽念》、《虚无的滋味》）；恶的意念又慢慢浮现，难道这是诗人无法摆脱的宿命吗？（《无可救药》）时间即将定格，以写满了忧郁的字眼来予以定格（《时钟》）。

在“忧郁和理想”篇中，隐含着一种意向性结构，这种意向性主导着诗作的主题变换和思想发展，具体表现为：“忧郁的世界”→“理想的追逐”→“沉沦的狂欢”→“爱情的共舞”→“忧郁的重现”。紧接着《恶之花》的意蕴进入另外一个层面，即“巴黎风貌”。

波德莱尔将“巴黎风貌”作为《恶之花》第二组的主题命名，这说明诗歌意向转为对现实世界的思考，并且相对于比较宏观的“忧郁世界”来说，这个现实世界以诗人波德莱尔生活的城市巴黎作为诗歌的创作对象，通过对巴黎的微观考察，从而更精细地揭示出诗人所处现代性社会的细部特征和生存体验，由此，城市现代性与生活其中的现代人的种种面相就成为诗人创作的基本选择。“巴黎风貌”主要描述的是现代性背景下巴黎都市的图景，并且这种城市现代性的图景是通过城市的具象和碎片来加以具体表现的，诗歌也就由相对抽象转入相对具体，形象的丰富性与意义的直接性得到了更好的呈现。

现代性城市中的种种现代性景致，冲击着诗人的眼帘（《风景》），诗人步入城市，享受着现代性所带来的恩惠并抒写着“他”的高贵（《太阳》）；不期而遇的红发女乞丐，让诗人感受着美与贫穷的冲击力（《给一位红发女乞丐》），背井离乡的人呵，难道是对现代性城市的一种无声控诉？（《天鹅》）；诗人看到，蹒跚而行的老人满脸皱纹刻下“现代”两个字，穷人的世界与富人的世界迎面相逢（《七个老头子》、《小老太婆》）；诗人听到，盲人拐杖的敲击声——那是盲人从传统社会带来的声音，散落于宽广的林荫大街（《盲人》）；诗人有感于过路女子的美丽与痛苦（《给一位过路的女子》）；都市的繁荣，见证了农村的贫困（《骷髅农夫》），夜幕下的都市，蠕动着各种从事不同职业与工种的人群（《薄暮冥冥》、《赌博》）；都市之梦由大理石与金属筑造，都市的晨曦精细地排列着城市的片断与碎片（《巴黎的梦》、《晨光熹微》）。

在“巴黎风貌”篇中，波德莱尔以散点透视的方式折射出都市巴黎现代性的特征，其中尤其包括了都市与农村的对比抒写和城市具象的展现。在这个部分的诗之形象的构建过程中，波德莱尔赋予了其自身的价值判断和意义选择，并且与巴黎城市现代性发展的种种样态紧密联系，从而形成对城市现代性的系统思路。波德莱尔在“巴黎风貌”篇中通过各种城市具象说明现代都市也不是安放人之心灵的场所，超越性的理想在都市巴黎也已没有支撑的现实基础，于是理想不得不再次转身而去，何处是目的地？依然没有清晰的答案。

“酒”对于波德莱尔而言，不管是在现实生活中还是在诗歌意象中都是其所钟情的东西，正因为如此，他在《人造天堂》一书中以“酒”作为主题进行了专门的论述，并且在一定程度上赋予了酒积极的意义。在对酒的描述中，波德莱尔将酒拟人化，让“酒”言说自己的价值与意义：

人啊，我亲爱的人，我想为你唱一支充满友情的歌，一支充满快乐、光明和希望的歌，尽管有玻璃的牢房、软木的插销。我绝不忘恩负义；我知道是你给了我生命。我知道辛劳和肩膀上的太阳对你意味着什么。你给了我生命，我会报答你。我欠你的会大大地还你；因为我感到非同一般的快乐，当我跌进因劳动而干渴的喉咙里。……

你听见古代的强有力的曲调、爱情之歌和英雄之歌在我身上激荡、鸣响吗？我是祖国的灵魂，我一半是风流的、一半是尚武的吗？我是礼拜日的希望。劳动使日子兴旺，酒使礼拜日充满希望。……

我照亮了你的年老的妻子的眼睛，你那每日的忧愁和最久远的希望的老伴侣。我使你的目光温柔，我让你的瞳仁的深处点燃起青春的火花。……

我像植物的精华落进你的胸膛。我是谷粒，将使痛苦地掘开的沟垄长满庄稼。我们密切的结合将创造出诗。……①

波德莱尔用诗性的语言为我们展现了酒的美好，其中尤其包含着以下几对关键性的关系：酒与人的关系，酒与时间的关系，酒与大地的关系，酒与诗的关系等。这些关系在诗集《恶之花》中都得到了不同程度上的诗意建构，其中重点关注的是酒与人之间的关系。酒不仅成为波德莱尔诗歌意象中创作的重要命题，也是其试图消解现代性社会中种种压力的一种工具，因为酒能给人带来暂时的忘却与虚幻境界，从而让现代人与现代性社会拉开了距离，所以在《恶之花》中将第三组的主题命名为“酒”，并且按照诗集的内部结构确定了“酒”这个诗歌主题的相应位置。

第三组“酒”篇主要包括《酒魂》、《醉酒的拾破烂者》、《醉酒的凶手》、《醉酒的孤独者》以及《醉酒的情侣》等几篇诗作。波德莱尔选择“酒”，是因为“酒”具有一种麻醉的作用，能让人产生眩晕，并且在这种眩晕中夹带着某种不可言状的愉悦。波德莱尔正因酒具有这样的特性，所以选择酒能创造出的眩晕感觉来作为诗人超越现代性社会的一种可能性途径。在《恶之花》文本中，诗人历经了“忧郁和理想”和“巴黎风貌”所建构的生存境域，但是最终都无法通达理想。那么，酒能筑造诗人的理想家园吗？诗人的追问继续着。

诗人在追问：蕴含着苦难、汗水和阳光的酒是否能与诗相伴，结出美丽的花朵？（《酒魂》）；忘却垃圾的熏人恶臭，拾破烂者在酒中品尝到了一

① ［法］波德莱尔著，郭宏安译：《人造天堂》，上海：上海文艺出版社 2011 年版，第 5 ~ 6 页。

种沁人心脾的美好（《醉酒的拾破烂者》）；醉酒的眩晕与幻象拉平了幸福与痛苦的分差，自由与孤独同在（《醉酒的凶手》、《醉酒的孤独者》）；美好的爱情在醉酒的体验中散发出馥郁的芬芳（《醉酒的情侣》）。

酒让人眩晕的体验，只是让人短暂地忘却孤独、贫穷和痛苦，而抵达理想之境依然是遥不可及。醉酒中的沉沦始终无法阻止清醒的逐步降临，这种清醒关乎对现代性社会的明晰认识，而现代性社会让人处于根本性的"忧郁"之中，这说明酒依然无法让人通达理性之所，理想似乎仍居住在遥不可及的彼岸……波德莱尔在"酒"篇中描述了"酒"对人产生功效的短暂性与虚幻性，冷峻而又坚固的现实世界犹如铜墙铁壁让现代人无法轻易突破，即使在酒醉中也不存在通向理想的桥梁。波德莱尔在"酒"篇中的诗作主要围绕酒醉的那种幻象的虚假性展开描述，并以此来证明诗人以暂时的沉沦与眩晕期许通达理想世界的不可能性。诗人追求理想世界的步伐不得不再次转移，因为既不能在"忧郁"中实现理想，又不能在都市中占有理想，也不能在自我麻醉中触摸到理想世界，似乎理想总是以遮蔽的形象示人，诗人的"生命之重"也窒息着生存之理想。

既然朝着理想的前进方向无法接近理想，那么反其道而行或许也是一种可能之途，以"远"切近"近"未尝不是突破的要津。关于"远"和"近"的关系，海德格尔在《物》一文中给予了全新的解释，他写道："在路程上离我们最近的东西，通过电影的图像，通过收音机的声响，也可能离我们最远。在路程上十分遥远的东西，也可能离我们最近。小的距离并不就是切近，大的距离也还不是远。"① 海德格尔并不是在通常意义上理解"切近"，而是在存在之遮蔽与敞开的意义上给出相应的解释。波德莱尔在"忧郁和理想"篇中直接以"切近"的方式去追逐理想，但是理想依然模糊不清，通达的道路也无法找寻。在这样的境况下，波德莱尔反身转向选择在"恶"之世界中沉沦，这或许是波德莱尔"切近"理想之所的一条可能性道路，于是，《恶之花》文本的笔调转向了第四组"恶之花"篇。

诗人从酒醉的眩晕中醒来，沉重的步履踏上了"恶"之土壤，罪恶的

---

① ［德］海德格尔著，孙周兴选编：《海德格尔选集》（下册），上海：上海三联书店 1996 年版，第 1166 页。

欲望将诗人带进了厌倦之原（《毁灭》）；死亡之冬的寂静证实着欲望之春触目惊心的恶性（《被杀的女人》），艳丽的诱惑之流下暗藏着深刻的罪孽（《被诅咒的女人》）；放荡和死亡唇齿相依，诗人何去何从？（《两个好姐妹》）；醒目的鲜血，渲染成诗人欢娱世界的蛊人颜色（《血泉》），而卖淫的妓女恰恰体现出高贵的品质（《寓意》），诗人的爱情与诗人的尸体成为诗人爱情之旅的两面风帆（《库忒拉岛之行》）。

波德莱尔在“恶之花”篇中以生命的沉沦方式进入恶之世界，遨游于恶的爱欲之地，但是对恶的本体论体验也无法让诗人获得生命的出口，“被抛”的此在展现的依然是现代性之恶。花虽艳丽芳香，却隐含着对生命的否定。波德莱尔笔下的诗人无法揪着自己的头颅腾空而起，虽屡屡追寻，最后的结局却总是镜花水月。诗人依然无法逃离现实世界的宰制与禁锢。诗人愤怒了，他发出了沉闷的怒吼：反抗！

第五组“反抗”篇中描述了诗人对上帝的一种无力反抗，因为诗人追寻着上帝，而上帝却始终缺席，于是诗人不再找寻去上帝之所的道路，而是直接对以缺席形式存在的上帝发出了怒吼。

上帝存在吗？诗人似乎带着否定的回答直面这个问题（《圣彼得的否认》），在现代性社会中，似乎上帝也无力超度现代人自己所制造的罪恶，于是，诗人揭下了上帝全能全德的神圣外衣，发问：谁能拉下天堂里的上帝？诗人将这种希望寄托于亚伯和该隐（《亚伯和该隐》）；诗人自言自语着：告别信奉，选择反叛，或许能到达天堂（《献给撒旦的祷文》）？

在“反抗”篇中，诗人对所追逐的理想与上帝是否存在心存疑惑，既然无法到达不可能之所，那么不可能之所存在吗？诗人在动摇，心中的信念正如花瓣般零落，飘散四处。追逐的对象似乎不存在，反抗的对象也应该不存在，那么剩下的只能是反抗自身而已，力量使出，却无处受力，这难道正是处于现代性社会中诗人无法逃脱的宿命吗？

在“死亡”篇中，诗人无须追逐，也无须反抗，似乎已经认定追逐与反抗的不可能性。死亡，是一种否定、一种终结，无须找寻，而恰恰在这无须找寻中得到了解脱——原来出口就在于“死亡”之所。

恋人已死，爱情却得到了永恒（《情人之死》）；穷人命亡，却体验了生之乐趣（《穷人之死》）；创造美的艺术家以死殉美，却以自己生命的终结演绎出美的华彩（《艺术家之死》）；死亡通往虚无，但诗人似乎还在留

1857年诗集《恶之花》出版，这是波德莱尔为当时的法国文化界投下的一枚“炸弹”，引起了法国社会各界多方面的反应。在这些褒贬不一的反应中，既有对《恶之花》的褒奖与推崇，又存在着对《恶之花》的厌恶和拒绝，其中尤其严重的事件是诗集《恶之花》受到了当时法国政府的法律审判。波德莱尔以诗集《恶之花》阐述了自己对现代性社会的认识和理解，然而这种对现实社会观测的独特视角却很大程度上不容于世，波德莱尔的一生可以用“向恶而生”来概括，其所创作的作品《恶之花》的出版与传播也可谓历经曲折与饱受非议，但是《恶之花》作为一个自足的文本存在于世，是一个已无法改变的文学事件，它以自身的存在或积极或消极地影响着当时的法国社会。

具体梳理当时法国社会各界对波德莱尔及其《恶之花》的诸多态度以及引起的多方争论，主要在以下两个层面表现尤为突出：其一，当时法国政府以资产阶级的“现实主义”这一标准，对诗集《恶之花》进行了严格的审视和评判，《恶之花》受到了法律的审判；其二，诗集《恶之花》的出版对当时法国文化界产生了极大的震动，在对《恶之花》的接受与解读的过程中，表现出了多元化的差异性解读。诗集《恶之花》命运之多舛，正如作者波德莱尔于命运中向恶而生的深深无奈但又不可逃避的宿命。

第一节 《恶之花》中的“现实主义”争论

一、当时法国政府审查《恶之花》的经过

《恶之花》诗集于1857年6月25日公开发行，当时正是拿破仑三世路易—菲利普执掌法国政府之时。拿破仑三世为了维护政局的稳定和社会的安定，对可能影响法国社会稳定的诸多领域进行了严密的监控，其中就包括了对当时法国文学艺术领域的创作状况给予了相应的关注和有效的调控。在《恶之花》诗集出版之前，拿破仑三世就曾经在文学艺术领域制造了多个法律追究事件：1856年2月，格萨维埃·德·蒙泰班因其著作《石

胥女人》的出版，被法院判处3个月的监禁和500法郎的处罚；1857年初，福楼拜也因著作事件被法院审查，后经玛蒂德尔德公主的斡旋而被无罪释放。

拿破仑三世政府为了稳定政局，在文学艺术作品出版审查上的控制尤其严格。波德莱尔的《恶之花》出版后被法律追究并受到了相应的审判，这也是情理中之事。《恶之花》一出版就受到了各方的批判与指责，例如，在1857年7月5日这一天，居斯塔夫·布尔丹在《费加罗报》上发表了一篇评价《恶之花》的文章，文章中提醒法院应该对《恶之花》中的《圣彼得的否认》、《莱斯波斯》和其他两首题为“被诅咒的女人”的诗给予相应的关注，因为布尔丹认为这四首诗关涉激情，它们与社会公共道德相违背。布尔丹在提醒法院应对波德莱尔的这些诗歌给予相应的关注之外，还在报刊上发表了对波德莱尔的指责：“假如我们可以理解一位20岁的年轻诗人会忍不住去处理这样的题材，那么一个30多岁的人去为这样肮脏的东西大做广告就说不通了。”[①] 按照布尔丹的说法，已经36岁的波德莱尔创作“恶之花”这样的题材并出版《恶之花》违背了当时的社会道德规范，对社会产生了消极的影响，因此理应受到政府当局的关注。除了布尔丹的指责外，7月12日的《费加罗报》上出现了署名为“J. 阿邦斯”的一篇攻击性文章，这篇文章的观点与布尔丹的观点一样，即认为诗集《恶之花》的题材内容与社会道德不符合，出版也有违社会公共道德。

因《恶之花》诗集的出版而引起的厄运降临在波德莱尔头上，这似乎是其无法逃脱的宿命。1857年7月7日，法国国家公共安全总署认为《恶之花》违反了保护宗教和道德的法律，尤其提到了《圣彼得的否认》、《亚伯与该隐》、《献给撒旦的祷文》以及《醉酒的凶手》都是“一派渎神之言”，“而在这些蔑视灵魂的不朽和基督教中最珍贵的信仰的这几首诗与其他诗以外，还有一些诗表达了最让人难以接受的淫秽：《被诅咒的女人》是为女性之间可耻的爱情作的赞歌；《吸血鬼的化身》、《首饰》都以极具粗鲁的手法无时无刻不表现出最淫荡的意象”，“综上所述，波德莱尔先生的书是一本不健康的出版物，极不道德，会引起公愤，所以提议将他送上

---

① ［法］克洛德·皮舒瓦、让·齐格勒著，董强译：《波德莱尔传》，上海：上海人民出版社2007年版，第432页。

法庭”。[1] 法国当局以亵渎宗教和违背公共道德为理由指责了诗集《恶之花》，并提请进入司法程序。与此同时，当时的内政部长也要求总检察官关注《恶之花》这本诗集，尤其提到诗集中的《亚伯与该隐》、《献给撒旦的祷文》、《醉酒的凶手》、《被诅咒的女人》以及《吸血鬼的化身》等诗犯了侮辱公共道德罪。

在这种公共权力的干预下，相关法律措施马上得到了执行。1857 年 7 月 17 日，总检察官向国家公共安全总署建议对波德莱尔和《恶之花》的出版商进行传讯，并没收所有的书，结果库存在阿朗松的书被全部没收。紧接着，预审法官夏尔·卡缪萨—布斯罗尔传讯了波德莱尔，指出《恶之花》中的 13 首诗被认为对宗教道德与公共道德造成了损害，《圣彼得的否认》、《亚伯与该隐》、《献给撒旦的祷文》、《醉酒的凶手》四首诗尤其严重，而《首饰》、《她没有满足》、《忘川》、《给一个过于快活的女郎》、《美丽的船》、《给一位红发女乞丐》、《莱斯波斯》、《吸血鬼的化身》以及《被诅咒的女人》等诗也在一定程度上背弃了宗教道德和公共道德。

尽管波德莱尔采取各种方式申诉，并委托有关人士斡旋，力争逃脱法律的追究，但是经多方努力却无一有效，接受法院的审查已不可避免。1857 年 8 月 20 日，法院收到起诉后对波德莱尔进行了审查，起诉波德莱尔的是总检察官的代理人恩内斯特·皮纳尔，他当场摘引了《首饰》、《忘川》、《给一个过于快活的女郎》以及《吸血鬼的化身》等诗中的有关段落，指出《吸血鬼的化身》一诗严重违背了公共道德。而在《莱斯波斯》与《被诅咒的女人》中描绘了女同性恋恋爱的最隐蔽风俗，《圣彼得的否认》、《亚伯与该隐》、《献给撒旦的祷文》和《醉酒的凶手》等诗篇在一定程度上伤害了宗教道德。皮纳尔指出：“对波德莱尔应当宽容，因为他本性多忧且精神上并不完全正常。对印刷商也应当宽容，因为他们是在作者的可靠担保下行事的。但是，请至少惩罚诗集中的有些诗，以儆效尤。”[2] 在起诉代理人皮纳尔的指责下，诗集《恶之花》难逃法律审判的厄运。

---

① ［法］克洛德·皮舒瓦、让·齐格勒著，董强译：《波德莱尔传》，上海：上海人民出版社 2007 年版，第 433 页。

② ［法］克洛德·皮舒瓦、让·齐格勒著，董强译：《波德莱尔传》，上海：上海人民出版社 2007 年版，第 444 页。

波德莱尔的辩护律师针对总检察官起诉的理由进行了相应的辩解，其指出诗集《恶之花》中的某些具体诗篇确实存在着描写污秽之花和罪恶之果的现象，诗歌虽然呈现了恶的形象和意象，但是并不能表明这就是对恶的倡导和推崇，因为描写恶与实践恶是两回事。辩护律师进一步指出，诗人波德莱尔描写了丑恶，这恰恰是通过充分地揭示丑恶而发起了对丑恶的宣战。针对总检察官在作诗方法和风格上的指责，波德莱尔的辩护律师也旁征博引，并以在文学史中对这种作诗方法与风格的广泛运用为例证来为波德莱尔开脱。对于诗集《恶之花》中的几篇诗作被判定为有亵渎宗教和违背公共道德之嫌，辩护律师认为，《恶之花》是一个具有内部结构的诗集，应该在整体诗意结构中来理解和把握各个具体的诗篇，不能脱离整个诗集所营造的背景而抽出几篇诗作加以随意的解读。尽管辩护律师从不同的层面论证了诗集《恶之花》不存在亵渎宗教和违背公共道德的地方，然而《恶之花》依然被总检察官判定为违背社会公共道德。

法官并未采纳皮纳尔关于《圣彼得的否认》、《亚伯与该隐》、《献给撒旦的祷文》和《醉酒的凶手》等诗亵渎宗教道德的意见，而认为在这几首诗中作者只是表达了自己的一种忧伤，并且这几首诗中体现出了对人的训诫作用，因此并未判定《圣彼得的否认》、《亚伯与该隐》、《献给撒旦的祷文》和《醉酒的凶手》等诗亵渎了宗教。法院当天就作出了判决，波德莱尔被判处300法郎的罚金，出版商则被判处200法郎的罚金。同时法院命令删除《首饰》、《忘川》、《给一个过于快活的女郎》、《莱斯波斯》、《吸血鬼的化身》以及两首《被诅咒的女人》中的一首（在令人懒慵的苍白灯光下……）。1857年8月21日，法院在《法院消息》与《开庭报》上将判决书公布于众，主要给出了以下判决理由：

审判理由是：诗人，不管他想达到什么样的目标，通过什么样的途径，不管他做了什么样的风格追求，不管他对他所描述的内容在前或后是否进行了谴责，还是犯了错误，无法抹去在他呈示给读者们看的画面中的阴暗的影响。而且在被指控的诗篇中，这些画面由于一种粗俗的、有损于廉耻的现实主义手法而必然会去刺激读者的感官。[1]

法院的判决一锤定音，波德莱尔没有上诉而是接受了结果。《恶之花》受到了当时法国政府的追究与审判，这在一定意义上说明这本诗集的出版在当时的法国各界引起了一定争论，尤其在诗集对恶与丑诗意形象的建构与当时社会公共道德的关系认识上存在着不同的解读。接下来的问题是法国政府基于何种法律依据或者道德规范判定《恶之花》与时代不相适应，《恶之花》诗集在社会上流传会产生怎样的效果，这是当时法国政府审查《恶之花》时不得不面对的问题。文学作品存在于社会中，其对社会所产生的影响关涉到文学的社会功能之问题，在这个问题中，文学作品与现实存在的关系之张力程度直接影响到文学作品的现实意义。按照这样的分析，当时的法国政府审查与判定《恶之花》，必然涉及《恶之花》与当时法国现实之间的关系，其中主要包括《恶之花》诗集所彰显出来的思想意义与社会现实形成怎样的指涉或者象征关系这一问题。对这些问题的理解关键就在于《恶之花》作为文本的存在与社会现实之间形成的张力样态。诗集《恶之花》得到了审判，这触及到了文学艺术的自足性，同时也关涉到了诗集与现实主义的关系问题。

二、审判《恶之花》的依据:“现实主义”的争论

关于诗集《恶之花》是否存在着现实主义因素，自诗集出版以来就成了一个颇有争议的焦点问题。在各种争论中，攻击波德莱尔的人指控他用现实主义手法展现了社会之恶和人性之丑；在支持波德莱尔的人中，有的人回避现实主义这一问题而是在其他方面为其辩护，而另一些人则正视并大胆地承认其现实主义手法。不管是对《恶之花》的现实主义手法运用的指控还是对现实主义手法运用的辩护，这些相互对立的观点都是从现实主义角度来切入对《恶之花》的释读，或者说是把《恶之花》归于现实主义作品加以审视和考量。早在1852年，后来被收入诗集《恶之花》的二十

① ［法］克洛德·皮舒瓦、让·齐格勒著，董强译：《波德莱尔传》，上海：上海人民出版社2007年版，第446页。

余首诗面世之时，就有人在报上著文指出，由于波德莱尔有着易怒、孤僻等神经质性格特征，同时其生活方式也具有独特性，因此在其诗歌中表现出了这些情绪性的特征，但是诗歌所反映的内容却具有强烈的针对性和现实性。在当时的法国社会，从现实主义角度来理解《恶之花》，这似乎是对《恶之花》解读的一个不可逃避的视角。

在对诗集《恶之花》的审判过程中，起诉代理人皮纳尔曾指出：“请（法官们）通过判决，来回应这种希望描摹一切、描写一切、说出一切的不健康的狂热，就好像有伤公共道德罪已经不存在，而这一道德也不存在了一样。”[①] 在皮纳尔这句话中的“描摹一切”、“描写一切”就隐含着对诗集《恶之花》与现实之关系的一种界定，同时判决书上提到的“这些画面由于一种粗俗的、有损于廉耻的现实主义手法而必然会去刺激读者的感官”，明确地点出了诗集《恶之花》中存在着现实主义因素，诗集的创作也表现出了现实主义手法。这在一定程度上可以说，法院判定诗集《恶之花》违背社会公共道德，源于他们认为《恶之花》中存在着现实主义因素这一判定，事实上后来总检察官确实直言不讳地认为在被指控的诗中，存在着有伤风化的粗俗的现实主义。

波德莱尔的诗集《恶之花》被认为与现实主义存在着密切关系，诗歌描述的“恶”和“丑”就是对现实的一种反映，由此被处罚也有其必然性。关于对《恶之花》与现实主义关系的认识，离不开当时法国现实主义运动发展的状况。从19世纪下半叶开始，法国文学中存在着以小说创作为主要领域（从福楼拜到左拉），在帕尔纳斯派的诗歌中有明显反映的观察性现实主义，同时也存在着不同于我们物质世界中的真正现实的发现性现实主义。[②] 19世纪的法国现实主义主要关注的是对“物化”世界的模仿，并且强调模仿时的绝对客观性，主张以科学透显现实，剔除作者在作品中的象征联想和意义建构。在当时法国存在着这样的现实主义取向下，从现实主义角度去看待诗集《恶之花》就有了现实基础，与此同时，诗人波德莱尔与当时现实主义运动的领袖们交往密切，这在客观上也为法官判定诗

---

① ［法］克洛德·皮舒瓦、让·齐格勒著，董强译：《波德莱尔传》，上海：上海人民出版社2007年版，第447页。

② ［法］皮埃尔·布吕奈尔等著，郑克鲁、黄慧珍、何敬业等译：《19世纪法国文学史》，上海：上海人民出版社1997年版，第201页。

集《恶之花》含现实主义因素提供了一种现实依据。而事实上，现实主义并不是波德莱尔所追求的，波德莱尔早在1855年就撰写了一篇名为“既然有现实主义”的文章来反对现实主义，这篇文章充分表现出了波德莱尔对现实主义的基本态度。

对于波德莱尔及其《恶之花》的审判已经结束，但是到了1949年，这个时候的法国政府对于文学艺术对社会公共道德的违反有了明确的法律规定，相对于波德莱尔那个年代的法国政府而言，1949年的法国政府在审视文学艺术作品与有伤社会风化之间的关系问题上更为慎重，也更尊重文学艺术的有关规律。1949年法国最高法院通过的一个法规中指出，有伤风化必须具备三个方面的必要因素：其一是出版事实，即著作已经由出版社公开发行并在社会上流通，即存在着作品出版的客观事实；其二是著作存在淫秽描述与淫秽意念的表达，即作品的主题意蕴中的价值选择；其三是作者的意图，即作者的主观表达意愿。依据1949年这个法规，判定文学艺术作品有伤风化，必须同时具备以上三个基本规定性条件。1857年出版的《恶之花》业已形成了法规的必要因素中的第一要素事实，即《恶之花》诗集确实形成了出版这一客观事实。对于法规中的第三个必要因素，1857年的法官认为波德莱尔通过一些表达方式的置换对《恶之花》文本中的“恶”的现实描述和“恶”的意识表达有所节制，在一定程度上削弱了著作中描述的“恶”的因素对社会所产生的效果，如波德莱尔在1857年判决书下达之后给当时的皇后写的一封信中这样表述：“法律是带着一种相当的宽容与礼貌来对待我的，而且判决书中本身就证明法官们承认了我那些高贵、纯洁的意图。”① 但是诗集《恶之花》依然在第三个必要因素上被判定有违社会公共道德罪。

对于《恶之花》这一类著作文本对淫秽的描述，1949年的法院对此的解读与评价还保持着一定的理性态度，并且认为那些被判处有罪的诗中其实可以看出作者是正直、诚实的：“至于涉及第二点有罪的因素，我们发现被指控的那些诗篇中并没有任何淫秽甚至粗俗的词语，而且在它们的表达形式上并没有超越一个艺术家可以允许的自由。例如说，有的画面，由

① ［法］克洛德·皮舒瓦、让·齐格勒著，董强译：《波德莱尔传》，上海：上海人民出版社2007年版，第452页。

于它们的独创性，使得《恶之花》出版时的那个时代的有些人有了警觉，并被最早的法官们视为有伤风化，那么，这样一种评判，由于只强调了对这些诗的现实主义诠释而忽略了它们的象征意义，显得非常武断。它既没有得到大众意见的同意，也没有得到批评界的同意……”① 1949 年的法国法官从“象征意义”角度来理解诗集《恶之花》，摘掉《恶之花》是现实主义作品的“帽子”，这更符合诗集的诗学取向，也才能更好地释读出诗集的诗外之意与诗外之旨。依据 1949 年法国关于著作有伤风化问题审查的要素分析，19 世纪法官对波德莱尔《恶之花》的审查立案是出于对现实主义因素的考虑，基于当时法国社会的道德因素给予了有罪评判，而对于诗歌所具有的自身品性与规律着眼较少，这是诗歌外在的社会因素对于诗歌的一种强制性他律。

1949 年的法国法官对波德莱尔及其《恶之花》给出了中肯的评价，其中尤其点出了问题的关键所在，即 19 世纪法国只注重了从现实主义角度解读诗集《恶之花》，而将诗集中极其重要的象征主义思想忽略了。一本用血泪凝结的诗集，一部探寻生死纠结的作品，一册对恶奋力发问的书籍，怎堪用现实主义来加以限制性地解读？透过现实主义的翳障，诗集《恶之花》的价值意义将在更高的一个维度上得以彰显。

诗集《恶之花》曾被誉为象征主义的宪章，这可以从一个侧面反映出《恶之花》的诗学旨趣，其固然对现代性社会有观照的一面，但是直面现代性生存境域并超越之才是诗集《恶之花》的本质诉求。从诗人波德莱尔的生存姿态选择上看，其关注现实但是更追寻现实背后的本真世界，现实主义层面的解读无法对诗集《恶之花》作出全面而又准确的解读，因为诗人的心灵世界飘逸着的是多样的生存情绪，既有对神秘世界某种朦胧的体悟，又有对逝去之神的低吟召唤，还有对万物相似性的神秘体验。现代性社会的碎片让波德莱尔感受到了资本主义合理化的强大撕扯力，也让他感受到了碎片之后的价值意义的不可或缺性。诗集《恶之花》彰显了恶的形象和意象，但是这不是以恶写恶、以丑画丑，而是从更为根本的意义上对恶和丑进行了拷问和反思，因此，在这个意义上，诗集《恶之花》中的恶

---

① ［法］克洛德·皮舒瓦、让·齐格勒著，董强译：《波德莱尔传》，上海：上海人民出版社 2007 年版，第 451 页。

和丑不能仅仅局限于道德价值意义层面上的理解，更应从存在论的角度作出一定的释读。

概言之，诗集《恶之花》在出版之后受到了当时法院的审判，并且主要是立足于现实主义的立场而给出相应的判决，法院作出这样的判定有其历史局限性，其受制于当时法国思想文化的价值意义取向，甚至还明显受到了公权政治和社会意识形态的钳制。法院对诗集《恶之花》的审判是法国文学与诗学史上的一段公案，其中的是是非非早已经成为历史云烟，但是重新审视从现实主义视角释读诗集《恶之花》的局限性，这在当今对诗集《恶之花》作全面而又准确的认识也具有相当意义，因为这让我们更为清楚地明白，诗集《恶之花》写恶描丑的目的并不在于恶与丑，而更在于恶与丑之外的意义追求。

第二节 19 世纪的法国文化界对《恶之花》的差异性解读

诗集《恶之花》的出版成为当时法国社会的一宗新闻事件，不但受到了法国法院的关注并得到相应的审判，还在法国文学界与诗学界引起了不同程度的反响。诗集《恶之花》因其诗学取向的“独特性”而引起诸多差异性解读，在这些不同的观点中既包含了以恶写恶的片面解读，又包含了透过恶而洞悉恶之外价值意义的阐发。涵摄着多维意义的诗集《恶之花》，对其不同面相的释读，其结果也会大相径庭、旨趣迥异。

在诗集《恶之花》中隐含着诗人波德莱尔对人性的深刻反思，人性之恶与人性之丑成为有关诗作的重要表达意象。1861 年，维利埃通过对《恶之花》中所透显出的对人性之思的解读，认为诗集《恶之花》描写出了人性与伟大，他用极度赞扬的语气对波德莱尔说：“您看，这一切都是那么的恢宏。绝对有一天，或早或晚，人们会承认这些诗中的人性与伟大……但是，那些不知道尊敬的人的嘲笑对您已经是一种称颂。”[①] 维利埃透过人

① ［法］克洛德·皮舒瓦、让·齐格勒著，董强译：《波德莱尔传》，上海：上海人民出版社 2007 年版，第 546 ~ 547 页。

性之恶，看出了诗集中展现的人性之伟大，只有超越当时社会主流的道德观念，才能得出这样独特的见解。维利埃是波德莱尔的知音，因为他将波德莱尔作为一个“通灵者”来看待，并认为他的诗歌直击人心，这读出了波德莱尔的生存意义。与此同时，维利埃还在诗集《恶之花》中感受到了音乐的旋律和节奏，并且在1863—1865年间为《凶手之死》、《情人之死》、《内敛》等诗篇作了曲，将音乐旋律和诗词意义巧妙地结合起来。维利埃发觉了《恶之花》中诗作直指人心的强大力量，因此他对诗集《恶之花》给予了热情的赞扬。对《恶之花》的解读，因立足点的不同会导致出现不同的阅读结论，有人只读出了诗人之心于恶中死亡而无法从另一个角度感受到诗人之心在沉沦中的另一种重生。

诗集《恶之花》的结构安排显示出了作者波德莱尔设计的意向性结构，在这个方面李勒给予了高度的赞扬，他在1861年12月1日的《欧洲杂志》上撰文写道：“整部作品都显示出了奇特、有力的一面，观念非常新，在丰富、沉郁的多样性中显得非常一贯，显示出作者高度深思的有力的印记。”[①] 李勒通过诗集《恶之花》的结构安排感受到了作者波德莱尔的作诗与运思紧密结合，从诗集的结构安排上感受到了诗歌的思想力度。李勒拨开诗歌中具体形象与意象的外在东西，体悟到了诗歌的内在意蕴，在一定程度上可以说切近了波德莱尔的诗意运思路径。

诗集《恶之花》的出版在诗学界引起了强烈反响，这不仅反映在对诗歌的诗学理论的评述上，还表现在具体的诗学创作实践中，如诗人亨利·康泰尔、阿尔贝尔·格拉蒂尼以及阿尔贝尔·拉什都曾经写下了对《恶之花》的赞美诗献给波德莱尔，并且这些诗歌的创作直追波德莱尔的诗意取向和语言风格，其中最具代表性的是康泰尔的《恶与美》，诗中写道：

我嗅了你的恶之花，这些苍白的花儿，
带着碧绿色的爱情，乳白色的痛苦，
你的手以一种新的艺术将它们雕刻出。

---

① ［法］克洛德·皮舒瓦、让·齐格勒著，董强译：《波德莱尔传》，上海：上海人民出版社2007年版，第523页。

一种有力而自由的气息充斥了我的鼻孔，
我感到我的心在胸口跳动，
我的思想在脑海的深处战栗。①

在《恶与美》一诗中，康泰尔认为，波德莱尔通过《恶之花》的创作表现出了一种新的艺术的创立，而且《恶之花》诗集中蕴含着“有力而自由的气息”，这一切让康泰尔的思想感受到强烈的震动。《恶与美》这首诗在写作形式上也留下了《恶之花》诗集的痕迹，尤其是对应和论的运用表现明显。这说明康泰尔在思想上与诗集《恶之花》形成了一种共振关系，同时在诗歌创作方法上也极力模仿着《恶之花》诗集中象征方法的运用。

阿尔弗莱德·德·维尼对诗集《恶之花》也褒奖有加，其深深感受到了《恶之花》诗集中的诗歌之美。他在1862年1月30日写给波德莱尔的一封充满深情的信中提到，《恶之花》实际上是“善之花”：

我在病床上读了又读您的作品。我需要告诉您的是，这些恶之花都是善之花，非常吸引我。这束花中经常充满了春天的味道和芬芳，所以我觉得您为它找了这样一个不般配的题目是不公平的，而且我有点怨恨您有时有某种哈姆莱特的墓中的气息而中了毒。……您会发现、感受到、观察到我是怎样地去阅读您的作品的，但您将无法知道的是，我带着多么大的乐趣将您的作品读给了别人听。我向诗人们朗诵了您的诗中真正的美。您的诗还远远不够被人们欣赏，而且被人们过于草率地评价了。②

诗集《恶之花》中的诗篇深深地吸引着维尼，让他在诗意徜徉中感受到了诗歌之美，同时也给他带来了无限的乐趣，但是维尼在信中又提到用“恶之花”来命名诗集让他深感遗憾。维尼这样的观点说明了即使同一个人去解读诗集《恶之花》，对《恶之花》不同侧面的取舍也会导致不同的释读结果，在这个意义上，我们就更能理解法国文学与诗学界存在的对

---

① ［法］克洛德·皮舒瓦、让·齐格勒著，董强译：《波德莱尔传》，上海：上海人民出版社2007年版，第525页。

② ［法］克洛德·皮舒瓦、让·齐格勒著，董强译：《波德莱尔传》，上海：上海人民出版社2007年版，第570页。

《恶之花》的差异性解读了。

昂日·佩希梅雅于1863年给远在布鲁塞尔的波德莱尔的一封信中写道：

我想，没有人能比我更欣赏您作品中的极高价值。……我一遍一遍地读了您的《恶之花》和其他作品，我认为没有一部同时代的作品或其他时代的作品比这些诗在我身上产生的印象更强烈。它们变化多姿，同时又有一种极强的、效果上的统一。正如有些歌剧，为了能够完全地欣赏它们，需要听好几次，您的书每次在我重读的时候，都为我带来第一次阅读时所没有的意想不到的意象。①

佩希梅雅充分肯定了诗集《恶之花》的价值意义，同时也向波德莱尔表示了《恶之花》对其产生的积极影响，并且进一步指出《恶之花》结构安排的完美性，尤其认为诗集结构具有强大的统摄力，这充分表现在：一方面让各个诗篇展示出多样性特征，另一方面又将各个具体诗篇有效地聚集在一起，体现出诗集的凝聚力。佩希梅雅还指出了诗集《恶之花》将色彩与音乐对应地运用，营造出了美妙的诗意境界。

1865年2月1日，法国《艺术家》杂志发表了马拉美的《文学交响曲》，将波德莱尔与戈蒂耶、邦维尔放在一起进行了品评："我一打开我的波德莱尔诗集，就被一个令人惊奇的风景所吸引，这一风景在我的目光下，带着一种深深的因鸦片产生的风景那样的强烈程度，活了起来……"②马拉美作为象征主义的重要代表人物之一，其受到了波德莱尔的深刻影响，这种影响不仅表现在对波德莱尔象征方法的继承，而且在诗歌旨趣的选择上也与波德莱尔保持了一定的亲缘关系。在这个意义上，马拉美对诗集《恶之花》的推崇与模仿就是理应之事。

另一个象征主义的代表人物魏尔伦在三期《艺术家》（1865年11月16日、30日和12月23日）上发表了较长的研究波德莱尔的文章。在文

---

① ［法］克洛德·皮舒瓦、让·齐格勒著，董强译：《波德莱尔传》，上海：上海人民出版社2007年版，第668页。

② ［法］克洛德·皮舒瓦、让·齐格勒著，董强译：《波德莱尔传》，上海：上海人民出版社2007年版，第670页。

中，魏尔伦指出波德莱尔的诗具有“深刻的独创性”，同时认为波德莱尔“有力地、具有实质性地表现了现代人”，“处于典型状态的、英雄似的现代人”。[①] 魏尔伦系统地研究了波德莱尔的所有作品，深受波德莱尔的影响。

福奈尔在波德莱尔死后不久发表了对波德莱尔的评论，强调了他总是追求奇特性的特点：“由于需要与众不同，而且厌恶平庸的东西，所以他形成了某种文学上惟我独尊的倾向。他用一种固执的艺术，去写了一些经常让人觉得不舒服的诗。”[②]

诗集《恶之花》出版之后，在文学、诗学界得到了诸多褒奖之声，同时对诗集《恶之花》持保留意见甚至大加批判的也有之。雨果对波德莱尔及其《恶之花》的评价就留有一定余地，他在与波德莱尔的通信中提到：“我理解您的所有哲学（因为，跟所有诗人一样，您有您的哲学）；我甚至不光理解，我还接受它；但我还是保留我自己的哲学。我从来没有说过：为艺术而艺术。我一直都说：为进步而艺术。”“正是为了进步，我现在才在受苦，而且我都可以为此而死。但是你热爱美。”[③] 雨果对波德莱尔及其《恶之花》保持了冷静而又客观的态度，他在信中向波德莱尔表明了他们两人在诗学旨趣上的不同，但是对《恶之花》中所表现出来的“新的战栗”表示了认可。总体来说，雨果对诗集《恶之花》持保留意见。

路易·梅纳尔在1957年9月的《哲学与宗教杂志》上撰文批判了波德莱尔及其《恶之花》，文中提到：“他尽管一个劲地提到在他灵魂中出现的虫子与蝎子，并把自己视为所有罪恶的典型，但很容易就可以看到，他最大的毛病在于他的想象力过于放荡不羁。”[④] 梅纳尔认为诗集《恶之花》中注重描写丑的形象与意象是由于波德莱尔“放荡不羁”的想象力所导致

---

① ［法］克洛德·皮舒瓦、让·齐格勒著，董强译：《波德莱尔传》，上海：上海人民出版社2007年版，第670页。

② ［法］克洛德·皮舒瓦、让·齐格勒著，董强译：《波德莱尔传》，上海：上海人民出版社2007年版，第714页。

③ ［法］克洛德·皮舒瓦、让·齐格勒著，董强译：《波德莱尔传》，上海：上海人民出版社2007年版，第590页。

④ ［法］克洛德·皮舒瓦、让·齐格勒著，董强译：《波德莱尔传》，上海：上海人民出版社2007年版，第464页。

的，似乎他在一定意义上是从现实主义的角度评价波德莱尔及其《恶之花》，实际上这种评价带有很强的主观性。

魏斯在1858年1月的《当代杂志》上发表了指责波德莱尔及其诗集《恶之花》的文章，认为波德莱尔亵渎了“优雅”、“美”、“爱情”、“青春”等美好事物，并由此感叹“居然有人赞扬他！居然有人崇拜他！居然在谈到他时仿佛应当视之为一个轰动的文学事件！”[①]

除了文人和诗人通过撰写文章对波德莱尔及其《恶之花》表示批判和质疑外，在1858年以波德莱尔及其《恶之花》为主题的版画和漫画也出现了不少，如在《世界报（插图版）》上一幅题为“1857年的喜剧杂志”的版画讽刺了波德莱尔，版画描绘了穿得像白痴的波德莱尔正在嗅着一束“恶之花”的花束。而在《无用报》上有一幅漫画描写了一个因阅读诗集《恶之花》而被打倒在床上的男人的脚，漫画下面的文字注释为：“啊！波德莱尔！有空气真好！”这些版画与漫画主要是运用讽刺的手法对波德莱尔及其《恶之花》进行了丑化描绘，这在一定程度上表明部分人对波德莱尔及其《恶之花》的抵制和拒绝。

由上可以观出，《恶之花》的出版引起了当时法国文化界的各种评论，其中赞扬有之，诋毁也有之，不同的读者对《恶之花》的解读也不同。这正如伽达默尔在谈论对艺术作品的理解时指出：“在任何情况下，每一个经历着艺术作品的人都整个地把这种经验纳入到自身中，即纳入到他整个的自我理解中，艺术作品在这自我理解中才对他来说意味着某种东西。”[②]伽达默尔认为，对于艺术作品的理解总是以与理解者的经验有关的“前理解”为前提，依据这种观点，也正因为每个阅读者的“前理解”的存在，诗集《恶之花》的释读效果才会表现出不同内涵，甚至出现大相异趣的阅读结论，此外，诗集《恶之花》中的诗歌对恶与丑的彰显，这本身就是颇具争议的诗学形象与意象，所有这一切都会让有关诗集《恶之花》的争论一直持续下去。

---

① ［法］克洛德·皮舒瓦、让·齐格勒著，董强译：《波德莱尔传》，上海：上海人民出版社2007年版，第465页。

② ［德］伽达默尔著，洪汉鼎译：《真理与方法——哲学诠释学的基本特征》，北京：商务印书馆2007年版。

中编　《恶之花》的现代性焦虑

第四章

波德莱尔与现代性

第一节 现代性

"现代性"一词何时出现?这就涉及"现代性"一词的词源学问题,对"现代性"一词首次使用的时间,不同的学者存在着不同的看法。法国现代性理论研究学者伊夫·瓦岱对"现代性"一词使用的历史样态进行了详细梳理,他认为"现代性"的概念在西方出现过两次。第一次出现于11世纪末的拉丁语中,由形容词的"modernus"(现代的、现时的)派生出"modernitas"。尧斯也认同这种观点,他在《文学传统中的现代性》一文中指出:"modernitas"一词在1075年出现在教皇格雷古瓦七世主持召开的一次教区会议记录上,意为"当代时期",主要是指介于已经消亡的"旧时代"(antiquitas)与人们期盼到来的"革新时代"(renovatio)之间的时代。第二次出现在整整一个世纪之后,戈提耶·马普(Gautier Map)在他的作品《朝臣的戏谑》中使用了"modernitas"这个单词,用来表示作品的新潮性,以此来反抗旧思想对它没有认可的东西所表示的蔑视态度。因此该词介入了12世纪具有重大影响的"古"(antique)和"今"(moderni)两派之间的对立和争论,而这种对立和争论立足于圣经"旧约"和"新约"对立的典型的思维模式基础之上。就争论而言,在那个时代占上风的是现代派,他们认为"modernitas "必然要比"antiquitas"优越。1822年"现代性"一词出现在巴尔扎克的《百岁老人》作品中,意指"现代时期",这是"现代性"一词第一次出现在法语中,到了1863年,波德莱尔则在《现代生活的画家》一书中运用了"现代性"一词。瓦岱总结了"现代性"一词在法语中的使用情况,并指出其在使用上存在着三种不同的含义:一是表示某个特定的历史时期,即它大约起始于文艺复兴时期;二是可以以一种完全抽象的方式表示现代性事件所具有的特性;三是表示为美学价值,这里瓦岱主要意指波德莱尔对"现代性"的使用含义。

在英语中,"现代性"(modernity)一词于1627年被《牛津英语词典》首次收入,其大体含义主要包括两个方面:一是指一种新时尚(时髦),主要是指建筑风格、语言拼写和服饰举止的时尚,这与具体事物发展的样态有关；二是指贬义的新时尚，意指当下生活的庸俗和低劣，这主要是从生活方式和生活态度而言。英语语境中最早对“现代性”的理解，从总体角度而言不具有形而上的理论意义，其着重点在于生活中的时尚风格与生活方式层面的理解。

自19世纪后期以来，“现代性”一词突破了其产生之初的含义，并且在学术界已经颇为流行，被广泛地运用到社会学、哲学、文学批评和小说等领域。对现代性问题的讨论，逐渐发展为人文社会学科中的“显学”，但是关于现代性内涵的厘定却依然无法形成统一的认识，而多角度、多方向、多维度展开对现代性的研究已经演变为客观的学术事件。关于现代性的研究，各种观念、学说以及相关内容方面的描述可谓汗牛充栋、异彩纷呈，正如法国学者瓦岱所言：“含义最丰富的概念往往也是最不容易定义的概念。……法文中‘现代性’这个词就属于这种情况。它悄然出现在19世纪，如今已经成为文学和审美批判言论，以及历史、社会学、经济、政治直至广告术语中的一个关键词。它所具有的不同价值取向，既可以使其成为一种宣传性的口号，也可以使其成为一种有利于传统的反衬物。”① 现代性的丰富含义，无法按照统一的标准作明晰的界定，按照维特根斯坦的“家族相似”概念或者本雅明的“星丛式”概念来梳理现代性理论，应该是一种可行的方法。根据对现代性理论阐发的不同角度，可以对现代性理论作一个大致的归类：

一、侧重以社会学视角研究的现代性理论

这一类现代性理论注重从社会学视角分析和研究现代性的相关问题，其中尤其注重从社会制度的设计与安排的层面，展开对现代性问题的分类研究，主要代表人物有吉登斯、霍尔以及赫勒等。

吉登斯认为：“现代性是指社会生活或组织模式，大约17世纪出现在

---

① ［法］伊夫·瓦岱著，田庆生译：《文学与现代性》，北京：北京大学出版社2001年版，第11页。

欧洲，并且在后来的岁月里，程度不同地在世界范围内产生着影响。”① 吉登斯从制度安排上理解现代性，在一定程度上将现代性看作是现代社会或工业文明，它包括从世界观（对人与世界之关系的态度）、经济制度（工业生产与市场经济）到政治制度（民族国家和民主）的一整套架构，具体来说，他的现代性概念主要指在后封建的欧洲得以初步创立，并在20世纪中得以丰富发展的具有重要历史影响意义的行为制度与模式。吉登斯对于现代性的界说，主要从四个方面来给予规范：一是从现代性的发生学来看，现代性产生于17世纪的欧洲，但随后被扩展到整个世界；二是现代性作为制度和组织模式（主要指现代社会或工业文明）；三是现代性作为态度和思维模式（主要指反思精神和怀疑原则）；四是现代性后果（主要指现代性在宏观全球化维度和微观个人层次上产生的结果）。吉登斯主要立足于现代社会制度安排的层面展开对现代性的分析和研究，这是侧重从启蒙现代性的角度理解现代性，将现代性作为态度和思维模式来理解，与福柯关于现代性的分析有异曲同工之妙，因此，总体来说，吉登斯关于现代性概念的解释也包含了多元含义。

霍尔认为现代性是一种多重建构，它既包括现代社会动态性的生成过程，又包括现代社会形成的结果或产物。霍尔进一步指出，现代性包含了四个基本规定性特征：政治层面上的现代民族国家的政治权力和权威的世俗形式统治，以及主权合法化观念；经济层面上的货币化的交换经济；社会层面上的社会分工的出现；文化层面上的世俗和物质文化的崛起。在霍尔看来，现代性作为过程主要包括政治、经济、社会和文化四个进程；现代性作为结果主要是指与政治、经济、社会和文化四个进程相对应的现代社会的四个规定性品质。现代性政治、经济、社会以及文化这四个过程之间是相互作用与相互影响的，并且它们之间是平行关系，任何一个过程都没有优先解释权，都不能够描述出现代社会的整全性建构，任何一个过程的运作都以其他三个过程作为运作的基本前提，因此，在历史时间轴上它们是相互作用和相互影响的。概言之，霍尔关于现代性的定义主要表现为两个方面的理论视点：一是现代性作为过程，表现为政治、经济、社会和

① ［英］安东尼·吉登斯著，田禾译：《现代性的后果》，南京：译林出版社2000年版，第1页。

文化的四个进程，并且这些进程之间是相互作用的。这是从现实社会的角度分析了现代性的动态演进过程。二是现代性作为结果，表现为现代社会的四个规定性品质，并且这些品质不是单一进程的结果，而是诸种不同进程和历史凝缩的结果。霍尔从社会学层面展开对现代性的分析，他关于现代性的理解立足于现代性的生成过程与生成结果，对于霍尔而言，现代性既是现代社会的展开过程，同时也是现代社会的根本属性和品性。

在赫勒对现代性的研究中，“现代性动力学”和“现代社会安排”构成了她现代性思想的主要内容。赫勒将“现代性动力学”界说为现代性自身的辩证法，即现代性运动和发展的矛盾；“现代社会安排”主要是指社会地位的分布和劳动分工等，在赫勒看来，这是区分现代社会和前现代社会的主要标准。“现代性动力学”和“现代社会安排”是赫勒现代性的两个重要维度，在现代性运演过程中，两者存在着复杂的关系，其中，“现代性动力学”是“现代社会安排”的前提条件，这在一定程度上说明，如果没有“现代社会安排”，那么“现代性动力学”也不复存在。赫勒运用历史主义的方法，对“现代性动力学”和“现代社会安排”之间的关系进行了相应的梳理。

从社会制度安排和社会系统工程的角度阐释现代性，这是对现代性社会动态发展演进过程以及结果的深刻描述，即立足于社会存在和社会生活的层面对现代性展开深入分析和研究，由此，现代性成为社会学领域中得以广泛研究的重要内容之一。这种关于现代性的研究，重点在于对现代性外在运演状态的研究，这在一定层面上构成现代理论家族概念研究的一个重要理论视角。

二、侧重以矛盾悖论视角研究的现代性理论

这种现代性理论研究主要从现代性存在的矛盾冲突入手展开相应的分析，其重点研究现代性自身的悖论，即对现代性内部存在的同源性的对抗性矛盾展开分析，这种研究方式对现代性本质内涵的厘定以及矛盾张力的运演状况的研究着力较重，其中主要代表人物有马歇尔·伯曼、齐格蒙特·鲍曼等人。

相对于传统社会而言，现代性社会表现出诸多迥然不同的社会内蕴和

社会特征，这不仅在社会生活领域得到了相应的呈现，而且在人的思想领域中也表现出了一种断裂性的建构，其中主要包括人对自身定位、人的思维模式结构以及人的生存模式等层面的巨变。正如马歇尔·伯曼展现的现代性社会图景："今天，全世界的男女们都共享着一种重要的经验——一种关于时间和空间、自我和他人、生活的各种可能和危险的经验。我将这种经验称作'现代性'。"[①] 在伯曼看来，在现代性社会中，人存在的时间与空间、自我和他人的关系发生了根本性变化，而这种变化构建的社会境域处于一种矛盾悖论之中，即现代性表现为作为主体的人在展现自身存在的过程中创造出了相对辉煌的社会成果并同时体验到了创造过程中的自由与快乐，但是现代性又在摧毁着现代人所创造的一切。对于伯曼而言，现代性就包含着这种创造与摧毁的并存。伯曼将现代性设定为现代人在现代生活中所获得的基本经验，并且这种经验是一种隐含着崩溃与更新、斗争与冲突的模棱两可的痛苦的生存体验，由此，生成与消解是现代人生存的基本样态。因此，伯曼用马克思的"一切坚固的东西都烟消云散了"这句话来形容现代性的矛盾冲突。伯曼注重分析现代性的自反性矛盾，并认为资本主义现代性一方面使人按照合理化创造生活，另一方面又对人拥有的一切展开相应的解构和消解，从而表现出现代性内部的矛盾张力。

与伯曼持有同样的观点，强调现代性自身矛盾性的学者齐格蒙特·鲍曼认为，现代性与矛盾性是一对不可分割的概念，"只要存在分为秩序和混乱，它便具有了现代性。只要包含了秩序和混乱之抉择，它便具有了现代性"[②]，因而现代性的历史就是社会存在与社会文化之间充满张力的历史，社会存在迫使社会文化成为自己的对立面。鲍曼进一步指出，建构于合理化基础上的现代性追求明晰和秩序，并按照同一性和统一性去改造世界，但是在发展过程中，对秩序的追求最后却导致了秩序的"他者"的出现。对于鲍曼而言，社会存在与社会文化之间的不和谐，正是现代性所需要的和谐。

伯曼对现代人生活于现代性社会的矛盾状况的描述，揭示出了生活在

---

① ［美］马歇尔·伯曼著，徐大建、张辑译：《一切坚固的东西都烟消云散了——现代性体验》，北京：商务印书馆 2004 年版，第 15 页。

② ［英］齐格蒙特·鲍曼著，邵迎生译：《现代性与矛盾性》，北京：商务印书馆 2003 年版，第 15 页。

现代性社会中的现代人所面临的困境，即现代人生存的自我矛盾性和自我裂变性，这一方面表现为现代人在现代性社会生活中展现其自身存在的合理性与合法性，另一方面又表现为现代人对自身存在给予了相应的自我否定，从这个意义上现代性可以理解为在时刻成为自身的同时也在解构着自身，这种自我裂变和悖论正是伯曼和鲍曼为我们展示的：现代性以自我矛盾和冲突呈现在现代人的生活之中。

斯温伍德也以现代性的矛盾悖论作为研究的重点，但是他与伯曼和鲍曼又存在着一定的差异性。斯温伍德在展开对现代性的矛盾悖论分析之前，首先从逻辑学层面对现代性给予了相应的归类，并按照概念外延的大小划分为相应的现代性类型。斯温伍德认为，现代性可以分为文学—审美概念的现代性（这关涉现代社会的“新颖”、不断变化和动态的特征）、社会—历史范畴的现代性（这主要是指启蒙规划）以及结构概念的现代性（这主要是指整个社会、意识形态、社会结构和文化等的变迁）。斯温伍德按照概念外延由小到大展开论述，在这三种现代性分类中，每一后者都包含着前者的内容，并且被包含的前者与作为包含者的后者处于一种张力关系之中，如文学—审美概念的现代性被社会—历史范畴的现代性所包含，文学—审美概念的现代性是社会—历史范畴的现代性的重要组成部分之一，但是文学—审美概念的现代性又对抗着社会—历史范畴的现代性，它们之间存在着一种张力关系。斯温伍德的这种思考现代性的思路，表明了现代性内部存在着对抗性的矛盾和反思性的监控，这凸显出了现代性的自反性悖论。

从矛盾悖论的视角来理解现代性，这把握住了现代性的内在品质和内在规定性，即凸显了现代性的生成性与消解性的对立、建构性与解构性的冲突、自性与他性的矛盾等内蕴，止因为现代性具有这种种悖论，现代性社会的合理化建构其实也就是非合理化建构，现代性社会发展的最终结局总是导向自身的对立面——这正是现代性所要求的，同时也正是现代性社会发展中不可更改的历史宿命。

三、侧重以哲学视角研究的现代性理论

这种研究方式侧重于对现代性的思辨性分析和研究，从哲学的层面界

说现代性，其中主要代表人物有哈贝马斯和利奥塔等人。

哈贝马斯认为现代性是一项“未完成的设计”，又是一个有待重建的问题，用新的模式和标准来取代中世纪已经分崩离析的模式和标准，构建新的社会知识和时代，这是现代性的自我诉求。在哈贝马斯看来，合理化原则推动现代性社会的发展具有其合法性，但合理化发展进程中又导致社会出现了不良后果。哈贝马斯认为这不是合理化本身的缺陷，而是合理化未得以完善发展而导致的。合理化包括工具理性与价值理性，而现代性社会因为只过度发展了工具理性而忽略了价值理性的意义，针对这样的状况，现代社会的合理化建构还是一项未完成的社会工程，因此他主张以交往理性来克服工具理性与价值理性的分离，从而让意识哲学的范式转换到交往哲学的范式，即实现从主体性向主体间性的转变。按照这个思路，哈贝马斯提出了交往理性的命题，并试图以此纠正现代性中工具理性偏颇性的发展。正如尼格尔·多德指出：“哈贝马斯把理性看作是双重性的。理性有两个维度：工具理性和沟通性。它们与现代社会中两个并行且各具特色的发展模式相呼应：技术进步和道德进步。这一理论论点为哈贝马斯把批判理论作为规范工程来看待的思想提供了根基。”[①] 根据多德的分析，哈贝马斯侧重在理性的“可沟通性”层面重建现代性，因此在一定意义上说，哈贝马斯认为要改变现代社会的悖论式发展以及现代性的不良后果，这不是要求抛弃合理化，而是重构合理化。哈贝马斯关于理性的重构是其对现代性认识的最基本观点，在这个前提下他提出了其系统的哲学思想。

利奥塔在《后现代状况：关于知识的报告》一文中将“元叙事”视为“现代性”的标志，即现代性标志着一种“元叙事”。对于利奥塔而言，“现代性”是与“后现代”相对的概念，它并不是从时间角度得以规范的，也就是说，现代性不是一个时间和历史分期概念，它只标志着一种“状态”(mood)。在这里，利奥塔的“元叙事”意指为权力、制度、统治方式乃至生活机会辩护的形而上学的话语形式，这种话语形式的根本目的在于用一种普遍原则统合不同的社会领域，形成普遍的思想意识与价值规范，从而为制度的认同与权力的运作提供合法性基础。利奥塔从“元叙

---

① ［英］尼格尔·多德著，陶传进译：《社会理论与现代性》，北京：社会科学文献出版社 2002 年版，第 126 ~ 127 页。

事”角度解说现代性的观点，阐明了现代性就在于运用形而上学的理论，在形成统一的思想意识与价值规范的基础上，展开对现代社会的合法性建构。利奥塔同时又指出，随着现代性的发展，“元叙事”发生了信仰危机，这就产生了现代性的“合法化”危机问题，由此利奥塔呼吁重写“现代性”。

由于对现代性的理解视角不同，对现代性本质内涵的解说也存在诸多差异性，这正如齐美尔所说，现代性现象之本质是它根本没有本质这个东西，但是对现代社会的现代性特征还是可以给出一定的描述。对现代性的思考，这里可以从两条路径作一些尝试性的阐释工作：一是从历时性的角度分析现代性。这个角度是遵循现代性的时间意识，在现代性发展进程中，针对不同时期表现出相应阶段性的现代性特征给予分析和研究，以期对现代性发展不同阶段的独特性加以整体的把握，这主要依据现代性的发展是一个自身不断裂变的过程，其自身存在的悖论在不同时期具有不同的表现形式。二是从共时性的角度分析现代性。这个角度是从逻辑的层面对现代性的内部矛盾和张力展开研究，重点关注启蒙现代性和审美现代性的矛盾冲突。

为了能深入透析启蒙现代性与审美现代性的矛盾冲突，国内学者周宪从这两个不同的层面切入对现代性的思考：一是从历时性方法的层面，对现代性在资本主义发展的不同时期进行了相应的划分，即将资本主义社会现代性的发展分为早期现代性、盛期现代性和晚期现代性。其中，早期现代性阶段的时间跨度大致是从启蒙运动到19世纪中叶，这是现代性基本问题的形成期。盛期现代性阶段主要是指19世纪中叶到20世纪中期，在这个时期现代性主要表现为启蒙现代性与审美现代性的矛盾对抗。晚期现代性阶段是现代性问题的反思期，时间大致从20世纪60年代开始。这种历时性的划分有利于厘定和梳理不同时期启蒙现代性和审美现代性的矛盾的深度与广度。二是从共时性方法的层面，即在逻辑的层面上分析现代性的矛盾和张力，在逻辑层面上将现代性分为启蒙现代性和文化现代性（或审美现代性）。周宪从历时性和共时性的角度切入对现代性的分析，一个方面将现代性理论研究史上众多现代性概念与内涵按照维特根斯坦的“家族相似”概念或本雅明的“星丛式”概念给予了梳理；另一个方面把现代性作为理论的研究对象，直接把握现代性的含义和内部结构。在一定意义上，这种对现代性的把握融合了历史和逻辑的统一，同时也为我们把握和理解众说纷纭的现代性理论提供了一种可行的方法。

第二节 启蒙现代性与审美现代性

从历史的视角来看，现代性思想发轫于18世纪的启蒙运动。启蒙运动主要阐述的思想就是通过理性解构宗教迷信与盲从，破除人立法于宗教的思想观念，主张人为自身立法；以科学对抗神话，消除神话的迷惑性与虚妄性，将人从蒙昧状态解放出来，从而真正达到一种思想与政治上的自主性。关于启蒙，康德为我们提供了一种经典的理论分析，他将启蒙的定义界定为："启蒙就是人类脱离自我招致的不成熟。不成熟就是不经别人的引导就不能运用自己的理智。如果不成熟的原因不在于缺乏理智，而在于不经别人引导就缺乏运用自己理智的决心和勇气，那么这种不成熟就是自我招致的。Sapereaude（敢于知道）！要有勇气运用你自己的理智，这就是启蒙的座右铭。"① 康德在对启蒙的论述中，突出了"理智"在启蒙的基础性地位，启蒙就是用理智突破愚昧与盲从。启蒙理性主义精神是启蒙运动中的精神武器，它要求打破宗教神学对人的束缚和禁锢，批判宗教信条并以此来解构宗教的神圣化和教条化，破除人对神的依附，主张知识的客观性、普遍性、必然性和确定性，强调人为自己设定存在的合法依据。启蒙所倡导的这些思想观念，让人的主体力量的觉醒为处于基督教神学笼罩的世界投下了一束"启智"之光，理性精神的萌发与高扬改变了作为主体的人的思维结构模式和作为客体世界的存在样态，理性突破了蒙昧，主体力量冲破了神圣力量，中世纪的属神世界向属人世界过渡。由于启蒙运动和启蒙精神的大力发展，相对于传统社会的现代性社会发生了天翻地覆的变化。

随着启蒙运动中人与宗教神学之间的根本关系的改变以及理性精神的

---

① ［美］詹姆斯·施密特编，徐向东、卢华萍译：《启蒙运动与现代性：18世纪与20世纪的对话》，上海：上海人民出版社2005年版，第61页。

极力发展，相对于前启蒙社会，现代性社会发生了根本性变化，其中既包括人的价值观念、精神状态等方面，又体现在社会结构和社会形态等层面。对于现代性社会发生的这种根本性变化，鲍曼有过详细的描述：

物理科学的伟大发现，这些发现改变了我们对于宇宙的认识和我们在其中的位置；生产的工业化，这一改变将科学知识转化为技术，消灭了旧环境，创造了新的人文环境，加快了生活的整个节奏，促成了新的社团力量和阶级斗争的形成；人口分布的巨变，千百万人离开了祖居地，穿过半个地球进入了新的生活；加速而且常常带有剧变的城市发展；大众传媒系统，其充满动力的发展将不同的人和社会连接起来和包围起来；日益强大的民族国家，由资产阶级构成和操纵的这些国家不断扩大自己的权力；大量的民众、民族社会运动，为了掌握自己的生活，他们向各自的政治经济统治者发出了挑战；最后，不断扩大的、剧烈变动的资本主义世界市场负载和推动所有的人和机构向前行进。①

由启蒙运动揭开的资本主义现代化得到了极速发展，在这个过程中，资本主义现代性也得到了充分的彰显。由启蒙孕育的现代性，其内涵主要表现为：一是世俗化社会逐渐形成。这从根本上说是宗教控制与影响的衰落以及相应地对世俗生活的肯定的过程。二是社会按照合理化原则展开建构，强调理性是认识之源和价值之源。三是现代性的根本价值是自由。资本主义现代性的世俗化过程要求人摆脱宗教的控制，破除神是人存在的依据的信条，从而为自己设定存在的依据。由于在启蒙时代，理性担当思想批判的重任，成为审判宗教、哲学、法律与政治观念的“法庭”，理性所表现的“自我意识”的能力得到了有效运用。关于理性在启蒙时代的作用，E. 卡西勒在《启蒙哲学》一书中指出：“‘理性’成了18世纪的汇聚点和中心，它表达了该世纪所追求并为之奋斗的一切，表达了该世纪所取得的一切成就。”② 这说明，理性成为资本主义发展的主导性建构力量，其

---

① ［美］马歇尔·伯曼著，徐大建、张辑译：《一切坚固的东西都烟消云散了——现代性体验》，北京：商务印书馆2004年版，第15～16页。

② ［德］E. 卡西勒著，顾伟铭、杨光仲、郑楚宣译：《启蒙哲学》，济南：山东人民出版社1988年版，第3页。

构成了社会发展的动力源泉。

启蒙运动之后，理性在资本主义现代性发展中逐渐取代宗教的地位，成为统合社会的力量，资本主义的所有社会生活都按照合理性原则设计，并按照这一原则推进社会各个领域的运演。随着理性的这种极度发展，理性由在启蒙时代的解放性力量逐渐转变为一种否定性力量，现代性所倡导和许诺的“自由”也就逐渐落空。由此理性精神所表现出的负面价值日益突出，尤其随着工具理性的过度发展，导致了主体自主性也出现了异化现象，主体支配世界的力量反而转变为对主体自身的强制性控制，从而导致人性的分裂现象日趋加剧。在启蒙运动以及其后的资本主义国家发展进程中，尽管对理性的绝对力量的追求是当时的一种理论诉求和现实客观要求，但是在社会中也存在着一些清醒的思想者，他们觉察出了启蒙理性自反性的矛盾冲突，认识到了理性力量的正价值与负价值的矛盾冲突，洞察到了理性自反性的矛盾演变导致人性的分裂这一现代性结果。启蒙现代性在合理化发展过程中，其旨在建构理性化的社会和人的自由发展，但是最后的结果却是由于理性的高度张扬分解了完整的人性，以及“技术逻各斯”的极度发展导致了人的价值意义的衰退。

席勒在《美育书简》中认为，工具理性的片面发展导致了人性的分裂，资本主义社会在对合理化的极度追逐下，劳动分工日益细化，知识和技能的专业化趋势越来越明显，社会中的每一个人都根据自己所占有的片段性和碎片化的知识和技能展开相应的自我生活。席勒用沉重的语言为我们道出：

正是教养本身给现代人性造成了这种创伤。只要一方面积累起来的经验和更明晰思维使科学更明确的发展的划分成为必然，另一方面国家越来越复杂的机构使等级和职业更严格的区别成为必然，那么人性的本性的内在纽带也就断裂了，致命的冲突使人性的和谐力量分裂开来。直观的知性和思维知性现在敌对地占据着各自不同的领地，互相猜忌地守卫着各自的领域。人们的生活局限在某一领域，这样人们就等于把自己交给了一个支配者。①

在席勒看来，国家与教会、法律与习俗已经打破了原有的和谐关系而分裂为严重冲突的对立面，手段和目的、享受和劳动以及努力与报酬之间的紧密关系已经解体，人只能被束缚于现代性社会中的片断和碎片之上，人性的完整性被肢解，从而显示为一种人性的碎片。随着人类科学发展的日益专业化和精细化以及社会阶层的科层化进一步发展，人性中的“感性冲突”与“理性冲突”的和谐统一状态转化为各自画地为牢式的存在方式。对于这种人性的分裂现象，席勒提出了以“游戏冲突”来弥合“感性冲突”与“理性冲突”之间分裂的方案，他认为，无目的和无功利的“游戏冲突”是关乎艺术存在方式的一种表达，只有将艺术作为一种交往形式和中介，人性中的分裂才有可能重新组成一个和谐的整体，也才能通过艺术的协调功能实现现实世界的审美化，从而达到恢复人性的完善和完美。

席勒对人性分裂状态的分析，在一定程度上反映出自启蒙运动发展以来合理化极度发展所带来的负面结果，但是现代性的理论内核就是不断推进的理性精神以及合理化原则，因此，席勒对现代性社会的发展持有一种冷静的批判态度，对资本主义社会因现代性发展所带来的隐忧深感忧郁。与席勒一样，对现代性社会发展保持清醒认识的马克思，对现代文明的现代性冲突也有深刻的体会，他认为现代文明是一把双刃剑，现代社会发展出现了严重的悖论冲突：

在我们这个时代，每一种事物好像都含有自己的反面。我们看到，机器是有减轻人类的劳动和使劳动更有成效的神奇力量，然而却引起了饥饿和过度的疲劳。新发现的财富源泉由于某种奇怪的、不可思议的魔力而变成贫困的根源。艺术的胜利，似乎是以个性的丧失为代价换来的。随着人类愈控制自然，个人却似乎愈成为别人的奴隶或自身卑劣行为的奴隶。甚至科学的纯洁光辉仿佛也只能在愚昧无知的黑暗背景上闪耀。我们的一切发明和进步，似乎结果都是使物质力量具有理智的生命，而人的生命则化

① ［德］席勒著，徐恒醇译：《美育书简》，北京：中国文联出版公司1984年版，第50～51页。

为愚钝的物质力量。现代工业、科学与现代贫困、衰颓之间的这种对抗，我们时代的生产力与社会关系之间的对抗，是显而易见的、不可避免的和毋庸争辩的事实。①

马克思充分揭示了资本主义社会存在的矛盾现象，并且指出了资本主义社会中这种矛盾的自反性属性，即事物以其自身的内在规定性成其为自身，同时随着事物内在规定性的发展而裂变出自身的对抗性力量，"异化"现象正是事物蕴含的自反性矛盾的自我裂变所带来的资本主义社会的病态症候。在马克思看来，资本主义社会通过理性化的社会建构消弭了中世纪神学的强大统摄力量，但是"商品拜物教"以及"货币拜物教"却以另一种方式树立了另一种宗教的终极权威，资本主义社会表现出了事物的正价值与负价值的同一性。由此，资本主义文明就表现出矛盾的悖论：科学的进步既开启了理性之光，又增添了宗教的魅影；艺术的发展既表现出多姿多彩，又隐含着人之个性的湮没；人作为支配世界的主体力量的同时也沦为被理性所奴役的客体对象。

马克思通过对资本主义商品的考察从而揭示出了资本主义现代文明的悖论性特征，而韦伯在考察资本主义精神起源的过程中，从另一个角度描绘了资本主义理性精神的发展和社会理性化的建构状况。韦伯认为，在影响历史社会的发展诸多因素中存在着两种根本性的相互对立的理性形态，即目的合乎理性和价值合乎理性。目的合乎理性主要通过对外界事物的情况和对他人举止的期待，并利用这种期待作为"条件"或者"手段"，以期实现自己合乎理性的目的。而价值合乎理性则是指有意识地对一个特定举止的——伦理的、美学的、宗教的或作任何其他阐释的——无条件的固有价值的纯粹信仰，而不管最后是否取得成就。在韦伯看来，这两种埋性形态之间存在着不可调和性，因为从目的合乎理性这个角度来看，价值合乎理性总是表现为非理性的，越是无条件地仅仅考虑行为的固有价值（诸如纯粹的思想意识、美、绝对的善、绝对的义务等），它就越不顾及行为的后果。韦伯认为，一方面工具理性以完全主导性的力量控制和支配着客

---

① ［英］伊格尔顿著，王杰等译：《美学意识形态》，桂林：广西师范大学出版社1997年版，第69～70页。

观世界，而恰恰在这个控制过程中主观世界也被逐步演化为被绝对控制的对象，这种可计算的技术化的理性方式主导着整个现代性社会的发展。在韦伯看来，工具理性夷平了价值理性的意义，世界只是作为客观对象或者表象而存在着。另一方面又因为可计算的技术化的理性方式与工具理性中的交换原则相互渗透，从而让事物之间的关系转化为相对抽象的对等关系，而事物之间的丰富差异性被搁置，由此在资本主义商品经济的发展中，这种交换价值以可计算的同一性取代了差异性。因此，韦伯用“铁笼”这一概念描述现代性社会的根本社会处境，现代人就成为生活在“铁笼”中被工具理性控制的异化物。人性的丰富性与差异性随着工具理性的发展而逐步消失，现代人的精神也因现代文明的发展而逐步萎缩。韦伯认为现代社会发展的最终结果就是“专家没有灵魂，纵欲者没有心肝；这个废物幻想着它自己已达到了前所未有的文明程度”①。

在韦伯看来，由于合理化的技术统治和官僚体制的作用，现代世界日益呈现出一种假象：一方面，它在许多方面被管理得像机器那样有条不紊地运转，社会生活节奏加快，各种效率普遍提高，物质财富在增多，这在形式上是合理的；另一方面，现代的秩序与机械生产的技术和经济条件相结合，其以不可抗拒的力量不仅直接决定着与经济牟利有关的人，而且决定着生长在这个结构中所有人的生活。所有这一切造成了生活在现代社会中的现代人的思想观念的变化，即表现为崇拜效率、崇拜金钱、崇拜商品，金钱和商品成为新的拜物教象征。结果是它窒息了人的精神灵性，降低了人的文化水平，剥夺了人的自由，从而进一步使现实变为实质上的非理性。

在这里，韦伯认识到：一方面，理性化是现代西方文明的普遍趋势，社会各个领域都朝着合理化的方向发展，并且由于合理化的发展，西方社会物质文明得到了极大繁荣；另一方面，随着合理化发展而出现的工业文明、科层制度也逐步危害着人类社会的基本价值。在韦伯眼中，随着理性化的发展，现代社会生活出现了意义丧失、终极价值隐退、人失去自由、社会失去公平等现象，启蒙思想家所宣扬的自由与解放的前景逐渐变得黯

---

① ［德］马克斯·韦伯著，于晓等译：《新教伦理与资本主义精神》，北京：生活·读书·新知三联书店1987年版，第143页。

淡无光。

从席勒、马克思以及韦伯等人的论述中可以看出，理性的发展偏离了原已设计好的路径和方向，其随着自身的发展，反而站到了自己的对立面。在启蒙时代，理性解构了宗教权威，但在自身发展进程中又将自己树立为一种理性"宗教权威"，这导致了理性转向非理性，解放转换成了压迫。正如霍克海默和阿道尔诺指出的，"就进步思想的最一般意义而言，启蒙的根本目标就是要使人们摆脱恐惧，梳理自主。但是，被彻底启蒙的世界却笼罩在一片因胜利而招致的灾难之中"①。维尔默也作出了如下概述："如康德所构想的启蒙规划，它关心的是人性从'对自我欺骗依赖'条件下解放出来。但到了韦伯的时代，启蒙的规划已所剩无几，除了不断发展的理性化、官僚化过程以及科学冷酷无情地侵入社会存在的过程。"②曾经为资本主义带来巨大进步的启蒙理性，在资本主义发展的过程中日益演变为支配人类的工具理性，这些是启蒙运动的倡导者们所无法预料的现代社会的客观事实。

在理性精神逐步演化为工具理性的资本主义现代化进程中，对理性精神和资本主义合理化建构的反思，也成为理性精神自我反思和检测的一种社会的客观要求，启蒙运动从一开始就存在着这种对理性反思的诉求。正因为理性发展的这种结果，诸多思想家对此展开了深入的思考，如哈贝马斯提出交往理性对抗工具理性，重建现代性。理性发展的这种背离性，从根本上体现为两种现代性的对抗，即启蒙现代性与审美现代性的矛盾对立。启蒙现代性的发展产生了审美现代性，或者说审美现代性孕育于启蒙现代性，而艺术的自主性正是审美现代性的一个主要标志。在传统社会中，艺术是从宗教神学那里找到自身存在的合法性基础，艺术的内容和形式依据宗教信条加以设计，在这个意义上，艺术是依附于宗教的，其没有获得自身的自主性。但是在现代性社会中，启蒙精神对传统社会的宗教进行了解构，即"祛魅"，宗教存在的合法性基础受到质疑，而艺术也摆脱了宗教的统治获得了自身的自主性，同时随着启蒙现代性的发展，理性化

① ［德］马克斯·霍克海默、西奥多·阿道尔诺著，渠敬东、曹卫东译：《启蒙辩证法——哲学断片》，上海：上海人民出版社2006年版，第1页。

② A. Wellmer. *The Persistence of Modernity*. Cambridge：MIT，1991. 86.

建构追求社会的同一性、整体性和绝对性，随着理性化对现代性社会绝对控制的发展，现代性社会最后产生出了否定性的现代性后果，在这样的现代性社会处境下，艺术给予启蒙现代性相应的反思和质疑，担当起批判启蒙现代性的重任，即审美现代性对启蒙现代性展开相应的质疑和批判。

关于启蒙现代性与审美现代性从同源走向对抗的问题，马泰·卡林内斯库关于现代性的分类为我们对这个问题的思考提供了一种理论参照系，他认为在总体现代框架下应该不只存在一种现代性，而是存在着两种现代性，即“作为西方文明史一个阶段的现代性”和“作为美学概念的现代性”。卡林内斯库指出：

> 可以肯定，在19世纪上半叶出现了两种现代性之间无法弥合的分裂。一种是作为西方文明史发展的一个阶段的现代性，它是科学技术进步和工业革命的产物，是资本主义所引发的广泛的经济和社会变迁的产物；另一种则是作为美学概念的现代性。从那以后，两种现代性之间一直有着一种无法缓和的敌对关系，却在各自要摧毁对方的冲动中认可甚至激发了彼此的影响。①

按照卡林内斯库的观点，第一种现代性是启蒙现代性的发展过程，即资本主义社会存在的现代化过程，这主要包括社会思想观念、政治、经济、科技等社会领域和社会生活方面，这种现代性主要以理性与进步作为社会发展的绝对信条，坚信科学技术会给现代性社会带来福祉。这是从社会存在的现代性层面给予解说的，即启蒙现代性发展的样态。另一种现代性则是对资产阶级价值观持有的一种质疑态度，并且在现代社会中通过多种方式对抗着第一种现代性，即启蒙现代性。

卡林内斯库关于现代性内部的两种现代性的分析，在一定意义上体现了现代性所包含的内部悖论和张力：在第一种现代性即启蒙现代性的基础上滋生出审美现代性，同时审美现代性又对启蒙现代性具有一种检测能力，可以作出相应的反驳。这说明了审美现代性产生于启蒙现代性，同时

---

① Matei Calinescu. *Five Faces of Modernity*. Durham: Duke University Press, 1987. 41.

又对启蒙现代性作出相应的反思和批判，在一定程度上说明这是同源性的对抗。

现代性内部的启蒙现代性与审美现代性的纠缠与冲突存在于资本主义社会运动与发展的整个过程之中，但启蒙现代性与审美现代性在资本主义发展的不同阶段表现出不同的矛盾悖论，相应地这两种现代性冲突的力度和相互反拨的深度也存在着一定的差异性。

按照周宪对现代性分期的标准，早期现代性（从启蒙运动到19世纪中叶）可以说是启蒙现代性的典型时期，在这一时期，启蒙的观念深入人心，对理性的追求、对知识的推崇，对西方社会的政治、经济和文化等方面的发展产生了巨大的推动，使现代社会得以逐步确立，宗教—形而上学统一的世界观让位于崇尚理性的世界观，“那是一个拥有原理和世界观的时代，对人类精神解决它的问题的能力充满信心；它力图理解并阐明人类生活——诸如国家、宗教、道德、语言——和整个宇宙”①。处于早期现代性的资本主义，正是通过启蒙运动所倡导的新思想与新观念，积极推动了现代性社会的经济、政治、文化、科技的大力发展，形成了现代社会的宏大叙事模式，突破了中世纪基督教的社会结构制度和价值体系。通过启蒙运动的强力推进和理性精神的绝对引导，资本主义现代化建设得以蓬勃发展。但是，在早期现代性时期，现代性主要体现为启蒙现代性，其内部依然存在着审美现代性的反动因子，只不过当时对理性精神的诉求和对社会合理化的建构成为一种主流话语而已，其中还隐含着审美现代性对启蒙现代性的反驳和批判。例如，卢梭就以怀疑精神质疑资本主义现代性：“我真不知道未来我们喜欢什么。”“我看到的尽是些幽灵，一旦我想抓住它们，这些幽灵便消失得无影无踪。”②

以诺瓦利斯、谢林、施莱尔马赫和施勒格尔等人为代表的德国早期浪漫主义者对唯美主义的推崇就是他们反思启蒙现代性的例证。正如费雷德里克·C. 拜泽尔指出的那样，浪漫主义试图以唯美主义来取代启蒙运动的理性主义，浪漫主义者并不将启蒙运动中高扬的理性作为最高和最终的权

---

① ［美］梯利著，葛力译：《西方哲学史》，北京：商务印书馆1995年版，第421页。

② Marshall Berman. *All That is Solid Melts into Air*：*The Experience of Modernity*. New York：Penguin，1988. 18.

威，而是要赋予艺术想象和艺术直觉首要地位，因此在这个意义上浪漫主义具有强烈的反理性主义色彩。同时浪漫主义批评启蒙运动中的“个体主义”，倡导一个共同体的理想，并认为在共同体中个体是屈服于群体的，主张公共生活是个体有义务作出贡献的本质目的，而启蒙运动的倡导者则只将社会看成是保证个人幸福或维护个人权利的一个工具。因此，浪漫主义在本质上是一种保守的意识形态，与启蒙运动主张自由的价值取向相距甚远。

早期浪漫主义者对启蒙运动中所倡导的理性主义进行了深刻反思，并提出了相应的反驳观点，但是随着对启蒙运动的反思性批评，他们自己也陷入了一种矛盾之中，过度的审视、批评导向了一种怀疑论，一切道德、宗教、政治和日常的信念都受到了审视，但这种审视只表明了观念、意念中的“成见”，而批评的目的在于揭示深层基础。面对极有可能因为对启蒙现代性过度批评而陷入彻底的怀疑论境况，早期浪漫主义者从他们对艺术的信仰上找到了突破这种困境的节点，即通过艺术来填补过度批评所留下的真空，他们认为当理性本质上是一种否定性、毁灭性的力量时，艺术是一种肯定性、创造性的力量，“在一个朴实的层次上已经被赋予早期的人的东西——道德和宗教信念与自然和社会的统一——已经被批评的腐蚀性的力量摧毁了；现在的任务是要通过艺术的力量把它重新创造出来。通过创造一种新的神话，艺术就可以恢复人的道德和宗教信念。通过把自然加以‘浪漫化’，也就是说，通过恢复它古老的神秘、魅力和美丽，艺术就可以重新产生我们与自然的统一”①。在这里可以看出，早期浪漫主义者试图以艺术对启蒙现代性进行审视和批评，并且通过艺术的创造来弥合启蒙现代性发展所带来的人与社会的分离。因此，早期浪漫主义通过艺术质疑和反驳启蒙现代性，说明了审美现代性与启蒙现代性的矛盾冲突在现代性发展的初期就存在着。

在盛期现代性时期（19 世纪中叶到 20 世纪中期），启蒙现代性和审美现代性之间的对立和冲突表现得更为明显，这种现象出现的原因在于在理性精神和社会合理化建构的急速发展过程中理性自身的价值衰落以及工具

① ［美］詹姆斯·施密特编，徐向东、卢华萍译：《启蒙运动与现代性：18 世纪与 20 世纪的对话》，上海：上海人民出版社 2005 年版，第 336 页。

理性的极端发展和膨胀。审美现代性是启蒙现代性的孕育儿，也就是随着科学技术进步、工业革命和资本主义带来的全民经济社会的变化发展而出现的结果。在早期现代性时期，审美现代性与启蒙现代性的矛盾冲突并不是极端激烈的，但是随着理性精神的过度发展和理性内涵的变化，在盛期现代性时期，审美现代性对启蒙现代性的反叛日趋激烈。正如卡林内斯库所认为的，在19世纪前半期的某个时刻，作为西方文明史一个阶段的现代性出现了分化，即启蒙现代性与作为美学概念的现代性之间发生了无法弥合的分裂，审美现代性以反抗启蒙现代性显示出其存在的合法性。

正是启蒙现代性的发展导致了现代社会对人自身的奴役，即现代人处于韦伯所说的“铁笼”之中，同时随着启蒙现代性对人的裁宰主导力量的发展，启蒙现代性自身滋生出审视和检测自身的力量，因此，审美现代性既是启蒙现代性的产物，又是启蒙现代性的对抗力量。

通过对现代性演变历史的梳理，我们发现，启蒙现代性与审美现代性统合于现代性嬗变进程之中，审美现代性的产生以启蒙现代性为前提条件，但是审美现代性与启蒙现代性又处于矛盾冲突之中，表现出各自不同的价值取向。启蒙现代性高扬资本主义理性精神，注重以数学和几何学为原型的社会规划，侧重以合理化统一社会各个层面，隐含着追求同一性和同质性的理论旨趣，因而强调社会的整齐划一和秩序和谐。与此同时，启蒙现代性也注重对知识的明确性、科学性和普遍性的界定，从而建构“宏大叙事”的社会理想工程和永恒的价值意义。而相对于审美现代性而言，因其在对启蒙现代性的质疑和批判中获得自身的合法性，由此审美现代性所表现出的理论诉求和价值取向与启蒙现代性针锋相对，同时审美现代性也以启蒙现代性的“他者”形式对其进行否定或纠正。审美现代性质疑理性精神得到了进一步发展，其反对社会的同一性和同质性建构，主张对秩序的解构以及对知识的模糊化、混沌化、多元化以及差异化解读，注重社会事物和现象的短暂性、过渡性和偶然性。启蒙现代性与审美现代性这种相互对抗的矛盾冲突是现代性悖论的主要表征，这也是导致现代性悖论无法化解的根本原因。

第三节　波德莱尔的现代性

波德莱尔以沉沦的方式感受着现代性社会的万千变化，深刻地体验着现代生存经验，并通过诗歌创作的方式展现对现代社会的体认和把握，在恶与丑之中展现其自身存在的某种悖论性。从一定意义上来说，波德莱尔及其诗作与现代性社会存在着一种对抗性张力，而这种悖论性的张力正是波德莱尔反驳现代性社会的生存诉求。通过对波德莱尔生命流程的考察和创作历程的梳理，我们发现，现代性问题是波德莱尔的生存体验和生存模式中的一个核心问题，在一定意义上，把握波德莱尔的现代性问题，可以说是我们走向波德莱尔及其诗歌创作的一个根本性要津。

波德莱尔作为第一个对现代性作出较为明确界定的诗人，其有关现代性的观点和思想成为展开对现代性问题进行分析和研究的重要理论切入点，其关于现代性的定义也成为各种现代性理论建构中绕不开的一个理论节点。综观波德莱尔关于现代性的论述，其并没有形成严谨而又成系统的理论体系，而是主要在相关的文学批评文章中零散地见出，尤其主要集中在《现代生活的画家》一书，而在其诗集《恶之花》中则以诗的形象和意象透显出他对现代性的相关认识和理解。

波德莱尔如何展开现代性之思？这涉及波德莱尔探寻现代性问题的路径问题，波德莱尔并不是从纯粹理论的角度展开对现代性的形而上之思，而是在具体的文学与文艺批评中透显出对现代性的相应界说。波德莱尔在展开对现代性的具体分析之前，分析了画家康士坦丁·居伊[①]的现代性生存境域及其绘画所追逐的旨趣，通过居伊在现代性社会中掘取的绘画主题与素材去感受现代社会的现代性这一本质特征。波德莱尔在《现代生活的画家》一书中写道：

---

① 康士坦丁·居伊（Constantin Guys，1802—1892），19 世纪法国现代风俗画家，其绘画题材以现代社会中短暂、过渡的社会现象和社会事物为主，尤其爱以妇人、姑娘、纨绔子弟、帝国社会以及战争场景作为绘画的主要题材。

他就这样走啊，跑啊，寻找啊。他寻找什么？肯定，如我所描写的这个人，这个富有活跃的想象力的孤独者，穿越巨大的人性沙漠的孤独者，有一个比纯粹的漫游者的目的更高些的目的，有一个与一时的短暂的愉快不同的更普遍的目的。他寻找我们可以称为现代性的那种东西，因为再没有更好的词来表达我们现在谈的这种观念了。对他来说，问题在于从流行的东西中提取它可能包含着的在历史中富有诗意的东西，从过渡中抽出永恒。①

波德莱尔笔下的“他”就是画家居伊，而《现代生活的画家》一书也是波德莱尔评论居伊的绘画风格和旨趣的文章，居伊之所以成为波德莱尔的研究对象，其中主要的原因在于当时法国的画家主要从过去和古代寻找创作的灵感并以过去与古代作为绘画的主题，而居伊则表现出不同的绘画旨趣，他对现代大都市的生活充满强烈的兴趣，并在都市人群中寻找社会的新奇，作为一个“社交界人物”而不是“艺术家”与全社会打交道。在上面这段话中，波德莱尔追问居伊在现代社会中寻找什么？居伊完全进入社会，并感受着社会的急剧变化，他试图要从过渡、短暂中提取一种永恒，这对于波德莱尔而言，就是感受现代社会的现代性，同时居伊也通过绘画来表现出这种现代性，因此他寻找的就是“现代性”。居伊绘画的旨趣就在于通过不断的观察来获取短暂中的永恒。波德莱尔在这里以过渡和永恒并举来切入他对现代性问题的思考。

在波德莱尔的笔下，画家居伊就是“浪荡子”，而“浪荡子”对现代性社会保持了一种精神和智力上的敏感，同时也具有充分的反思性力量，他作为一个观察者存在，而这种观察既是面向社会的，也是面向自己的。作为“浪荡子”为何能追寻到现代性？波德莱尔认为，因为“浪荡子”具有一种观察能力，而这种能力就充分体现在他与人群和世界之关系的处埋上。波德莱尔认为，对于“浪荡子”和漫游者而言：

如天空之于鸟，水之于鱼，人群就是他的领域。他的激情和他的事

① ［法］波德莱尔著，郭宏安译：《波德莱尔美学论文选》，北京：人民文学出版社 2008 年版，第 439 页。

业，就是和群众结为一体。对一个十足的漫游者、热情的观察者来说，生活在芸芸众生之中，生活在反复无常、变动不居、短暂和永恒之中，是一种巨大的快乐。离家外出，却总感到是在自己家里；看看世界，身居世界的中心，却又为这个世界所不知，这是这些独立、热情、不偏不倚的人的几桩小小的快乐，语言只能笨拙地确定其特点。观察者是一位处处得享微行之便的君王。①

在波德莱尔的这段描述中，居伊沉沦于现代都市的生活之中，投入人群，并且直面各色各样的陌生人，感受着陌生人的各种奇特和陌生。在波德莱尔眼中，居伊不仅仅是一个画家，更是一个进入现代性社会中感受现代性的人。在一定意义上可以说居伊“在世界之中存在”就是在人群中存在，他通过在人群中四处闲逛、观察和寻找，直接感受着瞬息万变的生活场景，在陌生人群中体察其自身存在的这个最大可能性。但是“浪荡子”居伊与人群和世界存在着一种悖论性的距离关系。这种悖论性距离关系主要表现为：一方面，居伊需要进入人群和世界，感受着人群的变动不居和世界的变化无常，成为人群和世界中的一员，并且只有这样居伊才能获得生存的乐趣和意义。另一方面，居伊在人群和世界中漫游，但是他又以观察者的身份观望着人群和世界，更根本的是作为观察者时刻注视着自身，所以波德莱尔说居伊离家而有在家的感觉，身居世界中心而不被人感知。在这里波德莱尔对居伊“在世界之中存在”的生存样态的描写，隐含着对能把握现代性的主体人所应该具有的品质和特性的界定。现代性是从过渡中抽取永恒，这不是芸芸众生所能体悟和洞察的。从一定意义上说，要把握现代性需要保持与人和世界的悖论性距离。因此，发现和感受现代性是居伊生存的全部意义，而现代性对于居伊而言就是现代生活的独特性，即现代生活的短暂性、瞬间性和过渡性。

波德莱尔通过居伊接近了现代性，“过渡”与“永恒”之间的关系已经透显出波德莱尔关于现代性的某些旨趣。而关于现代性定义的经典界说，波德莱尔所给出的是这样一种定义：“现代性就是过渡、短暂、偶然；

---

① ［法］波德莱尔著，郭宏安译：《波德莱尔美学论文选》，北京：人民文学出版社 2008 年版，第 437 页。

它是艺术的一半，另一半则是永恒与不变。”[①] 波德莱尔分析居伊在人群和世界中观察过渡和短暂，并在其中抽取永恒和不变，并通过绘画这种艺术形式将过渡和短暂与永恒和不变同时彰显出来，这就是现代性。在波德莱尔看来，艺术蕴含着过渡和短暂与永恒和不变的融通性共存。画家居伊身处现代性社会而又能通过画作透显出现代性，这是否意味着现代性只是针对与传统社会相对的现代社会而言？波德莱尔认为，古代传统社会也具有那个时代的现代性，现代性不仅仅是现代社会独有的社会特征。

每个古代画家都有一种现代性，古代留下来的大部分美丽的肖像都穿着当时的衣服。他们是完全协调的，因为服装、发型、举止、目光和微笑（每个时代都有自己的仪态、眼神和微笑）构成了全部生命力的整体。这种过渡的、短暂的、其变化如此频繁的成分，你们没有权利蔑视和忽略。如果取消它，你们势必要跌进一种抽象的、不可确定的美的虚无之中，这种美就像原罪之前的惟一的女人的那种美一样。[②]

波德莱尔认为古代画家将“服装”、“发型”、“举止”、“目光”以及“微笑”形象化地凝结于画作之中，而这些时代特征在每个时代都有自己的特点，因而它们是过渡的、短暂的。这些相对性的特征通过绘画安置于画作之中，相对美而表现出了永恒性。在波德莱尔看来，美并不是因为抽象性和概念性而获得永恒和不变，而是在相对性的时代特征中获得永恒和不变。通过分析，我们发现“过渡”、“短暂”与“偶然”是波德莱尔对现代性最为本质的规定，现代性也不是编年史意义上的时代分期，同时波德莱尔所言的现代性是从艺术的层面给予阐述的，因此对于波德莱尔而言现代性意指审美现代性。这在波德莱尔的诗集《恶之花》中得到了充分表现，在诗集中波德莱尔创作了诸多反映“过渡”、“短暂”以及“偶然”的诗歌意象，这在一定程度上反映出波德莱尔在短暂、偶然的社会景致中把握永恒与不变的诗学旨趣。概言之，波德莱尔的现代思想主要包含下面

① ［法］波德莱尔著，郭宏安译：《波德莱尔美学论文选》，北京：人民文学出版社 2008 年版，第 439 ~ 440 页。

② ［法］波德莱尔著，郭宏安译：《波德莱尔美学论文选》，北京：人民文学出版社 2008 年版，第 440 页。

三个方面的蕴义：

一是波德莱尔的现代性并不是历史编年意义上的现代性，而是无数个“当下”的时间节点。在对“现代性”词源学意义上的解释中，往往将现代性与传统相对立，表现出与过去传统社会的断裂，传统与过去作为现代性的参照系而存在，尽管现代性斩断了与传统和过去的纽带，但是在一定意义上说传统和过去是现代性获得存在的前置性条件。波德莱尔的现代性突破了历史编年意义上的分期概念，而是建基于当下无数个时间节点，即过渡、短暂、偶然的时间的非连续性，现实性构成了现代性的起点，由此波德莱尔在现代性生存境域中感受到了现代化城市的片断性和碎片性，在有关诗作中用变化无常的幻想、飞逝的瞬间、“快照”这些概念表述了时尚、艺术以及建筑的新形式与新体验。在波德莱尔看来，现代性因为表现为当下时间节点，因此不能用总体性观念来审视社会生活变化，而应该注重对碎片和片断的意义掘取，诗集《恶之花》中的诗歌形象和意象的构建就注重了对过渡性和短暂性的把握。正因为时间节点稍纵即逝，这让波德莱尔感受到了现代城市中的新奇和陌生，同时也产生了相应的震惊经验和眩晕感觉，“现在，我常感到眩晕……我得到了一种奇怪的警告：我感到身上吹过一阵愚蠢之翅膀刮起的风”①。时间节点以时间断点的飞逝转换带来了生存经验瞬间性的冲击力，每次的时间节点都充满未知和不确定的生存体验，同时这种生存体验打破了传统连续性的体验而表现为片段性和碎片化的情绪经验。这正如沃林所说：“传统经验结构的衰落的最初迹象就是‘震惊’这一现代都市生活无法予夺的特征的出现。经验在传统上受连续性和重复性原则支配，这使得它至少在理论上一直是熟悉的、可预言的东西，但是，城市生活带来的震惊打破了经验这样熟悉的模样。”② 这种震惊经验正是当下时间节点快速转换而导致的。波德莱尔注重对过渡、短暂时间节点的深刻感受，这说明波德莱尔的现代性具有强烈的时间意识。

波德莱尔从“过渡”、“短暂”、“偶然”与“永恒”、“不变”的对应关系中去把握现代性的内涵，这一个方面应和了资本主义现代化进程中社

---

① ［法］波德莱尔著，张晓玲译：《私密日记》，长沙：湖南文艺出版社 2007 年版，第 127 页。

② ［美］理查德·沃林著，吴勇立、张亮译：《瓦尔特·本雅明：救赎美学》，南京：江苏人民出版社 2008 年版，第 232 页。

会生活变迁的“当下之新”与“飞逝的瞬间”的特性以及现代生活的“碎片化”、“非连续性”、“非确定性”的品质，另一个方面对应了历史现代经验中的某种“永恒”与“不变”的“史诗般的品质”。波德莱尔将现代艺术植根于现实性和永恒性这两条轴线的交汇点上，现实性融合了时代性和永恒性的交汇，艺术作品形成的那一瞬间只有不断侵入现实才能获得永恒的意义，瞬间性统一了现实性与永恒性。对于波德莱尔而言，正因为如此，画家居伊才摆脱过去、放弃传统而关注现代城市生活的碎片化、片断性以及朝生暮死的事物，并追求日常生活隐藏着的真理，即通过对现代城市生活的体验去发觉一种瞬间性的永恒，因此，现代性就是在时间节点上发现碎片化、片断性中的永恒意义。

二是波德莱尔的现代性是美学意义上的现代性。在波德莱尔关于现代性的经典定义中，艺术作为短暂与永恒的交汇点，呈现了现代性社会中的过渡与短暂，同时也掘取了永恒和不变，在相对性中表现出永恒性。在这个意义上，波德莱尔的现代性是审美现代性。波德莱尔在论述古代画家的画作中描写了具体的时代特征，从而表现出相对美，这说明波德莱尔的现代性是美学意义上的。卡林内斯库在《现代性，现代主义，现代化——现代主题的变奏曲》一文中谈到了波德莱尔的现代性问题，他认为波德莱尔的现代性不能仅仅局限在现时性、短暂特异性和瞬息内在性中，而应该从美学上加以认识，因为波德莱尔的现代性在美学上表现出对传统美学的突破性，即美学应该关注当下的现实性。波德莱尔的审美现代性正是对现代性社会的过渡和短暂的直接回应，同时也在一定程度上反驳着启蒙现代性中由于过渡和短暂所带来的现代性隐忧。尧斯结合波德莱尔对美的看法表达了这样的观点：“美的本质仅靠单方面地观察当前的趋势（即一个时代的特征、时尚、道德规范与爱憎）是无法把握的，仅靠回顾古典主义的经典作品也不行。波德莱尔的现代性意识中的美在时尚中最显著。时尚是波德莱尔现代美学的起点，因为这里有其特有的双重魅力。它体现了历史的诗学品质，也展现了短暂现世的永恒性。”① 尧斯一方面指出了波德莱尔的现代性是美学意义上的现代性，另一方面将波德莱尔的现代性与时尚紧密

---

① 周宪主编：《文化现代性精粹读本》，北京：中国人民大学出版社 2006 年版，第 161 页。

联系起来，并指出时尚蕴含着短暂与永恒。弗里斯比在《现代性的碎片》一书中指出，波德莱尔的现代性在一定程度上等同于新奇事物，而波德莱尔的现代美学对传统美学进行了颠覆，这种颠覆既表现为对传统美学的永恒性拒绝，又表现为现代美学对自身建构永恒美学的拒绝，现代美学应该是关注“现代性的粗糙垃圾”的诗意过滤以及“从恶中提取美”。

三是波德莱尔的现代性是英雄现时型现代性，这种英雄意志要求去启蒙现代性中把握和提炼“过渡”、“短暂”、“偶然”和“永恒”、“不变”的美，也即在现代诗人的作品中捕捉到暗含着永恒之意的“当下之新”与“飞逝的瞬间”。从英雄现时型角度界定现代性，隐含着一个基本问题，即对现代性的认识不仅仅是指认识和感受到过渡、短暂以及偶然，而且是对过渡、短暂以及偶然的认识所持有的态度，这也就是说现代性与自身之间的关系以关系形式得以确立。福柯指出：“当我参照康德的这篇文章（《何为启蒙?》）时，我自问，人们是否能把现代性看作一种态度而不是历史的一个时期。我说的态度是指对于现时性的一种关系方式：一些人所作的自愿选择，一种思考和感觉的方式，一种行动、行为的方式。它既标志着属性，也表现为一种使命，当然，它也有一点像希腊人叫做 ethos（气质）的东西。”① 在福柯看来，波德莱尔的现代性不是静态的，而是不停地规范着自我，更新着自我，不是作为历史的潮流或流逝的时间的一部分，而是以“当下性之新”，即现存时刻的方式出现。对波德莱尔而言，现代性不仅仅是相对于现时的关系形式，它也是一种应同自身建立起关系的反思性方式。波德莱尔的现代性是现存的当下性的“英雄意志”，因为要成为现代的，一方面要进入短暂飞逝的时间之流中，另一方面要维持着与现时之间关系的反省与审视。这样英雄意志在波德莱尔笔下就是“浪荡子”的苦行主义，在这样的条件下英雄型现代性才有可能存在。诗集《恶之花》正是确证了波德莱尔这种英雄型现代性，因为诗人时刻保持着与现实之间关系的审视与检测，并以诗歌形象与意象呈现了自身与现时之间的关系，具体来说，诗人与现时形成一种关系，与此同时诗人又必须时刻反思自己与现实的关系，即诗人要确立自身与现时之间的关系形式。在诗集《恶之花》

① 汪民安等主编：《现代性基本读本》（下册），开封：河南大学出版社 2005 年版，第 652 页。

中，诗人沉沦于现代性世界，同时诗人也要时刻反思自己沉沦于现代性世界这一事件。

概言之，从当下的现实性去理解波德莱尔的现代性，一方面反映了波德莱尔的现代性是对启蒙现代性的一种回应，而启蒙现代性的发展是以瞬息万变的速度改造着现代社会，在其中现代社会主要表现为“短暂”、“过渡”以及“偶然”的特性。波德莱尔认为现代性就是要在这样的社会特征中去发现与把握。另一方面，由于启蒙现代性的发展带来了诸多社会问题，这又促使对启蒙现代性进行相应的反思，其中波德莱尔主要通过艺术创作对启蒙现代性展开相应的批判，尤其是在《恶之花》文本中就展现了波德莱尔的审美现代性，并以此对抗启蒙现代性。

波德莱尔关于现代性的理解主要集中在他的诗作和文学评论等作品中，并且主要通过一些零散的评论性语言道出。这正如厄勒所言：“在对现代性概念的追寻中，他面前始终有特定的引导性意象，但是他不能够……从理论上预见到他自己对这些先入之见的超越。这深入的一步，只有通过波德莱尔不加评论甚至是以令人误解的方式不断添加到他的论点中的残章碎简中显示出来。”① 波德莱尔毕竟只是一位沉沦于“恶之世界”的诗人和文学评论者，现代性理论的建构工作或许并不是他所期待的。尽管没有完整的理论体系，但是波德莱尔散落于诗篇和评论性文章之中的现代性观念和思想，在现代性理论系谱中仍散发出其应有的理论光芒，并且在一定程度上影响着社会和他人。

---

① ［英］戴维·弗里斯比著，卢晖临、周怡、李林艳译：《现代性的碎片》，北京：商务印书馆2003年版，第22页。

第五章

《恶之花》的现代性样态

第一节　世界图景

《恶之花》文本中的诗作创作时间主要集中在19世纪中叶，这正是启蒙现代性与审美现代性矛盾冲突最为激烈的时期，即盛期现代性时期，处于这个时期的现代人深深地觉察到：一方面启蒙现代性带来了资本主义社会科技主义的如日中天和工具理性主义的肆意泛滥，工业文明推进着社会生产与时俱进，合理化的国家政治建构导致科层制度无孔不入，资本主义商品经济的发展促使商品和货币拜物教在社会各个领域中迅速传播，这个时代是科学的时代，同时也是意义丧失的时代。另一方面现代性所孕育的审美现代性在对抗启蒙现代性的进程中获得的合法性基础日益坚固，艺术自主性得到了加强，文化与艺术质疑着启蒙现代性的无所不为，审美现代性以“审美救赎”的方式诊治着人性的碎片化、单向度性以及不完善性。针对这个时期的启蒙现代性和审美现代性的激烈矛盾冲突，卡林内斯库展开了相应的分析：

说到第一种现代性，亦即现代性的资产阶级观念，我们可以说，它完全延续了现代观念史较早阶段的未竟传统：进步的信条，确信科学技术带来福祉的诸多可能性，关注时间（一种可测量的时间，它可以买卖，因而像任何其他商品一样，具有某种货币上的可计算的等价），崇拜理性，以及限于抽象人道主义框架的自由理想，还有朝向实用主义以及对行为和成功的崇拜——所有这一切都不同程度地与为了现代之战联系在一起，因为其作为核心价值观在中产阶级确立的成功之文明中得以留存，并加以弘扬。

与此相反，另一种现代性，亦即催生了先锋派的现代性，则有浪漫主义的源头，它倾向于激进的反资产阶级立场。他对整个中产阶级的价值观表示不满，并通过迥然不同的种种方式来表达这种不满：从反叛、无政府主义、末世论，到贵族式的自我放逐等，不一而足。因此界定文化现代性的不只是其肯定性的热望（它们常常很少有共同之处），还包括它对资产阶级现代性的断然拒绝，是其强烈的否定激情。①

按照卡林内斯库的分析，审美现代性对启蒙现代性的发展作出了具有矛盾性的回应：一方面审美现代性在一定程度上对启蒙现代性持肯定态度，另一方面审美现代性又对启蒙现代性给予了相应的否定。在这里，其实隐含着启蒙现代性与审美现代性的矛盾悖论，即启蒙现代性为审美现代性的产生提供合法化的基础，与此同时审美现代性又以否定性的力量对抗着启蒙现代性，这是现代性最本质的“吊诡”现象。

《恶之花》所处的时代就是这样一个充满矛盾冲突的时代，如果说卡林内斯库从现代性的矛盾冲突层面展示了这个时代的社会基本状况，那么哲学家海德格尔则从哲思的角度为我们描述出这个世界的基本时代图景，并分析了产生这种时代图景的根由。

海德格尔认为，这个时代是“世界之图象”和“贫乏之时代”。海德格尔在《世界图象的时代》一文中认为，世界之图象可概括为五种主要的特征：数学化的自然科学、机械技术、偶像的丧失、努力构造适用于所有人的普遍文化以及将艺术领域转化为审美体验领域。关于数学化的自然科学，海德格尔指出科学的本质是研究（Forschung），而研究的本质在于认识把自身建立在某个存在者领域中的程式（Vorgehen），科学研究是在主体对科学研究对象、研究领域以及研究方法的主观限定下展开的，主体目的导向性成就了科学研究的可能性领域。关于机械技术，海德格尔认为在其中起支配作用的解蔽是一种促逼（Herausfordern），而这种促逼要求自然提供本身能够被开采和贮藏的能量，从而自然界被展现为不断被开发、转化、贮存、分配等一系列环节，并且由此被纳入一个密不透风的技术系统里。关于对偶像的丧失的认识，海德格尔认为由于世界图象已经基督教化，以及基督教把它的教义重新解释为一种符合现代的世界观，因此世界依然存有宗教信仰，但是诸神已经逃离，人与“存在”的神秘亲缘关系被现代主体人为割断。关于文化政治，海德格尔认为其作为维护人类至高财富来实现最高价值的文明形态，丧失了“自然”对其的深层滋养和呵护，

---

① Matei Calinescu. *Five Faces of Modernity*. Durham: Duke University Press, 1987. 41.

文化政治的主体性高扬导致了现代市民社会的各种商业运作活动的出现。

海德格尔关于现代社会五种主要现代特征的描述，从根本上揭示出了现代社会主体形而上学的膨胀以及主体对客体间距性对象活动的强大威力，通过现代主体的各种表象活动，世界图象化就成为现代社会的根本性存在样态。

在分析“贫乏之时代”时，海德格尔在《诗人何为?》一文中指出：“贫乏之时代”已成为无根基的深渊（abguud）与技术的本质白昼化。首先表现为诸神未曾到达和上帝的缺席，没有“神”将人和物聚集于他们自身，世界缺乏支撑它的基础而成了深渊，神圣作为走向神性的踪迹已消失殆尽。海德格尔用诗意的语言阐述了贫乏时代的贫乏性，即世界深渊出现的深层缘由——存在的被遗忘以及此在对这种遗忘的再次遮蔽。其次，存在者的存在是那种包含着自我集中的每一物（ens）进入自身聚集的意志的意志化，也就是说存在者在向自身回溯的遮蔽中敞开自身的存在，从而进入“敞开”的境域氛围之中，但随着近代形而上学的表象活动，人的存在就表现为“在世界之前”的存在者，并未进入存在敞开的环行之中，由此自然就成为摆立在人面前的物的聚合体。人的意志从源初意义的“让—存在”转化为一种有意贯彻对象化意图的意义上的“制造”，表现为“贯彻”、“自我决断”，世界作为可制造的对象全体被设定了，万物变成了人类意志决断的材料，因此，在这个意义上世界成为无根基的深渊，原因就在于人对存在的遗忘和遮蔽，人逃离于存在的整体牵引力可度量的尺度之外而处于无根基的深渊之中，人与自然（存在）本源性的亲和境域被主体性的意志所扰乱，人与诸神的相互召唤与应答缺失了可沟通的言语。

海德格尔认为，技术的本质白昼化是指技术的非对象化活动向对象化活动转化所呈现出来的样态，技术向自身聚集的遮蔽本性在现代社会中被演化为对物的世界的纷扰和侵犯。物的物性，即物之存在在一定意义上被解构了，由此技术将一切物设定为在生产过程中可制造的东西，而且通过市场把它们发送出去，最终，人的人性与物的物性都演变为在市场上可以计算出来的市场价值。人与物处于一种无保护状态之中，即存在作为人与物存在的源始性根据付之阙如，同时技术对秩序的追求拉平了世界的秩序，而恰恰正是这种追求秩序的行动导致了本真的秩序的消失，现代性社会就呈现出了无秩序的扁平化状态。

"世界之图象"和"贫乏之时代"何以能出现?或者说是什么带来了"世界之图象"和"贫乏之时代"?这就涉及海德格尔对现代性批判之问题,其通过对现代科学的分析充分阐述了"现代性"产生的根据和存在的尺度,即主客体间距化活动中现代主体性的本质性统摄作用导致现代性的出现。海德格尔还将现代科学与主体形而上学的历史紧密结合起来对"现代性"进行探讨,从哲学的角度分析了现代科学产生与发展的主体形而上学基础,由此海德格尔剖析出现代性症结的两个维度:主客体间距化活动和主体形而上学的历史。

关于现代科学中的主客体间距化活动,海德格尔在《世界图象的时代》一文中,剖析了现代科学的三个主要特性:一是运用理论预先勾勒出一个客体范域的轮廓;二是对该客体范域的细致探索;三是永不停息的有组织活动。通过这种对现代科学要素的分解研究,从而进一步揭示出现代科学中蕴含着主客体间距化活动。

在预先勾画(Vorgehen,先行行为)的分析中,海德格尔认为现代科学所创制的理论、公理、定义为调查研究开启了研究的客体领域,在其中只有被理论所证实了的东西才被认为是真实的和实在的。海德格尔在这里强调预先勾画是一种现代性世界中的现代认知模式,相对于古希腊的"知识"和中世纪的"学说"、"科学"而言,现代科学缺乏前概念领域中所彰显存在之无蔽状态的开启。对于古希腊人来说,世界就是 physis,即从遮蔽状态中敞开的澄明场域——物与人在无蔽中存在,而现代科学则运用所预设的理论为研究的对象勾画出客体领域,也就是说,现代科学离弃了古希腊人的那种存在境域,并通过主体预设了研究对象所属的客体领域,预先勾画暗示出现代科学的主客体关系中主体的绝对主导性。

在对客体领域进行探索(Verfahren,行事方法)的分析中,海德格尔认为,现代科学通过预先勾画预设出研究的客体领域,即科学研究对象是主体预设的产物,其按照主体的理论预设表现出其存在的可能性,从而研究对象的存在尺度是按照主体的意图规范与预示的,其被研究和揭示的方式与方法在研究以前已经潜在地存在着,其结果也就是按照主体预先勾画所启示的方向强制性地开发出研究对象所隐蔽的规律和本质,这不同于古希腊时期存在自然开启的那种"自然涌现"。海德格尔通过对现代科学客体领域探索的分析,旨在言明现代科学客体领域中所蕴含的主体因素以及客体领域运作中非自主性的强行敞开。

对于连续而有组织的活动（Betrieb，实施行为），海德格尔指出，世界作为总体图景向现代科学提供各种资源和素材，对此现代科学通过对世界的各种从属性领域进行具有系统性的精心组织，各种现代科学研究的客体领域被体制化与结构化，现代科学研究表现出科层化、学科化以及系统化，并且按照现代主体所设置的程序进行流水线的运作，同时各种科学研究机构各自划定疆域，自主设计学科规范和体制，采取画地为牢式的精细生产加工。海德格尔对于现代科学这种“实施行为”的分析，揭示出了现代科学研究中现代主体性的极度膨胀以及现代科学形而上学基础的牢不可破的现象，现代科学摈弃了古希腊关于科学非精确化的本质性认识，现代科学的实施行为也就演变为现代主体分门别类的精确化的企业组织活动。

海德格尔通过主客体间距化活动分析了现代科学的三个主要特性，但其并没有局限于对现代科学的现代性品性的描述，而是将现代科学植根于主体形而上学的历史演变进程之中，通过现代形而上学的发展历史来把握现代科学现代性的本质特性。海德格尔认为，现代“主体”（Subjekt，subject）一词来自拉丁语词“Subjectun”，而“Subjectun”即来自希腊语词“根据”，“根据”意指存在者得以存在的缘由。现代“主体”成为“根据”是文艺复兴运动之后的事情，其中尤其在笛卡尔“我思故我在”的哲学演变中得到了强化，“我思”成为不可怀疑的基础，是思考万物不证自明的前提性存在，同时“我思”总是向“我”开启，因此“我之思”成为毋庸置疑先在性的尺度和根据，从而“根据”演变为“我之思”，由此现代“主体”成为“根据”的原型，现代主客体关系的运转就表现为客体趋向于主体的间距化活动。

海德格尔通过“Vor－stellen”一词进一步阐述了主体成为“根据”并主导主客体关系这一现代认知模式，语词“Vor－stellen”被诠释为“带上前来”、“摆放”、“表象”，在现代科学中，“带上前来”、“摆放”、“表象”被设置为主体人，人是作为存在者之存在的“主体”而存在，而存在者则作为主体人构想出来的“客体”而存在，人所处的世界就不是古希腊意义的“自然涌现”而成为主体所描画的“图象”，而“世界图象”是主体的表象活动，“表象在此意味：从自身而来地把某物摆置（stellen）到面前来，并把被摆置者确证为某个被摆置者。这种确证必然是一种计算，因为只有可计算状态才能担保要表象的东西预先并且持续地是确定的。”① 在现代社会中，表象就是“对……的把握和掌握”，这是一种对象化的活动，存在者之存在就成了在人的“表象”活动中被“摆放”出来的东西，存在者作为客体对象被带到了构造和设置它的主体人的面前，并进入了主体人的决定和控制之中，而“世界图象”就是表明所有存在者全部成为被主体所构想出来的客体聚合体的图景。

海德格尔通过追寻现代科学中所包含的现代形而上学的历史，进一步阐明了现代性产生的症结之所在——现代科学中的主客体间距化活动以及主客体关系的产生的主体形而上学历史演变，通过这样的分析，现代社会的现代性特征所产生的本质性缘由得到了一定程度上的揭示。

海德格尔对现代性的批判主要基于启蒙现代性而展开，其通过对“世界之图象”与“贫乏之时代”的描述和分析，为我们理解《恶之花》所处的时代提供了一种哲学解释。作为诗人，波德莱尔正处于海德格尔描述的这样一个现代性时代，《恶之花》文本也存在于这样的时代。波德莱尔对现代性时代的论述并不像海德格尔那样有一个深刻的理论描述和哲思分析，他是以其自身生命的存在彰显这个时代的现代性，而诗集《恶之花》也正是以文本形式凸显出资本主义现代性时代的本质内涵和独特表征。《恶之花》文本以诗学的语言敞开了资本主义现代性的具体面相，其中包括从资本主义启蒙现代性社会物化结果中提炼的诗歌的相应主题，诸如“闲逛者”、“浪荡子”、“大众”、“妓女”、“赌徒”、“拾垃圾者”、“毒品”等现代性社会中的人物具象和物品具象。如果说海德格尔从“思”的层面分析研究了资本主义现代性的征候、特征，那么波德莱尔则是从“诗”的层面彰显了秉承着资本主义现代性之本质与品性的现象世界，《恶之花》文本的创作正是身处现代性社会的波德莱尔对现代性的一种生存论的回应。

---

① ［德］海德格尔著，孙周兴选编：《海德格尔选集》（下册），上海：上海三联书店 1996 年版，第 899 页。

第二节 启蒙现代性

《恶之花》创作于资本主义现代性高速发展的19世纪中叶，这正是海德格尔所说的“世界之图象”与“贫乏之时代”的时代。“世界之图象”与“贫乏之时代”的时代图景在诗集《恶之花》中通过具体的诗歌形象和意象得以呈现，只不过在诗集中是作为批判对象加以表现出来的。出版于1861年的第二版和出版于1868年的第三版《恶之花》诗集的主题分类都按照“忧郁和理想”、“巴黎风貌”、“恶之花”、“反抗”、“酒”以及“死亡”这六个主题进行排列，关于启蒙现代性之消息散落于这种文本结构的六组诗篇之中，尤其主要集中在“巴黎风貌”篇和“恶之花”篇中的相应诗作。

《恶之花》诗集中的首篇诗作是《告读者》，波德莱尔所说的“读者”是谁？波德莱尔想告诉他们什么消息？《恶之花》文本结构的安排是经过波德莱尔精心安排与设计的，其中隐含着他想要表达的某种意向性思想，因此《告读者》不是他随意的安排，其中应该有其深刻的意图。我们认为，《告读者》一诗正是波德莱尔从宏观的角度向诗集读者展示出启蒙现代性的图景。联系波德莱尔《1846年的沙龙》一书卷首的《告资产阶级》一诗，《告读者》和《告资产阶级》两首诗之间具有某种亲缘关系，在一定意义上，《告读者》一诗中的读者就是指资产阶级。

波德莱尔在《告资产阶级》一文中写道：

……资产者啊——立法者们，或商人们，当七点钟或八点钟使你们的疲倦了的头转向炉中的炭火和扶手椅的靠枕时，你们就想到了功利。

一种更强烈的欲望，一种更活跃的梦幻，这时将为你们解除日间活动的疲劳。

但是，那些垄断者却想使你们远离学问的果实，因为学问是他们惟恐失去的银行和店铺。如果你们否认制作艺术品或懂得制作方式是一种力量，他们就会肯定一个事实，而你们并不感到受了侮辱，因为公共事务和商业活动占去了你们每日四分之三的时间。至于余暇时间，应该用于享受和快感。

……

资产者们——国王、立法者或商人，你们建立了图书馆、博物馆、画廊。有些在十六年前只向垄断者开放，现在已向群众敞开了大门。

为了在各种形式上，政治上的、工业的和艺术的，实现关于未来的设想，你们联合了起来，建立了公司，进行了借贷……①

在《告资产阶级》一诗中，波德莱尔确定将《1846 年的沙龙》献给资产阶级，在资本主义现代性形成和发展过程中，资产阶级是主体性力量，按照马克思对资产阶级的认识，资产阶级在封建主义的颠覆中发挥着革命性的作用，同时其也在资本主义建设中按照合理化的原则建构了资本主义社会的政治、经济、文化以及思想观念等所有领域。启蒙现代性按照理性和合理化原则改造着资本主义社会，同时也塑造了资本主义社会的统治阶级——资产阶级。波德莱尔试图将《1846 年的沙龙》奉献给资产阶级，其目的在于向资产阶级透显启蒙现代性对他们的禁锢和残害。波德莱尔在《告资产阶级》一诗中也正是如《1846 年的沙龙》一样向资产阶级发出一种警醒：资产阶级所高举的理性大旗、所追求的进步学说最后导致了启蒙现代性的极度发展，而这种发展一方面给资本主义社会带来了高度发达的物质文明，另一方面又导致了资本主义社会中出现了严重的后果。波德莱尔在《恶之花》诗集中就是通过对启蒙现代性所导致的后果加以形象化的呈现，从而揭开对启蒙现代性的质疑和批判。

马克思和恩格斯在《共产党宣言》中认为“资产阶级在它已经取得了统治的地方把一切封建的、宗法的和田园诗般的关系都破坏了”，“资产阶级抹去了一切向来受人尊崇和令人敬畏的职业灵光。它把医生、律师、教士、诗人和学者变成了它出钱雇用的雇佣劳动者”，“资产阶级撕下了罩在家庭关系上的温情脉脉的面纱，把这种关系变成了纯粹的金钱关系”②。比

---

① ［法］波德莱尔著，郭宏安译：《波德莱尔美学论文选》，北京：人民文学出版社 2008 年版，第 213 ~ 214 页。

② ［德］马克思、恩格斯著，中共中央马克思恩格斯列宁斯大林著作编译局译：《马克思恩格斯选集》（第 1 卷），北京：人民出版社 1977 年版，第 253 ~ 254 页。

较《告资产阶级》和《共产党宣言》中的这些话，它们所阐述的含义是惊人的相似，都论述了资产阶级将商品经济发展中的货币关系转化为人与人、人与物、人与社会关系中的支配性力量。在《告读者》一诗中，波德莱尔认为追求功利与效益是资产阶级所关心的时刻不能懈怠之事，而在《共产党宣言》一文中，人与人曾经温情脉脉的关系已经转化为金钱关系。在《告资产阶级》和《共产党宣言》关于资产阶级状况的描述中，我们都能发现作为主体的资产阶级在推动社会合理化过程中，其自身也出现了异化和物化现象，这是波德莱尔从宏观角度对启蒙现代性进行了客观的描述。

波德莱尔在《告读者》一诗中用诗歌的语言描述了启蒙现代性，并将这种启蒙现代性的社会图景向资产阶级全盘托出，这与《告资产阶级》一诗的目的是一致的。波德莱尔在《告读者》一诗中用隐喻的方式为我们描述道：

> 读者们啊，谬误、罪孽、吝啬、愚昧，
> 占据人的精神，折磨人的肉体，
> 就好像乞丐喂养他们的虱子，
> 我们喂养着我们可爱的痛悔。①

在《告读者》这首诗中，波德莱尔不像在《告资产阶级》一诗中直接描述了启蒙现代性发展所导致的后果，而是以具体的隐喻形象暗示出启蒙现代性发展所导致的邪恶世界，即通过豺、豹子、母狗、猴子、蝎子、秃鹫以及蛇等怪物的“东奔西走”让罪恶的“动物园”污秽不堪，而这七种动物在西方世界传统中相应地与骄傲、嫉妒、恼怒、懒惰、贪财、贪食以及贪色七种罪恶相互对应。在波德莱尔笔下，这七种罪恶占据着人的精神，折磨着人的肉体，这是以诗歌的语言描绘出了启蒙现代性社会对现代人产生的影响的基本状况。这七种罪恶为何肆意横行？其实波德莱尔在这里隐射着启蒙现代性以合理化建构现代社会所导致的不良后果，随着商品

① ［法］波德莱尔著，郭宏安译：《恶之花》，上海：上海译文出版社 2008 年版，第 3 页。

经济的发展、市场规律在社会各个领域的渗透，人的价值尺度消退，市场的交换价值得到了日益推崇，在这种生存境况下，人性之恶得到了任意宣泄，诗歌中的七种罪恶也就占据着人的精神和心灵。波德莱尔在诗歌中向资产阶级敞开了启蒙现代性社会的这种非理性状态。“我们喂养着我们可爱的痛悔”，这是诗人在启蒙现代性社会中的生存经验的一种表达。启蒙现代性固然带来了社会的极大进步，但是也给社会带来了无法根除的痼疾，同时这也在一定程度上透显出诗人对启蒙现代性的一种纠结情绪，一种享受了丰富物质文明而又丧失了价值意义的无可奈何的痛悔。结合《告资产阶级》一诗，我们认为，《1846 年的沙龙》与诗集《恶之花》隐含着向资产阶级展示启蒙现代性社会状况这一目的。《告读者》一诗从宏观角度为诗集《恶之花》描绘出了启蒙现代性的时代图景，也为诗集《恶之花》中的具体诗篇展示出了诗歌背景以及情感基调。

《恶之花》“巴黎风貌”篇中的诗篇，主要以资本主义现代性发展下的都市巴黎的现代性意象为内容，并以此描绘出启蒙现代性的某些具体面相。“巴黎风貌”篇中的诗篇以诗歌形象和意象展现了现代都市巴黎现代性改造的城市景观，诗人在都市巴黎中观望着城市的现代化风景，感受着现代城市的工业文明，体会着现代性都市中的生存经验。

诗人在《风景》一诗中写道：

我眺望着歌唱和闲谈的工场；
烟囱和钟楼，这些城市的桅杆，①

在《风景》这首诗中，“工场”、“烟囱”和“钟楼”成为现代性都市的具体表征。随着工业文明的发展，人与自然的关系发生了改变，在主体性力量的绝对支配下，自然成为人类的宰制对象；同时人与社会的关系也发生了改变，科学技术和科层制度对人的支配和限制作用也日趋强化，人逐渐被异化和物化。海德格尔在思考技术时为我们描述出工业文明下的如下社会景象：“于是，耕作农业成了机械化的食物工业。空气为着氮料的

① ［法］波德莱尔著，郭宏安译：《恶之花》，上海：上海译文出版社 2008 年版，第 159 页。

出产而被摆置，土地为着矿石而被摆置，矿石为着铀之类的材料而被摆置，铀为着原子能而被摆置，而原子能则可以为毁灭或和平利用的目的而被释放出来。"[1] 海德格尔通过逻辑递进推理为我们指出工业文明中的科学和科技发展所带来的社会状况，而在波德莱尔的《恶之花》诗集中则是通过诗意语言加以表现出来的。

《风景》诗中的"工场"、"烟囱"以及"钟楼"在这里就成为现代城市的具体表征，通过"歌唱"着和"闲谈"着的工场，可以感受到熙熙攘攘、热火朝天、机器轰鸣的现代社会的工作场景；通过"烟囱"，可以感受到直上云霄的滚滚浓烟、熊熊炉火、有着秩序井然的生产流水线的生产车间；通过"钟楼"，可以感受到"时间就是金钱"这一资本主义社会的现实宣言，这些是资本主义社会工业生产的具体例证，也是启蒙现代性发展的必然结果。波德莱尔通过观察巴黎的城市风景，感受到的是巴黎城市的这种启蒙现代性。

诗人游荡于现代性都市巴黎，感受着现代城市的瞬息变化。波德莱尔在《天鹅》一诗中写道：

正当我穿越新卡鲁塞尔广场，
它突然丰富了我多产的回忆。
老巴黎不复存在（城市的模样，
唉，比凡人的心变得还要迅疾）；
……
我看见了一只天鹅逃出樊笼，
有蹼的足摩擦着干燥的街石，
不平的地上拖着雪白的羽绒，
把嘴伸向一条没有水的小溪，

它在尘埃中焦躁地梳理翅膀，
心中怀念着故乡那美丽的湖：

---

① ［德］海德格尔著，孙周兴选编：《海德格尔选集》（下册），上海：上海三联书店 1996 年版，第 933 页。

“水啊，你何时流？雷啊，你何时响？”

可怜啊，奇特不幸的荒诞之物，①

“老巴黎”已经不存在了，这是波德莱尔生活在资本主义现代化改造中所面临的基本现实。波德莱尔历经了巴黎城市的现代性改造，“老巴黎”在启蒙现代性的迫使下逐渐消匿在地平线下，经过现代化改造的新巴黎矗立在诗人的眼前。这里涉及巴黎城市现代性的历史背景，在法兰西第二帝国（1852—1870 年）时期，拿破仑三世任命乔治—欧仁·奥斯曼为巴黎大规模改造的负责人，其采取与过去完全一刀两断的改造思路，即巴黎城市必须现代化，从而展开了对巴黎城市全方位的改造，其中拆除了大量中世纪和文艺复兴时期的建筑，重新设计了巴黎城市空间，将巴黎及其城市的社会生活、文化和经济从狭窄、肮脏的古代束缚中解放出来，开辟市中心林荫大道，建立纵横交错的给排水系统，修建广场、商场、公园、医院、火车站、图书馆、学校、纪念物等。奥斯曼—巴黎现象是现代性登场的最典型一幕，在一定意义上，巴黎城市的剧变就是现代性的剧变，都市作为现代性的入口，让波德莱尔感受到了启蒙现代性的无所不为，正如巴尔扎克所说：“我用我的思想来包裹世界，铸造世界，塑造世界，穿透世界，掌握世界，或自以为自己能掌握世界；然后我突然独自醒来，发觉自己处于幽暗光影深处。”② 巴尔扎克的这番言语说明了现代城市对现代人产生的深刻影响，即现代人被启蒙现代性所塑造的社会制度、管理机制以及市场运演规律等强力宰制，现代都市正如一个无法逃脱的大网，紧紧地束缚着现代人。相对于传统社会，启蒙现代性具有强大的摧枯拉朽的力量，改造着现代世界，人处于其中有如处于一个旋涡之中，让人不能自拔，启蒙现代性按照自己设计的目标推进现代化运动，但最后的结果是目标的实现带来更多的现代性问题。

随着“老巴黎”的消失，不仅在新巴黎的城市空间上表现出了现代性的变化，而且生活在新巴黎中的都市人的生存状态也相应地发生了改变，

① ［法］波德莱尔著，郭宏安译：《恶之花》，上海：上海译文出版社 2008 年版，第 169 页。

② ［英］大卫·哈维著，黄煜文译：《巴黎城记：现代性之都的诞生》，桂林：广西师范大学出版社 2010 年版，第 67 页。

克拉考尔描述的新巴黎街头就反映出这样的具体变化："那里对普通百姓的生长繁衍再适合不过了。当上层社会消失在汽车和房屋的四重墙的包围之中，他们则在住宅之外四处蔓延……人行道就是他们的沃土，公共空间就是他们的房屋。"[①] 巴黎的现代性改造，将现代都市人的生活观念和方式与传统社会完全斩断，启蒙现代性为现代都市人开启了一个完全新奇和陌生的生存空间。

波德莱尔的"老巴黎不复存在"，这是用诗的语言呈现了现代城市改造的个案，这也正是《恶之花》存在的现代性时代的一个具象表达。波德莱尔在诗中提到了"广场"，"广场"的开辟创造了"空间"，而这个"广场"又会吸纳现代都市人群，这就是波德莱尔在《现代生活的画家》一书中所描写的居伊所处的"人群"。"广场"聚集了"人群"，波德莱尔在这里从现代化城市的地形学角度分析了"广场"作为一个城市空间对启蒙现代性的确证。波德莱尔用沉重的语调感叹城市模样瞬息变化的速度——这个速度比人心还快，时间意识进入现代性城市的空间，这也说明了追逐效率与效益正是启蒙现代性发展的理性化需求。启蒙现代性所带来的空间意识和时间意识改造了巴黎，新巴黎的瞬息变化证明着资本主义启蒙现代性的强大理性力量。

诗人将自己比作"天鹅"，而"天鹅"的故乡已经不存在了（正如波德莱尔的"老巴黎"也逐渐消失），现代性巴黎都市已经完全斩断了与传统巴黎的关系，现代性的都市巴黎已经不再是"天鹅"的故乡与波德莱尔的"老巴黎"，故乡与"老巴黎"只是以缺席的形式在场。关于现代与传统的关系，是现代性理论中需要探讨的重要命题之一，传统不再作为现代的历史参照系，现代性只有从自身才能找到合法性基础，这正如哈贝马斯指出的一样，现实性构成了现代性的起点，现代性旨在证明瞬间是未来的可靠历史。诗人以天鹅的"故乡"来反衬现代性都市，这隐含着诗人对启蒙现代性的一种忧思情绪，曾经的"故乡"之河清水悠悠，而天鹅现处的空间河流干涸断流，毫无生机……"老巴黎"已经不复存在，波德莱尔继续在《天鹅》一诗中用沉重的笔调为我们道出：

---

① ［英］戴维·弗里斯比著，卢晖临、周怡、李林艳译：《现代性的碎片》，北京：商务印书馆2003年版，第184页。

巴黎在变！我的忧郁未减毫厘！
新的宫殿，脚手架、一片片房栊，
破旧的四郊，一切都有了寓意，
我珍贵的回忆却比石头还重。①

波德莱尔用沉重的感叹号，对都市巴黎的现代性宣泄了自己的愤怒情绪，“新的宫殿”、“脚手架”、“房栊”以及“破旧的四郊”这些新巴黎的景观正是都市巴黎现代性改造的具体特征，新巴黎已经逐渐成为一个现代化的工地与工场，这让诗人忧郁万分。面对新巴黎的这种现代化城市景观，诗人在召唤过去的生活景致，这些景致在回忆中浮现，但是回忆却已经凝结。在《天鹅》一诗中，波德莱尔以冷峻的目光直视现代性巴黎的瞬间变化，并且通过老巴黎和新巴黎的对比，以此来充分展现启蒙现代性中的城市空间。

除了像《天鹅》一诗直接描述启蒙现代性的诗作之外，在诗集《恶之花》中还有诸多诗篇通过描绘现代都市人群的生活状况，从不同的侧面反映启蒙现代性。如《给一位红发女乞丐》、《七个老头子》、《小老太婆》、《盲人》、《骷髅农夫》等诗，关注的是启蒙现代性对生活在现代都市里的人群的影响。波德莱尔通过呈现现代都市人生存的具体个案，以此达到对启蒙现代性某种程度上的折射。

《给一位红发女乞丐》一诗描述的是一个在巴黎卢森堡区街头弹吉他卖唱的女乞丐，她“衣服上百孔千疮”，显示出她的贫贱，她只能在处于十字街头的饭店讨要些残羹剩菜；《七个老头了》一诗描写了在拥挤的巴黎城市七个老头子贫困交加的生存状态；在《小老太婆》一诗中，小老太婆在“马车的轰隆中不住地惊跳”，眼睛像“布满冷却金属碎皮的坩埚”，穿过熙熙攘攘的城市巴黎；在《盲人》一诗中，盲人被描写为在“黑暗中流徙”，诗人对此发出了感叹：“这永恒寂静的兄弟。啊城市！你在我们周围大笑，狂叫，唱歌”；在《骷髅农夫》一诗中，波德莱尔描述了在土地上辛勤劳作的农夫，历经操劳却依然贫穷。波德莱尔笔下的这些具体人物

① ［法］波德莱尔著，郭宏安译：《恶之花》，上海：上海译文出版社2008年版，第169页。

形象都处于贫穷状态，是什么导致了他们的穷困潦倒？这是波德莱尔思考的问题。而对这个问题的思考，波德莱尔将眼光转向了资本主义启蒙现代性的极致发展：现代社会按照合理化的要求追逐利润的最大化，同时也按照理性原则建构“和谐”和“自由”社会，但是工具理性的过度发展导致了社会的贫穷和混乱，而最后的结果就是随着现代都市的发展导致了贫富差距悬殊。

按照贝尔在《资本主义文化矛盾》中阐述的“效益原则”（经济）、“平等原则”（政治）和“自我实现原则”（文化）三者之间的矛盾冲突论来理解资本主义现代性，波德莱尔笔下的这些具体的贫穷个案正是这三个原则无法协调而导致的社会结构。波德莱尔将这些描写贫穷的具体个案的诗作统合于“巴黎风貌”篇中，这就将“贫穷”嵌入高度发展和繁荣的城市现代性之中，都市的现代化与在都市中的部分贫穷人群形成了鲜明的对比，波德莱尔在这里是用都市穷人确证了城市现代性的发展不符合理性化原则，或者在另一个层面上折射出启蒙现代性的自身悖论。

与以“城市”和“城市中的穷人”意象证明启蒙现代性的某些特征的方式不同，波德莱尔在“巴黎风貌”篇中还选择了在现代都市巴黎生活着的人群的某些生活方式和行为方式来呈现巴黎的启蒙现代性。在《薄暮冥冥》一诗中，诗人描写了黄昏中现代化都市人的不同生活场景，各种生存样态的差异性与启蒙现代性追求的同一性和“和谐”秩序形成了尖锐的矛盾冲突，启蒙现代性要求的同质性诉求却在合理的建构过程中转化为异质性的结果，与此同时，启蒙理性转变为非理性；在《赌博》一诗中，妓女出卖着肉体，诗人感受着在妓女身上取得的欢娱与沉沦，波德莱尔笔下的妓女与文人、乞丐共同组成了现代都市街道的三种经典形象。而在现代化的都市里，妓女形象具有双重性：一是作为商品；二是作为审美幻想。波德莱尔笔下的妓女形象在作为商品的基础上提升为审美幻想，即在诗人与妓女于城市的相遇中形成审美幻想，以期达到“审美救赎”。

波德莱尔对《恶之花》的启蒙现代性的认识最主要是通过诗的具体意象加以表达的，其中“城市”以及生活在都市中“人群”的存在状况反映了启蒙现代性的矛盾悖论。此外，波德莱尔在散文诗以及文学艺术的评论性文章中也有相应的描述，但这些描述也像诗作一样，是通过现代性社会的具象体现出来的。《恶之花》诗集中所呈现的由于启蒙现代性发展而形成的具体个案形象，与波德莱尔在散文诗以及文学艺术的评论性文章中就“启蒙现代性”之阐发形成相互的印证。如他在《现代生活的画家》一书中对“女人和姑娘”的描写：

有时候是一些上流社会的年轻姑娘，她们坐在包厢里，就像肖像画嵌在画框里。光彩夺目，剧场中漫射的光照在她们的眼睛里、首饰上和肩头上，又反射回来。她们有的庄重严肃，有的一头金黄色的头发，漫不经心，有的带着一种贵族的无忧无虑展示出早熟的胸脯，有的则天真地袒露出男孩似的乳房。她们用扇子遮住牙齿，目光茫然或专注，她们像装作在听话剧或歌剧一样做作和一本正经。①

波德莱尔笔下的剧院中的“女人和姑娘”的举止动作、服饰打扮就在一定程度上打上了启蒙现代性对人的生活产生的各种影响的烙印：肖像画般的坐姿、“贵族的无忧无虑”、“目光茫然或专注”以及“做作和一本正经”。现代性社会对现代都市人的深刻改造不仅仅表现在行为方式与服饰穿着等外在形式上，更反映在对人内在东西的压榨和宰制，诸如生存意识、思维模式、价值意义等。因此，波德莱尔笔下的“女人和姑娘”从穿衣打扮、举止言行、气质特征到思想观念都只能是现代的，甚至连“女人和姑娘”所处的现代性空间——“剧院”的装饰都是现代的。

波德莱尔在《穷人的眼睛》一文中写道：

晚上，你有点累了，想到街口的一家新咖啡馆坐坐，那条街也是新的，到处是泥灰，可以得意地显露出未完成的辉煌。咖啡馆闪闪发光。汽灯展示出开始时的所有的热情，竭尽全力照着白得晃眼的四壁，一片反光的镜子。镶金的护条和突饰，狗拖拽着的胖脸蛋的侍从们，朝停在手上的鹰隼大笑的太太们，头上顶着水果、点心和野味的仙女们和女神们，伸着胳膊奉献盛满奶茶的小双耳杯或装着双色尖碑一样的冰淇淋的赫柏们和加

① ［法］波德莱尔著，郭宏安译：《波德莱尔美学论文选》，北京：人民文学出版社2008年版，第460页。

尼米德们；所有的故事和所有的神话都来为大吃大喝服务。①

现代性都市里的现代性元素通过游历在现代都市中的穷人的眼睛而得以给出：新街道、街口新咖啡馆、汽灯……这些城市的具体事物和景象，在波德莱尔眼中就是资本主义现代性发展所带来的必然结果。

《恶之花》文本通过启蒙现代性所产生的结果来体现启蒙现代性，并且是以否定的力量呈现启蒙现代性，这种对启蒙现代性的确证方式具有其独特意义：《恶之花》文本中的具体个案是切入启蒙现代性分析的入口，启蒙现代性并不走向前台，而只是作为具体个案表现的背后幕帘，这有如具体个案是灯光，而投射到启蒙现代性幕帘上的影子则是确证启蒙现代性的，在《恶之花》文本中就是以否定的力量给予这种确证。

第三节 审美现代性

瓦岱在《文学与现代性》一书中提到："波德莱尔从纯美学的角度出发对现代性进行了定义（'现代性，就是那种短暂的、易失的、偶然的东西，是艺术的一半，另一半内容是永恒的、不变的'）。"② 依据瓦岱的观点，波德莱尔的现代性主要是指审美现代性。波德莱尔有关"现代性"思想的直接论述，主要集中在《现代生活的画家》一书中，其通过对"现代性"、"美"、"时式"、"风俗速写"、"艺术家"、"浪荡子"等主题的阐发呈现审美现代性的图景。波德莱尔关于审美现代性的界说，已经成为审美现代性的经典定义，其主要有以下两种表述：

---

① ［法］波德莱尔著，郭宏安译：《巴黎的忧郁》，上海：上海译文出版社 2011 年版，第 77～78 页。

② ［法］伊夫·瓦岱著，田庆生译：《文学与现代性》，北京：北京大学出版社 2001 年版，第 9 页。

现代性就是过渡、短暂、偶然，就是艺术的一半，另一半是永恒和不变。①

美永远是、必须是一种双重的构成。构成美的一种成分是永恒的、不变的，其多少极难以确定；另一种成分是相对的、暂时的，可以说它是时代、风尚、道德、情欲，或是其中一种，或是兼容并蓄。②

解读波德莱尔有关现代性的论断，是为进一步分析《恶之花》文本中蕴含的审美现代性作必要理论准备，因为作为文本必然要承担诗人艺术思维、美学倾向、思想观念和价值取向的形象化或时间化之重任。那么《恶之花》文本在何种意义上彰显了诗人的审美现代性呢？这就涉及文本中的审美现代性之表达问题。

《恶之花》的命名，对于波德莱尔而言，是其“恶的意识”和“恶中掘美”的一种深刻表达，“恶”之场所成为其诗歌创作的主要境域，在一定程度上对“恶”的审美化展现也就是波德莱尔审美现代性思想的具体实现方式。“恶”成为波德莱尔对启蒙现代性的一种极端概括和提炼，遨游“恶”之世界，这对于波德莱尔来说，就是将生存逼向生命的极端之处，通过这样的方式，生存的本体论意义或许才能得以透显。

在波德莱尔生活的19世纪，在文学艺术领域，关于恶的讨论是一个比较热门的话题，如雨果在《〈克伦威尔〉序》中就提出了“美丑并在”的观点，从肯定的角度确认了恶的地位；浪漫主义绘画家德拉克洛瓦钟情于创作丑陋的女人的形象等。这些隐含着对恶的价值重估的文学艺术作品对波德莱尔产生了一定的影响，结合在启蒙现代性社会中的生存体验，波德莱尔“向恶而生”的生存样态成为其生存的选择。这也从根本上说明沉沦于恶，从生命的否定之处反思启蒙现代性的得与失，在诗歌中以恶和丑来构建主题形象和意象，是诗集《恶之花》审美现代性的主要表现。

波德莱尔选择以“恶”入诗，以此彰显审美现代性的批判性力量，那么“恶”和现代性究竟处于一种什么样的关系之中？这就关涉到《恶之

---

① ［法］波德莱尔著，郭宏安译：《波德莱尔美学论文选》，北京：人民文学出版社2008年版，第416页。

② ［法］波德莱尔著，郭宏安译：《1846年的沙龙：波德莱尔美学论文选》，桂林：广西师范大学出版社2002年版，第416页。

花》为何以“恶”的意识和“恶”的形象作为审美现代性的主题内容的问题。“恶”，我们在通常意义上把它分为两种，即自然之恶和人为之恶。自然之恶主要是指自然对人类造成的伤害，诸如地震、飓风、洪水等，而现代性就是要通过建立客观的、普遍的、确定的知识体系，以达到征服世界和改造世界之义，将自然纳入现代性征服和改造的对象本是现代性的题中应有之义。人之生命属于自然，那么在现代性根除自然之恶的进程中必然也需要根除生命之恶。生命之恶大致可以包括肉体之苦和精神之苦，资本主义现代性在根除生命之恶的过程中，其知识谱系关注的是肉体之苦的解脱之道，诸如通过科学技术的发展丰富物质财富，通过医疗技术的创新减少肉体之疾病，但是对人的精神之苦的诊治相应缺失，并且随着工具理性主导的现代性的继续推进，人之精神逐渐被抽离，人性被分裂，现代性所要根除生命之恶的诉求的最后结果是让人之精神更善，资本主义现代发展这种行为本就属于人为之恶。现代性的合理化原则本意是消除社会之恶和人性之恶，但是因为理性精神发展最后导致了非理性的出现，从一定意义上可以说，启蒙现代性因为自身存在着悖论，无法根除人类恶性，因此，现代性与恶形影相随，无法分割，这是无法改变的现代社会的客观事实。

此外，鲍曼对现代性的分析认为启蒙现代性以合理化作为资本主义社会的绝对宰制力量，理性化的诉求要求消除异质性，追求秩序，但是在启蒙现代性的发展中，对秩序的绝对追逐却引来“秩序的他者”，即“混乱”。“混乱，‘秩序的他者’，乃是纯粹的否定性。它是秩序力图达成的对一切的否定。秩序的肯定性正是为了反对这一否定性而建构了自身。但是混乱的否定性却是秩序自身构成的产物：是它的副作用、它的废弃物。”①依据鲍曼的观点，启蒙现代性对秩序建构的追求最后导致了秩序的他者成为这种建构的必要条件，具体到资本主义现代化发展的过程中，启蒙现代性设计的目标最后走向反面。“秩序的他者”就隐含着否定性力量，从这个意义上说，社会中存在着“恶”的现象，这也是无法改变的现实。

对于波德莱尔而言，启蒙现代性的发展所导致的生命之“恶”与社会

---

① ［英］齐格蒙特·鲍曼著，邵迎生译：《现代性与矛盾性》，北京：商务印书馆2003年版，第11页。

之“恶”不但没有得到根除，反而进一步加剧。现实中的“恶”只作为“恶”的事件存在，但是作为诗歌中的“恶”的意识和“恶”的形象就存在一种转化的可能，即通过诗意创作彰显恶的否定性反推力。波德莱尔创作《恶之花》，正是进入启蒙现代性社会的深渊，挖掘恶的要素，从“恶中掘美”——以审美现代性对抗启蒙现代性。正如诗人自己言说：“人生所揭示出来的、对于彼岸的一切的一种不可满足的渴望是我们的不朽之最生动的证据。正是由于诗，同时也是通过诗，由于同时也通过音乐，灵魂窥见了坟墓后面的光辉。”①“坟墓”是“恶”的具象，穿透“坟墓”从而获得“坟墓”后的“光辉”，因此，在一定程度上可以说，波德莱尔通过《恶之花》进入“恶”之世界，在对启蒙现代性展开批判的基础上，获得非“恶”的价值意义。

“恶”之诗，对于波德莱尔来说，是用审美现代性对抗和反驳启蒙现代性的一个具有极端意义的入口。在《恶之花》文本中，“恶”的形象和“恶”的意象穿透了整本诗集，同时也建构了文本存在的文本场。

在《告读者》中，“恶的枕上，三倍伟大的撒旦，久久抚慰我们受蛊惑的精神”，诗人与魔鬼在恶的场景上会面，并且魔鬼对我们受蛊惑的精神给予了抚慰，这里精神受谁的蛊惑语焉不详，但结合诗歌的命名，可以发觉这暗指启蒙现代性社会的生存境域。在现代性社会中存在着恶的现象，而在诗歌中呈现这种恶之现象，一方面隐含着对恶之现象的反思与批判，另一方面在恶之意象的边缘处开启另一条救赎之路，这应该是诗集《恶之花》以“恶”和“丑”入诗的一个重要原因。诗集《恶之花》注重恶与丑的形象与意象建构，通过诗意的语言彰显恶与丑的否定性力量，并以此达到对启蒙现代性的审视和批判，这正是诗集《恶之花》审美现代性的表现形式。下面从《恶之花》文本中的“情欲”、“死亡”以及“丑”分析波德莱尔于“恶中掘美”的诗学取向，即《恶之花》文本中的审美现代性取向。

① ［法］波德莱尔著，郭宏安译：《波德莱尔美学论文选》，北京：人民文学出版社2008年版，第511~512页。

一、情欲

“情欲”是诗集《恶之花》中的重要主题内容，波德莱尔通过对“情欲”的极端描写，从一定程度上折射出人性之恶，而这种通过诗歌语言加以表现的方式，将“情欲”的极端之恶和极端之丑集中地展现，让人在触目惊心中获得冷静的思考，从而促使对现实中的情欲之恶和丑作理性批判。与此同时，通过情欲中的沉沦，将生存的最大可能性逼到极致，以期达到拯救的可能。这正如荷尔德林在诗歌中所说的一样：“但哪里有危险，哪里便有救。”①

在《女巨人》一诗中，“情欲”得到了极端渲染：

我真想看见她灵肉一齐开花；
在可怕的嬉戏中自由地成熟；
猜想她心中是否暗藏着欲火，
映着她眼中漂浮的潮湿的雾；

我随意地游遍她壮丽的身躯，
在她巨膝的斜坡上爬来爬去，
有时灼人的阳光，那是在盛夏，

晒得她疲倦了，躺在原野上，
我就想酣睡在她乳房的阴下，
仿佛山脚下一座平静的村庄。②

在《女巨人》一诗中，波德莱尔用诗为我们描绘了一个形象的画面：

① ［德］海德格尔著，彭富春译：《诗·语言·思》，北京：文化艺术出版社1991年版，第107页。

② ［法］波德莱尔著，郭宏安译：《恶之花》，上海：上海译文出版社2008年版，第39页。

灵肉开花、欲火焚身、妖冶姿态、粗俗动作、器官展示……《女巨人》一诗为我们展现的是视觉的肉性、情欲的动物性、交媾的畜生化以及诗人事后的疲惫等交织于一体的春宫图。情欲的丑陋在波德莱尔笔下被演绎到了极致，情欲之恶与丑通过生理性和肉性的展现让人感觉失去了人性，纯粹动物性的演绎已让人之情感顿时遁形无影。诗人在这里是想通过生理上的沉沦体验自己的存在吗？或许，是诗人在逃避精神的虚无而转入欲望的宣泄，从而达到一种生存的本真？反思性的疑问正是诗歌所需要的。在这里，诗歌通过直白的语言，让人感受到了视觉的冲击和内心的恶心，而恰恰是这样极端的呈现让人在生理欲望之外进行相应的思考。《女巨人》一诗以渲染极端情欲的形式试图在诗歌画面之后言说着另一种东西。这正是审美现代性所诉求的反思和批判的姿态。在一定意义上来说，《恶之花》文本中有关情欲之诗，正是以这样的方式表达着审美现代性某种强大的批判性力量。

与《女巨人》一诗具有相同效果的《被诅咒的女人》，也用直白的言语道说着情欲宣泄的丑陋：

有的人，就着欲坠树脂的光亮，
在异教秘地阒无声息的洞穴，
叫你去平息她们高喊的热狂，
巴克斯啊，古老悔恨的哄骗者！①

《被诅咒的女人》一诗描写了诗人情欲宣泄之后所发出的感叹：“巴克斯啊，古老悔恨的哄骗者！”巴克斯是埃及的隐修士，相传他抵御了魔鬼的种种诱惑，而在诗歌中却表现了巴克斯对拒绝欲望之诱惑的悔恨。在这里突出了诗人所认为的欲望之诱惑的不可拒绝性。直面人性是诗人所选的生存姿态，韦伯认为，资本主义精神是与禁欲主义紧密联系的，他指出：“现代资本主义精神乃至一般而言的现代文明的诸构成部分中的一个成分是在天职观念的基础上对生活进行理性组织。这诞生于基督教禁欲主义的

① ［法］波德莱尔著，郭宏安译：《恶之花》，上海：上海译文出版社2008年版，第231页。

精神。”[①] “正如我们已经看到的，禁欲主义竭尽全力主要反对的，在自发地享受人生和人生所能提供的一切快乐。”[②] 按照韦伯的理解，既然作为现代性发展动力的资本主义精神与禁欲主义存在着千丝万缕的关系，那么现代性的发展在对待人性的完善层面应该存在着某种不足，甚至在某个层面让人性分裂为碎片，这正如席勒所言的现代文明对人性的戕害。波德莱尔在有关情欲的诗篇中，一方面通过沉沦于情欲而感受人之体验，以期填补因资本主义现代性发展所导致的价值意义缺席之空地；另一方面，情欲之诗依然作为诗人对现实的一种相应的回应，这种回应对波德莱尔而言，是以恶之审美以期达到“审美救赎”，正如他自己所言：“在诗的方面，我们正是从这里汲取了避恶求善的力量。”[③] 波德莱尔这里所说的“避恶求善”是在对恶的直视和审视的基础上达到的，对于波德莱尔而言，诗中直接描写和赞扬善不符合他的诗学旨趣，在诗歌中沉沦于恶而最后达到“避恶求善”才是其所想表达的。

二、死亡

随着启蒙现代性的发展，人类在物质文明上取得了极大丰富，但现代人仍然面临一个最大的痛苦——死亡，这是现代性在试图根除生命之恶的过程中永远无法克服的难题，在一定意义上可以说，征服死亡是现代性反对肉体痛苦的最高目标。从生物学意义上，死亡可以理解为生命的终结，但是人具有的“死亡意识”，即对生命之死的意识性结构，是现代性无法消除的，在这样的情形下，在现实中表现为对死亡的恐惧而出现精神之苦也就无法避免。对此，海德格尔将生物学意义上的死亡称为“亡故”，因为“亡故作为摆到眼前的事件‘只’在经验上是确定可知的，这一点并不

---

① ［德］马克斯·韦伯著，于晓等译：《新教伦理与资本主义精神》，北京：生活·读书·新知三联书店1987年版，第116页。

② ［德］马克斯·韦伯著，于晓等译：《新教伦理与资本主义精神》，北京：生活·读书·新知三联书店1987年版，第107～108页。

③ ［法］波德莱尔著，郭宏安译：《波德莱尔美学论文选》，北京：人民文学出版社2008年版，第71页。

是决定对死的确知道"①。海德格尔指的是死亡具有"属我"性，生物学意义上的死亡只能是在经验中得知，海德格尔接着用"向死而生"来阐释死亡，"此在"因为本身"亏欠"而不得不绽开"向死而生"这种最大的可能性。波德莱尔选择"死亡"作为诗作的一个重要主题意象，这是他"恶中掘美"另一个意义上的重要内容。《恶之花》文本一共分为六个主题，其中第三组就命名为"死亡"篇，全篇以"死亡"作为主题展开论述。

在《情人之死》一诗中，诗人为我们呈现了生与死的对话、爱与死的缠绵画面：

我们会有充满着清香的眠床，
深深的如同坟墓一样的沙发，
奇特的花卉为我们在架子上
开放，天空也更是美丽有加。②

"死亡"这样一个沉重的事件在《情人之死》一诗中也变得如此温情脉脉，告别一个世界，却在另一个世界中重生，此时此刻，此情此景，似乎诗人的情人以"死"向"生"的告别弹奏的是死亡的美丽华章……"死亡"因"诗"而美丽……情人之死亡，让人感受到了美丽，或者说正因为死亡才让情人之间的美丽爱恋完美呈现，死亡作为人性之中最极端的恶却成就了情人之间的缠绵情爱。在《情人之死》一诗中渲染了死亡成就美丽的可能性，而与死亡对举的概念"生"却在这里缺席，生之场景中的情人之爱的情形如何无法得知，但是作者在这里主要通过相互矛盾的意象即死亡与美丽来透显出不可能中的可能性。在诗歌中将相互矛盾的意象对举来表达一种诗歌张力，这正是波德莱尔惯用的创作手法，这在《穷人之死》一诗中也得到了充分运用。

在《穷人之死》一诗中，演绎的是穷人之生与穷人之死的倒错：

---

① ［德］海德格尔著，陈嘉映、王庆节译：《存在与时间》，北京：生活·读书·新知三联书店1999年版，第295页。

② ［法］波德莱尔著，郭宏安译：《恶之花》，上海：上海译文出版社2008年版，第259页。

死亡给人慰藉，唉！又使人生活；
这是生命的目的，唯一的希望，
像琼浆一样，使我们沉醉，振作，
给我们勇气直走到天色黄昏；

穿过飞雪，穿过浓霜，穿过暴雨，
那是漆黑的天际的颤颤光华；
那是写在册子上的著名逆旅，
那里可以吃，可以睡，可以坐下：

那是天使，在有磁性的手指间
掌握着睡眠，恩赐恍惚的梦幻，
又替赤裸的穷人把床整顿；①

死亡，在这里诉说的是一种温暖与祥和。《穷人之死》中混淆了生与死的界限，本应该属于生的美丽和幸福却在死之境得到了彰显。诗人没有直接描写生之场景，但是通过对死之境的描述，缺席的生之场景得到了透显。在死之境中，穷人“可以吃”、“可以睡”、“可以坐下”，那么在缺席的生之场景应该是一种相反的情形吧。生与死的倒错，是现实的无奈，却也是理想的幸福……《穷人之死》一诗中感受不到死亡的气息，聆听不到死亡的声音，死亡在波德莱尔的笔下已经化为美丽，但这种美丽并不是柔性的，而是具有强烈的控诉力，死亡之花已经开放，而生之花却慢慢枯萎……

海德格尔曾说人“向死而生”，这是将“向—死”纳入人之生存的结构之中，“向—死”只是作为生之展开的最大可能性，死亡规范着生存之本质性内涵。因此，对于海德格尔而言，生与死并不是并列关系，死亡是生的最大可能的展开方式。对于波德莱尔来说，死亡并不具有本体论意义，它只是作为生存的对应物而存在，在波德莱尔眼中死亡与生存并列而

① ［法］波德莱尔著，郭宏安译：《恶之花》，上海：上海译文出版社 2008 年版，第 260～261 页。

在，但是在他的诗歌中，死亡往往比生存更具有价值意义，死亡与生存相比更具有优先权。

波德莱尔对“死亡”之境的美好性建构，其实隐含着对生存的非美好性的反驳，“死亡”通过诗意处理而形成美，波德莱尔的审美现代性诉求就是对“恶”的深度挖掘而展开的对美的思索与追寻。

三、丑

“丑”是一个古老的命题，国内著名学者栾栋提到：“在古希腊和古罗马，不只是像柏拉图、亚里士多德等哲学巨匠极力地扬美抑丑，现实生活中对美丑的褒贬已诉诸法律。据莱辛在《拉奥孔》中记述，芯拜城的法律明文规定：不准表现丑。”[①] 丑成为文学艺术的审美对象历经曲折，在古希腊时期，在柏拉图精心设计的理想国的蓝图中，就强调要加强对诗人们的监督，要求他们在诗歌中只能描写善的东西和美好的东西，不然不准在城邦里作诗。如果模仿罪恶、放荡、卑鄙和淫秽，就不准他们待在城邦里。理想国的设计蓝图是尽可能让青年整日浸染于优美的作品之中，以达到陶冶性情的目的。[②] 中世纪的美学家奥古斯丁认为，世界上并没有绝对的丑，丑的存在只是相对的，它往往表现为残缺或不足。

历史发展到近现代，美学作为一门学科于18世纪由德国美学家鲍姆嘉通创立。在鲍姆嘉通看来，美的根本性内涵就是感性认识本身的完善。鲍姆嘉通认为：“完善的外形，或是广义的鉴赏力为显而易见的完善，就是美，相应不完善就是丑。”[③] 但是在鲍姆嘉通眼中，丑只是审美对象，而并未上升到美的范畴。到了19世纪初，丑得到了相应的关注，丑的地位也得到了一定程度的提升，艺术中丑的因素也得到了相应的运用，美失去了古典时代的独尊地位。19世纪下半叶以来，随着资本主义现代性的发展，工

---

① 栾栋著：《感性学发微——美学与丑学的合题》，北京：商务印书馆1999年版，第9页。

② ［古希腊］柏拉图著，朱光潜译：《文艺对话集》，北京：人民文学出版社1963年版，第62页。

③ 北京大学哲学系美学教研室编：《西方美学家论美和美感》，北京：商务印书馆1980年版，第142～144页。

业文明和科技文明得到了迅速发展，但同时也在一定程度上导致工业文明和科技文明对现代人绝对宰制的异化现象的出现，从而进一步凸显了物质技术文明的高度发达与精神文化的危机重重这两种相互背离的社会现象。在这一社会背景下，丑得到了极度关注，美学的审美贵族化倾向得到一定的扭转，在这个意义上可以说，1857 年《恶之花》的问世，将对审丑的思考提到一个新的高度。

那么，何为审丑？栾栋先生在其著作《感性学发微——美学与丑学的合题》中给出了富有创见的论述：“从主体的方面来讲，所谓审丑，是指个体对丑的判断、品评、鉴赏、批判、宽容、改造等各种能力的总和。从客体方面来讲，审丑是指把握丑的本质及其形态在社会历史中的演变，其中包括作为客观对象的审丑活动本身。”① 按照这个定义去理解，《恶之花》文本是丑的形象的聚集群，但是这些丑的形象是对社会历史中丑之现实的折射和回应。对于波德莱尔而言，其通过对丑之现实的选择性摘取、整合改造，以诗性的语言塑造丑之形象，《恶之花》追求的不是现实嗜丑，而是以丑之形象彰显现代性社会存在的丑之事实，并且以丑的反推力促使对美的追寻。波德莱尔通过“化腐朽为神奇”的笔法展开“恶中掘美”，在一定意义上，这其实是诗歌的审丑活动的开展。

在《恶之花》文本中，丑之形象无处不在，其中主要在“腐尸”、“瘟疫”、“吸血鬼”、“毒”、“墓地”、“乞丐”等形象上得到了集中的表现。

在《腐尸》一诗中，诗人用恶心的语言来散发尸体腐败的气息：

亲爱的，想想我们见过的东西，
夏日的清晨多温和；
小路拐弯处一具丑陋的腐尸，
在碎石的床上横卧，

仿佛淫荡的女人，把两腿高抬，

① 栾栋著：《感性学发微——美学与丑学的合题》，北京：商务印书馆 1999 年版，第 27 页。

热乎乎地冒着毒气，
她懒洋洋地，恬不知耻地敞开
那臭气熏天的肚子。

太阳照射着这腐烂的一大团，
像要把它烤得熟透，
仿佛要向大自然百倍地归还
它结为一体的万物；

天空凝视着，这尸体真是绝妙，
像花朵一样地开放。
臭气那样强烈，你觉得就要
昏厥晕倒在草地上。

腐败的肚子上苍蝇嗡嗡聚集，
黑压压一大群蛆虫
爬出来，好像一股粘稠的液体，
顺着活的皮囊流动。

它们爬上爬下仿佛浪潮阵阵，
横冲直撞亮光闪闪；
仿佛一股混沌的气息吹进，
这具躯体仍在繁衍。①

在这里，腐尸以丑之形象向人们展现：视觉上的触目惊心，嗅觉上的恶臭熏天，触感上的蠕蠕颤动以及听觉上的嗡嗡聚集，人之感观全部聚集于此，惊惧的体验从脚底冷冷泛起……在感受丑之恶心之余，对生与死的拷问也慢慢浮现，腐尸以丑的形象说明死亡的归途，死之消息通过丑之形

① ［法］波德莱尔著，郭宏安译：《恶之花》，上海：上海译文出版社 2008 年版，第 55～57 页。

象可以确证，即使是面对这样一具“腐尸”，生之消息也得到了呈现，并且是通过死亡的承担者腐尸这种丑之形象加以透显：嗡嗡聚集的苍蝇以及蠕蠕颤动的蛆虫——这是生命的消息，死亡中蕴含着生命之可能，丑也会滋养着生命，生命力的勃发在死与丑中汲取营养。丑，尽管以否定的形象令人反感，但是其价值意义是毋庸置疑客观存在的。

波德莱尔在《腐尸》中对丑之形象恶心的描述，并不是他最终的目的，他或许期望通过对《腐尸》一诗的审丑通达丑之形象背后的东西，那种暂时缺席的东西。在波德莱尔看来，丑也并非只有消极的价值，它反而是催生创造性事物的酵素，具有一种净化的作用。波德莱尔通过《腐尸》，用形象的诗意语言诠释了丑之辩证法——这就是审丑的意义所在。波德莱尔在这里阐述了化丑为美的原则，这是从美的角度反思了丑的价值意义。

在《香水瓶》一诗中，诗人将精神之恋与“尸体”、“瘟疫”纠缠在一起，从极致处拷问精神之恋的不可能性：

把它倒翻在古老的深渊边上，
发臭的拉撒路撕破裹尸衣裳，
这幽灵的尸体在复苏中扭动，
不忘变馊的旧情，迷人而阴森。

这样，等到我在世人的记忆里
消失，进入阴森的衣柜角落里，
等到人们扔掉我，旧的空香水瓶，
衰朽、多灰、肮脏、卑鄙、发粘、裂纹，

我将做你的棺材，可爱的瘟疫！
做你的力量与毒性的见证人，
天使调制的珍贵毒药！这液体
啮咬着我，哦我的心的生与死！①

① ［法］波德莱尔著，郭宏安译：《恶之花》，上海：上海译文出版社 2008 年版，第 89～90 页。

《香水瓶》一诗发表于1857年4月20日的《法兰西评论》上，据说是为萨巴蒂埃夫人所写。萨巴蒂埃夫人是波德莱尔精神之恋的对象，波德莱尔曾经为她写诗并对她表示过爱意，但当后来萨巴蒂埃夫人有意于他时，他却退却了。《香水瓶》一诗就是波德莱尔对萨巴蒂埃夫人敞开爱意之诗作，在此诗中，波德莱尔通过将爱情与“裹尸布”、“尸体”、“棺材”以及“瘟疫”与“毒药”等意象共同置于一个文本场中，从而形成一种强烈的视觉冲击力，同时也对所要阐述的爱情给予更为深刻的提示。诗人将“爱情”比作“幽灵的尸体”、“瘟疫”、“毒药”，而将“香水瓶”比作“棺材”，他将美与丑并列在一处，通过丑的映衬、文本场张力的构造，以求达到以丑之形象凸显美之深刻。丑之形象因为美的反衬而淡化了丑之色彩，丑之形象只为确证美之深刻而存在，从某种意义上说丑彰显的力量形成了强化美的动力要素。

《恶之花》文本以丑的形象建构丑之他者，而这个他者正是作者要表达和追寻的东西。审丑并不只是停留在对丑的迷恋，审丑活动中存在着一种转化和升华，因为丑之形象不等同于现实之丑，丑之形象凝结了诗人的艺术化塑造。尽管丑之形象依然秉有丑之要素，但是它只是一个中介，通过它，审丑主体将获得丑之外的东西。这就是波德莱尔的直面现实之丑，经过艺术加工改造形成丑之形象，最后转化并升华。唯有从这种意义上理解《恶之花》，方可洞悉波德莱尔的良苦用心。《恶之花》问世以来，就因为其中蕴含“恶”和“丑”等否定性因素而受到非议，但是也有对波德莱尔及其《恶之花》的赞誉之论，诸如戈蒂耶，他认为：“我们找不到比波德莱尔的诗篇更加强烈和热诚地反映对纯净的空气、对洁白无瑕的喜马拉雅山霰雪、对一碧如洗的苍天、对永不暗淡的光明的渴求了。”①

概括地说，《恶之花》文本所彰显的审美现代性取向可以概括为：一是诗人波德莱尔在“恶”之生存意识的观照下，通过对现实之“恶”的甄别、掘取以及改造形成恶之诗学形象，即“恶中掘美”；二是通过恶之诗学形象来反衬并反抗启蒙现代性的“恶”性发展，即“审美救赎”。

---

① ［法］泰奥菲儿·戈蒂耶著，陈圣生译：《回忆波德莱尔》，沈阳：辽宁人民出版社1988年版，第44页。

《恶之花》文本的问世正处于19世纪启蒙现代性和审美现代性对抗剧烈的时期，而这种现代社会状况正是《恶之花》文本存在的现实境遇，在诗集中现代性的矛盾冲突在一定程度上得以体现，因为《恶之花》无力逃脱这个现代性世界，也无意逃脱这个现代性社会。在诗集中关于启蒙现代性的描述是以一种受质疑、批判以及抵制的对象而存在，同时也是作为诗集阐述审美现代性的一个否定性境域存在着。诗人波德莱尔用诗意的语言描述的是一个并不诗意的现代性世界。

第六章

《恶之花》的现代性张力

第一节　审美现代性的时间张力

依据现代性理论谱系，对于现代性的考察可以从两个维度展开：一是从编年史意义（历时）角度，现代性是相对于传统而出现的，并且现代性是以与传统完全断裂的方式来构建自身；二是从现代性的逻辑意义角度，现代性内部的矛盾张力运演给予现代性自我确证，即通过启蒙现代性与审美现代性的对抗加以确认，但是现代性矛盾冲突立足于现实性与当下性，透显的是对未来的许诺，在一定意义上说，“未来”成为现代性构建的内在要素。现代性的这两种考察路径，都蕴含现实性与当下性的基础性意义，因此，时间成为现代性的本质性构成要素，而时间意识是现代性意识的内在品性，其中时间之“短暂”性与“永恒”性构成了现代时间意识中的主要问题。

哈贝马斯在评论波德莱尔的现代性时着重强调了时间意识在波德莱尔现代性观点和思想中的基础性地位，他认为：“对波德莱尔来说，审美的现代经验和历史的现代经验在当时是融为一体的。在审美现代性的基本经验中，确立自我的问题日益突出，因为时代经验的视界集中到了分散的、摆脱日常习俗的主体性头上。所以，波德莱尔认为，现代的艺术作品处于现实性和永恒性这两条轴线的交会点上。”① 哈贝马斯指出，对于波德莱尔来说，审美现代经验与历史现代经验是统一的，而统一的基础就在于当下现实性。按照哈贝马斯的理解，波德莱尔的现代性关注的既不是“过去”，也不是纯粹抽象的美学理念，而是“现代”。当下现实性就成了现代性的开端和起点，在一定程度上可以说现代性不是在前现代性中找到存在的合法依据，它只有在当下现实性中奠定自己的基础。在这个意义上，波德莱尔的审美现代性关注的是现代社会的现实性，同时又从未来（“永恒”）获取自身的规范。

---

① ［德］哈贝马斯著，曹卫东等译：《现代性的哲学话语》，南京：译林出版社2004年版，第10页。

波德莱尔在《现代生活的画家》一书中认为："现代性就是过渡、短暂、偶然；它是艺术的一半，另一半则是永恒与不变。"① 波德莱尔通过画家居伊的绘画展开关于现代性的论述，认为现代社会的艺术家（如画家居伊）应该关注现代社会，进入现代社会，感受现代社会，并形成现代社会经验，从而提炼出所要表现的艺术形象。波德莱尔的论述包含着两个含义：一是启蒙现代性社会状况表现为时间上的"瞬息变化"，时间的连续性不复存在，时间已成为"过渡"、"短暂"的时间节点，而不是时期或时段；二是审美现代性不再从传统社会寻找研究和阐发的主题，因为启蒙现代性社会已经斩断与传统社会的联系，审美现代性只能在当下的现代性社会寻找自身存在的基石。现代性只能关注现代社会的"过渡"与"短暂"，波德莱尔认为离开现代性社会的现实性和当下性找寻现代性那是不可能的。"谁要在古代作品中研究纯艺术、逻辑和一般方法以外的东西，谁就要倒霉！因为陷入太深，他就忘了现时，放弃了时势所提供的价值和特权，因为几乎我们全部的独创性都来自时间打在我们感觉上的印记。"② 波德莱尔在这里再次强调关注"现时"与"时间"的重要性，在波德莱尔眼中，当下的时间性与"现代性"存在某种亲缘关系——现代性的时间存在。

本雅明从现代经验的片段性与零散化的角度分析了波德莱尔的现代性中所蕴含的时间性，"震惊"是现代城市生活经验的不连续性而导致的主体生存体验，而城市生活的不连续性正体现为波德莱尔所说的现代生活的"过渡"性与"短暂"性。本雅明又通过"赌徒"的行为来说明经验的不连续性，他认为，现代社会中的赌徒解构了现代生活中连贯的经验，因为现代生活的过渡性与短暂性打破了经验的连续性，于是，"赌徒的每一次赌博与前一次赌博都是各自独立的，前一局的结果对后一局的结果没有任何影响。轮盘的每次转动都是新的，因此，赌徒总是一再从头开始。所以

① ［法］波德莱尔著，郭宏安译：《波德莱尔美学论文选》，北京：人民文学出版社 2008 年版，第 439 页。

② ［法］波德莱尔著，郭宏安译：《波德莱尔美学论文选》，北京：人民文学出版社 2008 年版，第 441 页。

不可能有认识或经验的积累"[①]。本雅明通过赌徒的赌博经验来说明波德莱尔的现代社会时间的不连续性、过渡性以及短暂性。在波德莱尔眼中，现代性社会中的存在都是"转瞬即逝"的，在成为自身的那一刻即表现为"现代"之后立刻就会成为"古典"。

关于"永恒"和"不变"，这是波德莱尔分析现代性的另一个维度，按照哈贝马斯在哲学意义上的理解，波德莱尔的现代性关注"永恒"，是因为现代性旨在证明瞬间是未来可靠的历史，现代性从"未来"获得自身的规范。哈贝马斯认为波德莱尔将现代能成为"古典"视为现代性价值之所在，但是波德莱尔所谈及的能成为"古典"并不是指"古典"是"永恒"存在着的，而是指"能"成为古典之意。对这个"古典"，哈贝马斯认为不过是新世界开始的那一瞬间，因而不会持续太久，一旦出现，便会随即消亡。哈贝马斯在这里想表达的是，波德莱尔的现代性中的"永恒"和"不变"之所以能够存在，其价值就在于使"现代"值得变成"古典"，即"永恒"和"不变"是指"现代""能"成为"古典"的那种自我解构的否定性力量，或者说现代性的"过渡"性和"短暂"性之所以能够成为"过渡"性和"短暂"性的那种自我矛盾性是"永恒"和"不变"的，"过渡"终将成为"过渡"这是"短暂"的，"过渡"能终将成为"过渡"这是"永恒"的，这里"能……"之可能性结构说明了现代性的"永恒"和"不变"。所以，波德莱尔又说："为了使任何现代性都值得变成古典性，必须把人类生活无意间置于其中的神秘美提炼出来。"[②] 波德莱尔在这里将其所关注的现代性引向美学的维度，并认为画家居伊就是致力于这一目的。通过上述分析，可以见出波德莱尔的现代性存在的时间张力。

波德莱尔认为"过渡"、"短暂"和"永恒"、"不变"处于"共生融合"的境域之中，它们共同建构现代性，即波德莱尔的审美现代性。审美现代性的时间张力通过"短暂"与"永恒"加以彰显，在一定意义上说，画家居伊在波德莱尔笔下正是在"转瞬即逝"的城市模样和作为"流动不

---

① ［美］理查德·沃林著，吴勇立、张亮译：《瓦尔特·本雅明：救赎美学》，南京：江苏人民出版社2008年版，第238页。

② ［法］波德莱尔著，郭宏安译：《波德莱尔美学论文选》，北京：人民文学出版社2008年版，第440页。

居”的人群中寻找现代性，也就是在追寻着现代性时间上的“短暂”与“永恒”的矛盾张力。

对波德莱尔现代性的时间张力即“短暂”与“永恒”的理论分析，为研究波德莱尔的诗集《恶之花》中体现的现代性时间张力之问题作了相应的理论铺垫，诗集《恶之花》中的诗作通过诗意的形象来体现这种现代性的时间张力。

在《恶之花》文本中，关于审美现代性的时间张力即“短暂”与“永恒”之间所表现出来的悖论冲突，波德莱尔直接写了一首名为“时钟”的诗，在诗歌中通过具体形象展开对“短暂”与“永恒”之思。《时钟》一诗写道：

时钟！这个阴森、可怖、无情的神，
他的手指威胁着我们，说：记住！
你充满恐怖的心，战栗的痛苦
就要把它占据，如同射中靶心；

快乐如轻烟就要向天边飞逝，
像一个气精钻进后台的深处；
时刻一点点吞食你的乐趣，
那是人人一生中都可以享用的。

一秒每小时三千六百次地
悄声说：记住！那小虫般的低语，
现在飞快地说道：我乃是“过去”，
用肮脏的长鼻把你的命抽吸！

记住！记住吧，你这个浪子！
（我的铁嗓子会说所有的语言。）
每分钟，嬉戏的人啊，都是母岩，
丢弃之前一定要把金子采出！

记住吧，时间是个贪婪的赌徒，
从不作弊，每赌必赢！这是律法。
日渐短促，夜渐悠长；你记住吧，
深渊总是干渴，漏壶正在空虚。

那时辰就要响了，神圣的偶然。
严峻的道德，你尚童真的妻，
甚至悔恨（啊！最后的栖身之地）
都要说：死吧，老懦夫，为时已晚！①

在诗中，波德莱尔用急促的语言展现了一个“瞬息变化”的时间之场所，相对于在《现代生活的画家》中用理论性的语言展开论述而言，在这首诗中波德莱尔运用形象化和诗意化的语言透显审美现代性的时间张力。波德莱尔在《时钟》中用“诗”的形式彰显时间之“短暂”与“永恒”的自反性矛盾，以时间向空间的转化透显“短暂”与“永恒”的不解之缘。在诗中，时间通过诗中的诗人（《时钟》一诗中的“我”）的生存而绽开，这个意义上的时间在一定程度上与海德格尔的时间性之论（海德格尔关于时间有两种分辨：一是时间，是单一同质而可度量的；二是时间性，与时间的含义不同，其与此在紧密联系）有某种“类似”。海德格尔把时间性作为此在的整体性存在的可能性条件，时间性包含着将来、曾在、当下三个维度：“将来”意味着此在先行到死，然后作为一个整体向自身来临；“曾在”是此在的被抛状态并领会这种本质性的“被抛”；关于“当下”，海德格尔认为，“先行的决心这样开展着此在的当下处境：生存有所行动地对实际周围世界上手的东西寻视操劳。……亦即有所行动地让周围世界在场的东西来照面，这只有在这种存在者的某种当前才是可能的”。② 依据海德格尔的论断，“当下”也就是通过此在操劳而让周围世界照面。当然，波德莱尔关于时间之认识与海德格尔的理论视角存在着差异

① ［法］波德莱尔著，郭宏安译：《恶之花》，上海：上海译文出版社 2008 年版，第 154～156 页。

② ［德］海德格尔著，陈嘉映、王庆节译：《存在与时间》，北京：生活·读书·新知三联书店 1999 年版，第 371 页。

性，但是《时钟》中的时间在一定程度上透显出了可度量的时间和诗人在时间中展开状态的相关形式。波德莱尔首先对可度量的时间进行了相应的描述，诸如“一秒每小时三千六百次”、“每分钟”等，同时又通过诗中诗人的生存状况，如“快乐如轻烟就要向天边飞逝”，“用肮脏的长鼻把你的命抽吸”，“嬉戏的人啊，都是母岩”等，将诗人的生存展现出来，这在一定程度上与海德格尔所说的时间性即是此在的展开状态存在着一定的关联。

在《时钟》一诗中，波德莱尔将现代性的“短暂”和“永恒”呈现，时间飞逝，转眼成为过去。“现在飞快地说道：我乃是‘过去’”一语正是哈贝马斯所说的“古典”的含义，“我乃是过去”，并非是指“现在”就是“过去”，因为中间还有“现在”向“过去”转化的动作“飞快”，即“现在”会“飞快”地“过渡”为“过去”，这里体现的是波德莱尔现代性中的时间之“短暂”属性。“记住！记住吧，你这个浪子！”一句中的“记住”波德莱尔分别用英语、法语以及拉丁语书写，波德莱尔的目的应该是凸显“变”的飞逝性，包括通过使用不同语种的语言之间的急剧跳跃性来反映时间的飞逝性。时间不再是时期或时段，而是时间之节点，“每分钟”，嬉戏之人都是“母岩”，人之行动刚一展开就马上凝固。在时间的急剧转换中，诗人在“丢弃之前一定要把金子采出”，这正是对“必须把人类生活无意间置于其中的神秘美提炼出来”的形象化和诗意化的确证，诗人必须在过渡、短暂中把握永恒和不变。《时钟》一诗既在诗歌内容上直接描述出时间中的“现在”与“过去”转化的无空隙性，又在诗歌节奏上充分体现出时间的转瞬即逝性，可以说，《时钟》一诗是波德莱尔描写“过渡”、“短暂”和“永恒”、“不变”之间关系的经典诗篇。

在《时钟》一诗中，诗人将时间喻为赌徒，“时间是个贪婪的赌徒”，这在一定程度上说明时间对人的控制性，在时间中生老病死是无法更改的人生遭遇。按照本雅明的解说，赌徒解构了经验的连续性，凸显了时间的“短暂”性和“过渡”性，《时钟》一诗中时间就是赌徒的观点也阐述了相似的含义。时间真正如赌徒“每赌必赢”，“必赢”预示着“永恒”，即时间的飞逝与过渡，这是客观事件，即时间的瞬间转化过程是“永恒”的。波德莱尔在诗最后将“尚童真的妻”与“老懦夫”并列，产生视觉冲击——年轻与年老之间的“时间”转眼过去，“尚童真的妻”在飞逝的时间中尚未成为真正的妇人，转眼间诗人已经成为“老懦夫”，是时间带来了诗人与妻子的悔恨，“为时已晚”定格了“永恒”。波德莱尔在这里通过形象化的语言阐述了人生之乐在时间面前的短暂已逝和无可奈何。

《时钟》整首诗都充斥着时间转瞬即逝的动感，包括语言的运用，艺术（“诗”）呈现了“短暂”、“过渡”，并通过展现“短暂”、“过渡”这一过程的“永恒”性得以体现。《时钟》一诗，是波德莱尔对时间的一次直接遭遇，这种“遭遇”并不是外在于他自身，而是都市现代生活中“短暂”和“过渡”进入了波德莱尔（也可说诗中之诗人）。波德莱尔不仅仅经历着物质之时间，而且经历着心理之时间，即现代性社会生活与现代事物及其运动状态在诗人心里铭刻的印记。《时钟》一诗虽作为现代生活的“短暂”与“永恒”之矛盾张力的交汇点存在，但又存在着词与物的距离和裂隙，而这种距离和裂隙正是诗人波德莱尔产生震惊之处。诗人遭遇着时间的“短暂”性和“永恒”性矛盾张力，并且通过提炼这种张力融入诗歌，这正是其审美现代性之时间张力的诉求。

在《恶之花》诗集中，关于时间的描述还散落在其他有关诗篇中，如《秋歌》一诗中的“——昨日还是夏，今日已成秋！”季节的转化正如昨日与今日的过渡，时间飞逝而去的形象浮现在诗歌意绪之中。诗人又在《仇敌》一诗中描写到：“——哦痛苦！哦痛苦！时间吃掉生命，而噬咬我们的心的阴险敌人，靠我们失去的血生长和强盛！”时间在消磨着诗人的生命痕迹，时间的暴力让诗人无力承受，由此产生的痛苦情绪在诗人心中蔓延。波德莱尔还借画家居伊之口道出了现代性社会的过渡与短暂：“G先生一觉醒来，睁开双眼，看见刺眼的阳光正向窗玻璃展开猛攻，不禁懊悔遗憾地自语道：‘多么急切的命令！多么耀眼的光阴！几小时之前就已是一片光明啦！这光明我都在睡眠中丢掉啦！我本来可以看到多少被照亮的东西啊，可我竟然没有看到！’”①

与《时钟》、《秋歌》、《仇敌》诗作中直接描述时间的方式不同，波德莱尔还在对“大众”、“波希米亚人”和“浪荡子”的相关描述中体现出审美现代性之时间张力，在诸如《七个老头子》中的“老头子”、《小

① ［法］波德莱尔著，郭宏安译：《现代生活的画家》，杭州：浙江文艺出版社2007年版，第25页。

老太婆》中的“小老太婆”、《盲人》中的“盲人”、《醉酒的拾破烂者》中的“拾破烂者”、《给一位过路的女子》中的“陌生女人”等人物的生活场景的时间感受中彰显审美现代性的时间张力。

在《小老太婆》一诗中，波德莱尔描绘了“小老太婆”们行走在现代都市大街上紧张的情形。在这首诗作中，现代性社会中急剧变化的时间冲击着诗中的“小老太婆”：

她们冒着无情北风俯身走着，
在马车的轰隆中不住地惊跳，
她们紧紧地贴着身子的一侧，
夹着一个绣着花或字的小包；

她们行色匆匆，如同木偶一样，
她们拖着脚步，如受伤的野兽，
或不自主地跳，如可怜的铃铛，
有一个无情的魔鬼吊在里头！①

波德莱尔在《小老太婆》这首诗中并没有直接对时间展开描写，而是通过“小老太婆”们身处大街时的形象性画面展现出蕴含在现代性生活世界中的急剧变化的时间，即将时间空间化，通过空间的呈现展现出相应的时间性。现代都市巴黎大街上奔驰的马车，“小老太婆”们因躲避马车的冲撞而像受伤的野兽般惊跳着行走，在这个世界中“时间就是生命”得到了另一种意义上的诠释。“马车”的奔驰描述了时间的“转瞬即逝”，时间不会停留，它一直处于“过渡”的转变之中，而会停留和定格的永远是“变”这种客观事实。“有一个无情的魔鬼吊在里头！”这个“魔鬼”就是波德莱尔“变动不居”的时间性，是时间的“短暂”性和“过渡”性构建了“小老太婆”们在现代城市街道奔走的生存性境域。在这首诗作中，时间隐退在诗歌之后，但是又让人无时无刻不感受到它的存在，同时通过

① ［法］波德莱尔著，郭宏安译：《恶之花》，上海：上海译文出版社2008年版，第176页。

“小老太婆”们熟练避开马车撞击的动作，也在一定程度上说明她们已经适应了现代性社会的快速度与快节奏。透过《小老太婆》一诗所彰显的意义，我们发觉在诗歌中依然凝结着对时间中“变”与“不变”的一种阐释，而在这种阐释中就隐含着对审美现代性时间张力的一种思考。

在《给一位过路的女子》一诗中，波德莱尔描绘了一位过路女人的悄悄到来以及她的悄悄离去，相遇与分离在瞬间发生，这是对偶然的时间性的一种呈现：

电光一闪……复归黑暗！——美人已去，
你的目光一瞥突然使我复活，
难道我从此只能会你于来世？

远远地走了！晚了！也许是永诀！
我不知你何往，你不知我何去，
啊我可能爱上你，啊你该知悉！①

在诗中，波德莱尔通过“电光”与“黑暗”的瞬间转化，为“美人”的到来和离去提供了时间场域，美丽的邂逅在瞬间中永恒，但永恒的是“美人已去”这个事件。瞬间的偶遇将“电光一闪”的时间定格，在瞬间中产生的爱却无法表达，因为被爱的对象已经缺席，是“短暂”、“过渡”之时间性让一切现实成为不可能，却又在另一个意义上成为可能。诗人与过路女子在“当下”相遇，却已经“晚了”，短暂成就了“永诀”。在这首诗中我们感受到的是时间转瞬即逝，而在这种短暂中无法成就现实的爱恋，但是瞬间产生的爱恋却因为时间的流逝而成为一种永恒。这反映出诗人只能捕捉瞬间的时间流逝，也只能感受瞬间时间变化的不连续经验的“震惊”，并且通过诗歌形象和意象呈现出短暂与永恒之间的辩证法。《恶之花》文本中的“大众”形象，承担了“短暂”、“过渡”之时间性的展现，诗歌中的现代性就是通过诗人对在现代都市中生存体验的“转瞬即

① ［法］波德莱尔著，郭宏安译：《恶之花》，上海：上海译文出版社 2008 年版，第 183～184 页。

逝”的时间性的提炼和形象化得以表现出来的。

“波希米亚人”和“浪荡子”在波德莱尔的相关文本中大量出现，如果说波德莱尔是通过城市中“大众”的现代性生存境域来体现审美现代性的时间张力，那么“波希米亚人”和“浪荡子”则是作为诗人的角色形象，参与身处现代都市中的“大众”（诗人也是“大众”一员）生存境域的体验和对都市大众生存境域的体验之体验，以期达到提取瞬间中的永恒形成艺术作品或诗，即审美现代性的发生。

“波希米亚”（Bohemia）是对19世纪以来一种放浪不羁的文人艺术家的生活方式及其精神气质的总称。“波希米亚人”原本是法国人对在欧洲流浪的吉普赛人的称谓，但自19世纪以后，该语汇逐渐与聚居在巴黎拉丁区的年轻文人发生了关联，尤其是1849年巴黎诗人亨利·缪尔热的小说《波希米亚人：巴黎拉丁区文人生活场景》获得巨大成功后，这个词广泛流传，被当作一个普遍形容词来形容不同的艺术社群，并喻指那些不满现实、贫穷落魄，过着放浪生活的文人艺术家。对于波德莱尔来说，“波希米亚人”是让其产生内心纠结的一个角色定位，一方面波德莱尔对波希米亚人在现代生活中的肮脏无序表示抗拒，另一方面在现实生活中他却践行着波希米亚人的角色，在某种程度上说，波德莱尔是波希米亚人的代表。波德莱尔关注并践行“波希米亚人”这种角色的生存体验，并且根本性地确定了波希米亚人与艺术之间的关系，他在诗歌《波希米亚人》，文学批评作品《艾杰西普·莫洛》、《论埃德加·爱伦·坡》、《评雷翁·克拉代尔的〈可爱的殉道者〉》，日记《我心赤裸》、《焰火》等中都透显出波希米亚人的气质。在波德莱尔对“波希米亚人”的理解中，波希米亚生活首先是一种以“流浪”为特征的非中产阶级生活，相对资产阶级的“平庸”生活而言，波希米亚人的生活是拒绝“平庸”和追求“新奇”的。其次，波希米亚人气质包含着具有反思性的“体验”意识，即在波希米亚流浪生活中找寻那种现代的、都市的、日常的、多样化的震惊经验，最后，将现代性都市多样的“震惊”转化为艺术中的特殊美和相对美。在这里，作为波希米亚人的气质就是对现代社会“短暂”和“过渡”经验的捕捉，并提炼出蕴含其中的美，在这个意义上审美现代性的时间张力构成其流浪生活中的现代性生存境域。

在《恶之花》文本中，波德莱尔专门写下命名为“波希米亚人”的诗篇，诗中写道：

男子们背着闪亮的刀枪步行，
走在蜷缩着眷属们的大车旁，
抬起目光沉重的眼睛望着天上，
闷闷不乐地怀念逝去的幻影。①

波希米亚人以流浪的生存姿态进入现代性生活场景，“流浪”一方面展示出波希米亚人在空间上的不稳固性，他们需要进入变化万千的现代性社会；另一方面表现出波希米亚人追求的是非“常人”状态下具有反思性的沉沦。波希米亚人与现代性社会融为一体，但是又与现代性社会保持着对抗的距离。审美现代性的时间张力就存在于波希米亚人以“流浪”作为生存姿态的体悟之中，在变动不居的现代性生活中流浪，感受到的只能是时间的节点性和不连续性。

《恶之花》文本中现代性的时间张力就是诗歌中具体的形象和意象呈现出的“短暂”与“永恒”的辩证性存在的不解之缘。波德莱尔的审美现代性具有强烈的时间意识，而这种时间意识就是通过对时间节点中现代经验的彰显表现出来的，审美现代性的时间悖论就充分体现在“短暂”和“永恒”之间的瞬间过渡之中。

第二节　审美现代性的空间张力

关于空间现代性的问题，美国大卫·哈维（David Harvey）给予了系统的研究和分析。他以批判理论的地理学角度切入对空间现代性的阐发与诠释。哈维认为，在资本主义社会的现代性进程中，空间是一个极其重要的因素，因为资本积累的无限性和空间的有限性之间产生了矛盾，为解决

① [法] 波德莱尔著，郭宏安译：《恶之花》，上海：上海译文出版社 2008 年版，第 30 页。

这种无限性和有限性之间的矛盾，就需要对传统社会的城市结构重新进行改造，诸如时空压缩、空间修补等空间现代性的运动。哈维以19世纪都市巴黎改造为入口，具体研究了“巴黎—现代性”现象（见第五章），并由此阐发了他关于现代性社会的空间现代性的观点，其关于“空间”的蕴义，归纳起来主要包含以下三个方面：第一种是物理空间，即人类社会生活和生产的空间。第二种是空间表达。其中，空间表达的各种方式都包含了一些符号和含义、代码和知识，它们使得这些物质实践能够被谈论和理解。第三种是表达的空间。这是内心创造的，它为空间实践想象出了各种新的意义或可能性，其含义接近为主观空间。这些创造可以是代码、符号、空间话语、乌托邦计划、想象的景色，甚至是物质构造，如象征性空间等。哈维认为，“关于空间的本性，其答案存在于人的实践中”，空间是指“由人的实践所建构的、有人的意向参与其中的人化关系”[①]。

在哈维看来，空间是当代世界的核心社会实在，当代社会的一个基本特点是空间性；空间不是一个简单的客体或主体，而是一个由人塑造又能塑造人，既具有客观性又具有主体性的一个重要的主客体之间交互作用、交互影响的实在场域。哈维运用三种空间分类，具体实证研究了19世纪新巴黎的改造所体现出的空间现代性，而这个现代性空间场景正是波德莱尔体验现代性经验的主要场景，同时也是诗集《恶之花》的诞生之地，《恶之花》以诗的形式对“巴黎—现代性”的社会现实进行了相应的回应。哈维的空间现代性理论，对我们研究《恶之花》文本中所蕴含的审美现代性空间张力具有重要的借鉴意义。

本雅明在对波德莱尔的有关研究中，也关注了波德莱尔笔下现代都市巴黎的空间，但是他和哈维的研究视角不同。对于本雅明来说，现代都市巴黎作为一个整体城市的现代形象，其作用在于让都市人群产生现代经验。本雅明注重的是现代巴黎都市空间与波德莱尔之间的关系问题，没有涉及现代性问题的动力机制，而哈维从资本空间的角度强调了资本在空间现代化的基础作用。这两种关于波德莱尔笔下19世纪现代都市巴黎的认识都从不同维度关注了“巴黎—现代性”的问题。

---

① David Harvey. *Social Justice and the City*. London：Edward Arnold Publish ltd, 2009. 13.

《恶之花》文本结构按照六个主题分组，其中“巴黎风貌”篇在诗集中集中体现了现代性的空间张力，即通过现代都市巴黎的“飞逝”性改造彰显出现代社会的空间现代性。依据本雅明和哈维关于现代都市巴黎的空间现代性认识，《恶之花》文本中所体现出的审美现代性的空间张力表现在：一是《恶之花》文本中所呈现的“飞逝”与“不变”的物理空间的现代性（见第四章），二是在《恶之花》文本中存在的空间的表达问题，即“现实”与“理想”的矛盾冲突。这里尤其透显出在《恶之花》文本中存在着的物理空间与空间表达上的张力关系，而这种空间张力关系又具体表现为“现实”与“理想”之间的对抗性与不可协调性。《恶之花》文本中的第一组主题分类以“忧郁和理想”来命名，“忧郁”是诗人在现代性都市中感受到的现代生活的“短暂”、“过渡”而形成的现代性经验，在“理想”参照系的映照下，“忧郁”表现为诗人对现代都市启蒙现代性的主观感受，因此在“忧郁和理想”篇中表达了诗人达致“理想”空间的不可能性，不得不处于现代型社会中承受现代都市各种存在的冲击，这是《恶之花》文本中空间现代性的一个重要角度。

诗人波德莱尔在“巴黎风貌”篇中，用诗的语言描画了现代性都市巴黎的物理空间的现代性场景：高耸的烟囱和钟楼，翻腾滚滚的煤烟、新卡鲁塞尔广场、遍地的垃圾、新的宫殿和脚手架、熙熙攘攘的巴黎、充满梦幻的城市、马车的奔驰、污泥浊水的城市、煤气灯的闪闪发光……这些属于现代性都市空间的要素以一种“飞驰”的速度在发展。正如诗人波德莱尔所说，城市的模样比人心变化的速度还快，老巴黎城市转眼间就不复存在，而新巴黎已经建造，并且以迅猛的速度在进行着新的改造。这是巴黎在现代化发展进程中物理空间现代性的具体呈现。在现代化城市巴黎物理空间的现代化改造过程中，也隐含着城市空间发展对现代都市中人的物埋空间的占有：乞丐流离失所、穷人无处安身……同时，随着现代化都市的发展，资本积累需要大量的发展空间，于是城市物理空间向农村拓展，农村的物理空间被慢慢蚕食。在《骷髅农夫》一诗中就描写了城市对农村的侵蚀，导致农夫穷困潦倒，形如骷髅，这首诗是对现代性城市发展中空间现代性的具体确证。

现代都市现代性中的物理空间可以在城市规划布局上得以展现，同时也在现代都市人的生存样态中得以彰显。按照哈维的理解，空间并不是独立于人之外的存在物，而是在与人发生关系的基础上获得自身的规范，同时都市人所占有的物理空间构成了都市物理空间的重要组成部分，在这个意义上可以说，城市的空间性必然体现在城市人的展开的生存样态上。在《恶之花》文本中，《薄暮冥冥》一诗就体现了都市人在黄昏瞬间的生存样态：

那些人期待你，夜啊，可爱的夜，
因为他们的胳膊能诚实地说：
“我们又劳动了一天！”黄昏能让
那些剧痛吞噬的精神舒畅；
那些学者钻研竟日低头沉思，
那些工人累弯了腰重拥枕席。
但那些阴险的魔鬼也在四周
醒来，仿佛商人一样昏脑昏头，
飞奔去敲叩人家的屋檐，门窗。
透过被风吹打着的微弱灯光，
卖淫在大街小巷中活跃起来，
像一对蚂蚁那样把通道打开；
它到处都开出一条秘密之路，
犹如仇敌正把突然袭击谋图；
它在污泥浊水的城市里蠕动，
像一条盗窃人的食物的蛆虫。
这里那里，厨房在嘶嘶地叫喊，
剧场在喧闹，乐队在呼呼打鼾；
赌博做成了餐桌上的美味珍馐，
围满娼妓和骗子，她们的同谋，
那些小偷，不肯罢手，不讲仁慈，
很快也要让他们的勾当开始，
他们就要轻轻撬开钱柜门户，

好吃喝几天，打扮他们的情妇。①

在诗中，作为时间的“黄昏”似乎是波德莱尔笔下的一个人生舞台，在这个舞台上各种角色纷纷登场，这些具体角色包括“劳动者”、“学者”、“工人”、“商人”、“卖淫女”、“赌徒”、“乐队”、“骗子”、“小偷”以及“情妇”等。这众多角色在黄昏展开符合他们自身角色规范的行为，如“劳动者”放松精神，“学者”低头沉思，“工人”在睡觉。时间的“黄昏”在这里由不同角色形象的生存样态展现，即黄昏被空间化，这是因为每一个角色都有属于自己的物理空间，这一方面表现为人作为人而存在的一种空间占有，另一方面表现为角色的社会属性。在《薄暮冥冥》一诗中，诸如“街道”、“厨房”、“剧院”、“赌场”、“妓院”等空间场所同时出场，并在黄昏提供的时间场所中各自展开相应的社会活动，这体现了现代性城市生存境域的空间多样性。诸多角色占有相应的自我生存空间和不同的社会归属，在同一时刻登场，尽管诗歌意念在不同的角色场景上急剧变换，但依然统一于“黄昏”这个时刻，同时“黄昏”作为场景在一定程度上发挥出“万花筒”的作用，在同一个聚集点散发出百般色彩。在一定意义上说，“薄暮冥冥”这一刻聚集了各种空间，同时也敞开了各种空间，空间与空间之间形成相互的映照关系。在《薄暮冥冥》一诗中，人的意绪在不同空间之间穿插，体验着置身于不同空间的现代性生存感受。

空间是以人的活动为根本的，而不是依据别的东西给予自身的规范，与此同时，空间也是人的活动空间而不是独立的空间自身，离开人空间并不存在。因此，在《薄暮冥冥》一诗中，本不属于同一个社会等级或类型甚至社会等级或类型严重对立的人群聚集在同一个时刻，这形成了角色空间之间的张力。

历经《薄暮冥冥》一诗中的熙熙攘攘，波德莱尔将笔墨转向了对《晨光熹微》的描写。与黄昏时刻的城市景观相比，清晨时刻的城市展现出另一个空间场景：

---

① ［法］波德莱尔著，郭宏安译：《恶之花》，上海：上海译文出版社 2008 年版，第 187 ~ 188 页。

远近的房屋中开始冒出了炊烟。
眼皮青紫，寻欢作乐的荡妇们，
还在张着大嘴睡得又死又蠢；
穷女人们，垂着干瘪冰凉的双乳，
吹着残火剩灰，朝手上哈气。
产妇们的痛苦变得更加沉重；
像一声呜咽被翻涌的血噎住，
远处鸡鸣划破了朦胧的空气；
雾海茫茫，淹没了高楼与大厦；
收容所的深处，有人垂死挣扎，
打着嗝，吐出了最后的一口气。
冶游的浪子回了家，力尽筋疲。①

相对于《薄暮冥冥》而言，《晨光熹微》提供的时间场景是清晨，在这个时间节点上，“做饭的人”、“荡妇们”、“穷女人们”、“产妇们”、“收容所的人”以及“浪子”等角色纷纷登场，这些不同的角色形象在诗歌中不仅仅表现出自身的物理空间特性，还将他们所归属的那个世界也同时带出，即他们深夜身留的生活空间也得到了影射，“眼皮青紫”说明了“荡妇们”在黑夜中于某个场所纵欲疯狂，“穷女人们”“干瘪冰凉的双乳”无声道出她们生存空间的困顿和逼仄，“产妇们”痛苦的呻吟带来了生与死交织的场所，“冶游的浪子”从某个不知的空间走向清晨……在《晨光熹微》一诗中，诗人通过对各种不同角色所处场所的描述将他们曾经所在的空间展现出来，在这里角色的空间张力再次得以充分表现。

波德莱尔写下《薄暮冥冥》和《晨光熹微》这样的诗是基于何种考虑？诗歌中角色形象的繁杂聚集想要说明什么？这是波德莱尔将时间空间化，并用物理空间的张力凸显启蒙现代性中现代都市人的生活场景。

《恶之花》文本审美现代性的空间张力不仅仅表现在物理空间的张力上，在“忧郁和理想”篇中也充分体现了空间表达存在的张力关系，即现

① ［法］波德莱尔著，郭宏安译：《恶之花》，上海：上海译文出版社 2008 年版，第 206 页。

实空间与想象空间之间对举而形成的空间感觉。正如本雅明所说："'理想'提供了回忆的力量；而'忧郁'则召集了大批的分分秒秒来反对它。"① 在"忧郁和理想"篇中，"理想"作为诗人的一种空间表达，是通过诗人主观构想或回忆而形成的主观空间；"忧郁"则是诗人对现代性社会状况的一种现代生存体验，"忧郁"与诗人现代性社会中的生存有关，这里就隐含着物理空间与主观空间（空间表达）之间的张力关系。

波德莱尔关于"理想"的主观空间的描写在《高翔远举》和《应和》两首诗中得到了充分的体现，其中《高翔远举》一诗中写道：

远远地飞离那些致病的腐恶，
飞到高空中去把你净化涤荡，
就好像啜饮纯洁神圣的酒浆，
啜饮那弥漫澄宇的光明的火。

在厌倦和巨大的忧伤的后面，
它们充塞着雾霭沉沉的生存，
幸福的是那个羽翼坚强的人，
他能够飞向明亮安详的田园。②

随着资本主义现代性的发展，合理化（理性化）最后演变为宰制人的暴力力量，人类价值意义不复存在，人已成为单向度的人。针对现代性发展最终导致的结果，泰勒在《现代性的隐忧》一文中认为，现代性存在着三个令人忧虑的方面：一是个人主义的片面发展。这可能存在着意义的丧失、道德衰退以及人对自身的认同危机。二是工具理性的日益高扬。这可能导致技术对人类世界的强力控制和人类生活的扁平化发展。三是温和的专制主义。这会导致社会自由存在丧失的可能。泰勒从现代性结果的阶段分析了现代性在价值意义上存在的否定性力量。泰勒所描述的这种现代性

① ［德］本雅明著，张旭东、魏文生译：《发达资本主义时代的抒情诗人》（修订本），北京：生活·读书·新知三联书店2007年版，第13页。

② ［法］波德莱尔著，郭宏安译：《恶之花》，上海：上海译文出版社2008年版，第13～14页。

隐忧，在波德莱尔生活的19世纪的现代社会中已经得到一定程度上的证实。在一定意义上，《恶之花》文本正是诗人应对现代性发展结果的一种审美回应。在《高翔远举》一诗中，诗人控诉了那导致诗人“厌倦”和“忧伤”的现代体验的“致病的腐恶”，诗人要脱离这个现代性社会奔向诗人主观世界的“明亮安详的田园”。这里存在着两个世界的对抗性背离，即现实世界和理想世界对抗无果后的分离，同时也是两个对立的空间之间的对抗——物理空间与主观空间的对立。

从构建理想社会或理想空间的角度，波德莱尔写下了《应和》一诗。诗歌《应和》是诗人试图摆脱现代性社会忧郁生存的一个出口，是诗人打通感官与自然形成对应关系的一种尝试。《应和》一诗彰显的是一个理想的世界，也是一个神秘的空间：

自然是座宇宙，那里活的柱子
有时候说出了模模糊糊的话音；
人从那里过，穿越象征的森林，
森林用熟悉的目光将他注视。

如同悠长的回声遥遥地汇合
在一个混沌深邃的统一体中
广大浩漫好像黑夜连着光明——
芳香、颜色和声音在互相应和。

有的芳香新鲜若儿童的肌肤，
柔和如双簧管，青翠如绿草场，
——别的则朽腐、浓郁，涵盖了万物。

像无极无限的东西四散飞扬，
如同龙涎香、麝香、安息香、乳香

那样歌唱精神与感觉的激昂。①

《应和》一诗所构建的诗意境界，在波德莱尔创作的其他绝大多数诗歌中是难以体会到的。《应和》一诗中呈现出一个美妙而又神秘的意象世界：人与神的窃窃私语；人与自然的温馨对话；有与无的相互应答……波德莱尔的《应和》一诗，充分运用了“通感”这种修辞手法。法国批评家让·波米耶将“应和”分为横向的应和和纵向的应和。其中，横向的应和是指应和现象在感官层面上的展开，即一种实在的感知与另一种实在的感知，注重事物与事物之间的隐喻关系，强调感官与感官之间突破了感官传统生理界限而达到相互的沟通和交流，这是发生在具体事物与具体事物、感官与感官之间的对应关系。纵向的应和则注重物质客体与观念主体、外在形式与内在本质在不同层面上的垂直应和关系，强调的是具体之物与抽象之物、有形之物与无形之物、自然之物与心灵或精神的状态、现实世界与超现实世界等之间的象征关系。

具体到《应和》一诗中，应和的横向关系表现在不同感官之间形成的交互关系：嗅觉（“芳香”）→触觉（“肌肤柔和”）→听觉（“双簧管”）→视觉（“青翠”）。在这里，嗅觉、触觉、听觉以及视觉相互沟通与转化，在这种形式上，超越生理界限的融合隐含着万物之间因相似性的存在而得以沟通，但是这种应和关系只有在某些特殊的境域下才能发生。通过不同感官之间的转化，产生的是异于日常感官的体会，在诗歌中的运用就会产生特殊的诗歌境界。波德莱尔通过应和这种修辞手法阐述了某种不可能性的可能性，同时，也突破了科学经验、生活经验以及逻辑经验等强力束缚，在现实生存境域中感受到了另一个本真的世界。

《应和》一诗的纵向关系主要通过儿童的肌肤、绿草场、芳香、颜色和声音等具象特征达到对“自然”的一种“领会”，从而透显“自然”背后隐含的那个本真而又神秘的世界。

《应和》一诗通过感性形象展现的是一个超越性的主观世界，而这正是对启蒙现代性极度发展的结果的一种诊治。同时在《恶之花》文本中，

① ［法］波德莱尔著，郭宏安译：《恶之花》，上海：上海译文出版社 2008 年版，第 14 ~ 15 页。

《应和》一诗以彰显的意义空间与类似于“巴黎风貌”篇中的那种物理世界产生了对立性的效果。由此可以观出，在《恶之花》文本中敞开了的主观世界（空间）（如《应和》一诗）与物理世界（空间）（如“巴黎风貌”篇中的有关诗篇）形成了鲜明的对比，并在一定意义上凸显了主观空间与物理空间存在的张力，这也是《恶之花》文本自身存在张力的一种体现。

总的来说，《恶之花》的现代性张力在空间张力层面上的表现主要存在两个维度：一是物理空间存在的张力；二是主观空间与物理空间之间的张力。

第三节 审美现代性的张力要素

从宏观视域审视《恶之花》的现代性张力，其主要表现在《恶之花》文本中所蕴含的时间张力与空间张力两个维度上，这是对《恶之花》的审美现代性张力作出整体性把握所需要的。但是也可以从《恶之花》文本中审美现代性张力结构中具体要素之间的张力展开分析，这是《恶之花》审美现代性张力研究的微观层面，通过对张力要素的具体分析，可以进一步感受到审美现代性张力如何可能。这里主要从“‘恶’与‘美’之辩”和“‘新奇’与‘厌倦’之对抗”两个关键性的微观要素展开相应的分析和研究。

一、“恶”与“美”之辩

《恶之花》文本名为“恶之花”，除了作者波德莱尔基于出版时达到“吸引眼球”这一现实考虑之外，根本性的缘由在于其审美现代性的取向，即在“短暂”、“过渡”、“偶然”的现代性社会中提取“恶”之素材，并将其融入诗歌意境，从而达到化“恶”为“美”的创作目的。因此，在《恶之花》文本中“恶”与“美”之辩成为审美现代性具体张力要素中的一对重要范畴。

在《恶之花》文本中，诗歌通过“恶”与“美”的并列构建诗歌意境，但是这两者并不是并列关系，“恶”相对于“美”具有优先地位，即“恶”为“美”产生的土壤和基石，“美”在“恶”中衍化而出。因此，在这个意义上“恶”和“美”就处于相互依附的关系之中，而“美”在“恶”的基础上产生之后其又以自身的本质属性对抗和反驳“恶”。正如伯曼认为现代性就是对秩序追求而导致混乱（秩序的对立面）之义，“美”与“恶”的对抗在诗集《恶之花》中表现出的就是这种同源性的反驳。

波德莱尔认为，“构成美的一种成分是永恒的、不变的，其多少极难确定；另一种成分是相对的、暂时的，可以说它是时代、风尚、道德、情欲，或是其中一种，或是兼容并蓄”[①]。在波德莱尔看来，《恶之花》诗歌中“美”的构成成分的相对、短暂的方面就包括“恶”。“恶”何以成为诗集《恶之花》中的重要主题？波德莱尔认为，“丑恶经过艺术的表现化为美，带有韵律和节奏的痛苦使精神充满了一种平静的快乐，这是艺术奇妙的特权之一”[②]。波德莱尔在《论泰奥费尔·戈蒂耶》一文中的这番话道出了其选择“恶”的理由。本雅明在1938年4月16日致霍克海默的重要书信中评论道：“波德莱尔的独特意义就在于他是第一个果敢地在双重意义上，即不可知论化和通过物化得到强化这双重意义上，理解了自我异化的人类的生产力的人。”[③] 对本雅明来说，波德莱尔创作《恶之花》诗集以及突出“恶”的主题素材主要是为了推动日益加速的全面物化进程，使之完全转化到自己的对立面，即将社会发展的物化推到极致，以迫使其转化。根据上面的解释，《恶之花》诗集的创作对于波德莱尔而言就是一种作为诗人直面物化社会的必然选择。“恶”一般分为自然之恶与人为之恶，在《恶之花》文本中则具体表现为物质之恶、精神之恶、情欲之恶等方面。

将“恶”与“美”对举，一方面是波德莱尔关于相对美的认识，另一

---

① ［法］波德莱尔著，郭宏安译：《1846年的沙龙：波德莱尔美学论文选》，桂林：广西师范大学出版社2002年版，第416页。

② ［法］波德莱尔著，郭宏安译：《波德莱尔美学论文选》，北京：人民文学出版社2008年版，第78页。

③ ［美］理查德·沃林著，吴勇立、张亮译：《瓦尔特·本雅明：救赎美学》，南京：江苏人民出版社2008年版，第234页。

方面也是《恶之花》文本存在着现代性张力的重要原因之一。“恶”的形象或意象在《恶之花》文本中存在着多种表达，其中主要包括“腐尸”、“蛆虫”、“苍蝇”、“毒品”、“大麻”、“卖淫女”、“情欲”、“丑恶”等。一方面，这些“恶”的形象或意象在整个诗集中和“美”、美的形象及意象形成了强烈的对抗，这是从整个诗集建构出的诗之意境角度而言的；另一方面，在波德莱尔创作有关描述“美”的诗歌时，往往将“恶”作为一种背景，从而表现为“恶”为“美”提供了一种场域。通过这样的对举，“恶”与“美”的对抗性张力表现尤为突出。

在《美》一诗中，“美”自言自语地道出自身的“不纯粹性”，这种“不纯粹性”与物质之“恶”和情欲之“恶”紧密相关，诗如下：

凡人啊！我就像石头的梦一样美，
我的胸脯生就令诗人们动情，
那爱情像物质一样无言、永恒，
诗人却一个个碰得伤痕累累。

我高踞蓝天，难解如狮身女妖；
心比莹雪，纯洁似天鹅的羽绒；
我不喜欢打乱了线条的运动，
我从来不哭，我从来也不笑。

我仿佛从最高傲的雕像那里
借来了庄严的姿态，而诗人们
将在刻苦的专研中耗尽时日；

因为，要迷住这些温顺的情人，
我有明镜使万物把美色增添；
我的眼，闪着永恒之光的大眼！①

---

① ［法］波德莱尔著，郭宏安译：《恶之花》，上海：上海译文出版社 2008 年版，第 36～37 页。

在西方美学发展史上，一直至17世纪和18世纪，“美”的概念仍然沿袭着柏拉图所给出的定义，即从超验、永恒、静止不变等方面界说美的内涵，但是到了19世纪初，这种观念开始逐渐得以改变，传统关于美的静止、抽象的解说与现代生活的转瞬即逝、变动不居形成了对立。波德莱尔抛弃了这种静止与抽象的美的观念，提出了自己关于“美”的全新认识：“美永远是、必须是一种双重的构成。构成美的一种成分是永恒的、不变的，其多少极难确定；另一种成分是相对的、暂时的，可以说它是时代、风尚、道德、情欲，或是其中一种，或是兼容并蓄。”① 波德莱尔在这里提出了“美”的构成双重性问题，即永恒与相对都统合于美中，这意味着不存在脱离相对属性的绝对美，而美的相对性正因永恒性的存在而得以提升。波德莱尔这种关于美的界说，与其审美现代性的思想密切相关。美的相对性是从时代、风尚、道德以及情欲等现代生活中获取的，在这个提取的过程中，就存在着美与恶的对抗关系。波德莱尔说：“我们从表现现在中获得的愉悦不仅仅来源于它可能具有的美，而且来源于现在之作为现在的本质属性。”② 美不仅仅是从感性事物提取事物之形象，更是对现代生活本质的择取，从这个意义上说，是否能获取到现代生活事物之美并不是关键问题，对现代生活本质的洞悉与彰显才最为关键。这个问题对于释读波德莱尔的美学观尤其关键，诗歌与艺术固然可以以现实事物中的美作为重要的主题形象和意象，但是这并不是唯一的选择标准，而关键性在于对现在本质属性的提炼与诗化。在波德莱尔眼中，即使现在本质属性表现为恶和丑，照样也可以入诗入画。在这个意义上，我们就明白了波德莱尔为何钟情于恶和丑的形象和意象建构，与其说是对恶和丑的审美，不如说是对现在生活本质的恋恋不舍。相对于传统静止、超验的美，波德莱尔提出了美的相对属性，即相对的、暂时的，认为美是对现代生活中风尚、道德、情欲要素的提取。

结合《美》一诗，该诗充分反映了波德莱尔的美之构成双重性问题，

---

① ［法］波德莱尔著，郭宏安译：《1846年的沙龙：波德莱尔美学论文选》，桂林：广西师范大学出版社2002年版，第416页。

② ［英］戴维·弗里斯比著，卢晖临、周怡、李林艳译：《现代性的碎片》，北京：商务印书馆2003年版，第23页。

并且在美的相对属性上彰显了“美”与“恶”的纠结。具体到诗歌《美》中，“美”首先与“石头”发生了关联，而“石头”是冰冷与坚固的，“美”似“石头”之梦，这隐含着“美”的拒绝，即要获得“美”需要通过对“短暂”、“过渡”的现代生活的一种艰难提取。“美如胸脯”让诗人“动情”，在这里包含着两个方面的意思：一是说明了诗人和美发生了关系；二是“美”与“情欲”有关，诗人通过情欲来感受和体验美。结合《恶之花》文本，情欲是诗中诗人“沉沦”的生存体验方式，“美”与“情欲”有关，与后面提到的“美”如“女妖”，都在一定意义上凸显了“美”与“恶”之间的对抗性张力。美的双重属性建构中的相对属性，是“美”与“恶”发生冲突的场境，也是“美”与“恶”存在矛盾的诱因。

而在另一首名为“献给美的颂歌”的诗中，“美”与“恶”之间的张力表现得更为明显，诗如下：

你来自幽深的天空，还是地狱，
美啊？你的目光既可怕又神圣，
一股脑儿倾泻着罪恶和善举，
因此人们把你和酒浆比并。

你的眼睛包含着落日和黎明；
你像雷雨的黄昏把芳香播撒；
你的吻是春药，你的嘴是药瓶，
能使英雄怯懦，又使儿童勇敢。

你出自黑色深渊，或降自星辰？
命运受惑，像狗追随在你裙下；
你随意地播种着灾祸和欢欣，
你统治一切，却没有任何报答。

美，你在死人身上走，还要嘲弄；
你的首饰中有魅力的是恐怖，
凶杀在你最珍爱的小饰物中，

在你骄傲的肚皮上淫靡起舞。

蜉蝣花了眼，朝你这蜡烛飞去，
嘶的一声烧着，还说：火炬有福！
情郎俯在美人身上气喘吁吁，
好像垂死的人抚爱他的坟墓。

这有何妨，你来自天上或地狱？
啊美！你这怪物，巨大、纯朴、骇人！
只要你的眼、你的笑、你的双足
打开我爱而不识的无限之门！

这有何妨，你来自上帝或魔王？
天使或海妖？——目光温柔的仙女，
你的节奏、香气、光明，至尊女皇！①

“美”来自“天空”还是“地狱”？按照波德莱尔对美的定义，这里“天空”暗指美的双重性中的“永恒”和“不变”，而“地狱”隐含着美的双重性建构中与“恶”有关的现代生活。美包含着恶与善，美与恶并存。“落日”、“黎明”以及“芳香”都是美的表征，但美又是“春药”、“药瓶”，而“春药”、“药瓶”为恶之象征，美与恶之间的难解之缘再次出现。“灾祸”（恶）和“欢欣”（美）不离不弃，美通过“死人”（恶）得到了解释，“恐怖”（恶）为美之魅力，这里的美是让人产生战栗感与恐惧感的美，这是因为美通过恶来诠释自身。美是“怪物”——包含着“纯朴”与“骇人”的怪物，美又来自“上帝”抑或来自“魔王”。在《献给美的颂歌》一诗中充斥着对抗性的张力，因为美与恶形影不离，通过恶诠释了美，同时又通过恶验证了美。波德莱尔用美与恶的矛盾冲突来凸显美之为美的原因。

---

① ［法］波德莱尔著，郭宏安译：《恶之花》，上海：上海译文出版社 2008 年版，第 42 ~ 43 页。

《献给美的颂歌》一诗用诗意的语言确证了波德莱尔对美之双重性的认识，并且是通过双重性中的“恶”之要素来加以说明，由此，《恶之花》文本中的现代性张力通过美与恶之间的对抗性冲突得到了充分的体现。

二、“新奇”与“厌倦”之对抗

随着资本主义现代性的发展，以及工具理性和科技理性单向度的过度高扬，资本主义商品经济中的商品和货币拜物教肆意传播，合理化夷平了人性多元性，价值衰退，意义丧失，这种现代性社会状况发展到19世纪表现尤为明显，“厌倦”逐渐成为当时现代生活中人的生存姿态，由“厌倦”而产生“忧郁”这种现代性生存经验，是现代人于现代生活中不可逃避的宿命。在这样的现代性境域中，波德莱尔在《恶之花》文本中将“厌倦”和“忧郁”构成诗歌之意境的基本底色，“厌倦”和“忧郁”是相对于现代人这个主体而言，而“平庸”则是对现代社会状况（客体）的规范性界说。

在《恶之花》文本中，“厌倦”一词在诸多诗歌中被加以运用，凸显了诗人对现代生活的基本生存态度和情感态度，其在《告读者》一诗中写道：

有一个更丑陋、更凶恶、更卑鄙！
它不张牙舞爪，也不大喊大叫，
却往往把大地化做荒芜不毛，
还打着哈欠将世界一口吞噬。
它叫“无聊”！——眼中带着无意的泪，
它吸着水烟筒，梦想着断头台，
读者，你认识这爱挑剔的妖怪，[①]

波德莱尔在《告读者》一诗中，将“厌倦”（或“无聊”）比喻为妖

---

① ［法］波德莱尔著，郭宏安译：《恶之花》，上海：上海译文出版社2008年版，第5页。

怪，并且认为“厌倦”“还打着哈欠将世界一口吞噬”，这是指涉自 16 世纪文艺复兴运动以来一直到 19 世纪人类存在的一种世纪病，即厌倦。1820 年，夏多布里昂的小说《勒内》描写了主人公勒内因与社会格格不入而产生了厌倦和孤独的情绪特征，随后患有“厌倦”症。这一人物形象在资产阶级文学中成了人物形象塑造的重要内容，譬如勒内斯达尔夫人笔下的苔尔芬、柯丽娜，龚斯当笔下的阿道尔夫，塞南古笔下的奥伯尔曼，诺地叶笔下的夏尔……这些人由于理想的幻灭，一方面对社会发出了抗议，另一方面又自认不幸，把生命看作一种苦难，陷入不能自拔的抑郁之中。波德莱尔还在《断想》中结合自己的生存体验对“厌倦”作了更为形象的描述：“我迷失在这丑恶的世界上，被众人推搡着，像一个厌倦的人，往后看，在辽远的岁月中，只见幻灭和苦涩，往前看，是一场毫无新鲜可言的暴风雨，既无教诲，亦无痛苦。”① 波德莱尔以“厌倦”这种世纪病来警示资产阶级，在他看来，“厌倦”是启蒙现代性发展过程中印在现代人心灵上的烙印。

在《告读者》一诗中，“无聊”肆意横行，席卷整个诗人所处的时代，在这里“无聊”与“厌倦”相通。“无聊”是现代人对现代性社会发展的一种拒绝而又无法逃脱的生存样态的体验。平庸无奇的社会让人感觉迟钝，精神涣散，处于一种“厌倦”与“忧郁”之中，现代性社会的发展将人碎片化和片段化，使人失去了对理想的追求和意义的探寻，“厌倦”无处不在。《恶之花》将《告读者》置于诗集之首，意味着波德莱尔对现代人生活体验的一个基本判定，同时也为《恶之花》文本渲染了相应的情感色调。“诗人在这样厌倦的世界出现”（《祝福》），这是被抛入现代性社会的基本生存情绪。在《高翔远举》一诗中描述为“在厌倦和巨大的忧伤的后面，它们充塞着雾霭沉沉的生存”，“厌倦”的生存经验席卷着现代人，无人能逃避，而“那种无聊时代的变质产品”（《理想》）也无法向诗人提供可靠的生存依据，诗人似乎只能寄希望于理想，快乐的天使也无法让诗人摆脱“焦灼”、“羞愧”、“悔恨”、“哭泣”和“无聊”（《通功》）。在现代性生活中，诗人满街流浪，看见的也只是“一平庸的剧场里/喧闹的乐

---

① ［德］本雅明著，张旭东、魏文生译：《发达资本主义时代的抒情诗人》（修订本），北京：生活·读书·新知三联书店 2007 年版，第 35 页。

队正起劲”(《不可救药的》),“平庸”是诗人对现代社会状况的形象描述。诗人处于“灵魂已经破裂,烦闷之中”(《破裂的钟》)的忧郁的生存体验,灵魂不复存在,精神也已荒芜,意义何处找寻,诗人不知。

在《忧郁之四》中,波德莱尔描述了现代社会正如一个“铁笼子”般困住人的情形:

当低沉的天空如大盖般压住
被长久的厌倦折磨着的精神;
当怀抱着的天际向我们射出
比夜还要愁惨的黑色的黎明;

大地变成一间潮湿的牢房,
在那里啊,希望如蝙蝠般飞去,
冲着墙壁鼓动着胆怯的翅膀,
又把脑袋向朽坏的屋顶撞击;

当密麻麻的雨丝向四面伸展,
模仿着大牢里的铁栅的形状,
一大群无言的蜘蛛污秽不堪,
爬过来在我们的头脑里结网,①

波德莱尔笔下诗人所处的环境正如韦伯所说的“铁笼”(iron cage)。在韦伯看来,完全理性化了的世界成为一个组织化了的世界、一个受非人格力量统治的世界,人受制于官僚制机器的指令,从而丧失了自由。这里韦伯是从官僚制中形式化、非人性的、普遍主义的抽象精神展开的,由于精神实质是一种功效原则,所以行为的理性越来越漠视价值因素,于是对人的自由意志和尊严构成了威胁。韦伯认为现代人处于“铁笼”的现象,是形式理性和价值理性分裂之后形式理性单向度发展的结果。波德莱尔笔

① [法]波德莱尔著,郭宏安译:《恶之花》,上海:上海译文出版社2008年版,第142~143页。

下的人处于“牢房”、“铁栅”中的现代性生存境域，是波德莱尔在现代性社会中生存的基本经验，只不过他用诗的形式加以表达。尽管韦伯和波德莱尔对现代性的认识各自切入点不同，但是他们对现代性发展结果的认识还是存在一致性的。《忧郁之四》一诗通过形象化的语言彰显了人被困住的那种压抑的状态。

“厌倦”构成了《恶之花》文本中诗歌的一个基本主题。诗人波德莱尔的审美现代性强调追求“新奇”与“时尚”，这是他突破“厌倦”生活的重要途径。波德莱尔对“新奇”的理解还是基于对现代性的认识基础之上，弗里斯比认为，其重点放在现在的“新奇”之处，甚至到了将现代性等同于新奇事物的程度。依据弗里斯比的理解，“新奇”就表现在追求“过渡”、“短暂”、“偶然”。波德莱尔认为，“时尚”就是“新奇”之美，“时尚”是一个延续不断的平庸化过程。在《恶之花》文本中，波德莱尔安排了一个命名为“酒”的篇章，这样安排是基于《恶之花》的诗歌内在意向性结构而设计的。在《恶之花》文本中，“忧郁和理想”篇中呈现的是现实与理想的纠葛让诗人无法解脱，分裂的痛苦困扰着诗人，这是描述诗人所处资本主义合理化发展中的生存状况和生存经验；“巴黎风貌”篇以现代都市巴黎作为具象表现启蒙现代性的“丰功伟绩”，其中隐含着启蒙现代性对现代都市人的社会关系、经济关系以及思想文化状况的深刻影响和宰制性控制，通过对空间现代性的描述，为现代都市人限定了存在之场景和生存之境域；“酒”篇承接了“忧郁和理想”篇、“巴黎风貌”篇的诗之意向结构发展，呈现出了诗人营造“人造天堂”的愿景，通过醉酒产生的眩晕表现出“新奇”的意象，并以此达到对“厌倦”的克服。在波德莱尔笔下，“酒”和“新奇”存在着一种内在关系，“酒”是通向“新奇”的一条路径，因为酒之醉的境界正是“新奇”世界的一种表现，在一定意义上“醉”中的幻想和眩晕正是“新奇”的感觉。

罗兰·巴特关于“新奇”与“醉”提出了较为新颖的看法，他认为在一定意义上“新奇”就是“醉”，就是热衷于例外，新奇之物就是对不言而喻之物的抛弃。巴特所指的“醉”当然不仅仅限于波德莱尔笔下的“酒醉”，“醉”描述的是对习以为常和平庸事物的一种反抗——通过新奇和眩晕而展开。在波德莱尔看来，酒是营造“人造天堂”的一条可能性途径，并为此专门撰写了《论酒与印度大麻——作为个性扩张的途径之比较》一文，在文中他用诗意化的语言描写了酒之形象与功效。“酒的景象在内在的阳光的照耀下是多么阔大！人在它身上吸取的第二青春是多么真实和炽热！然而，它那令人震骇的快感和难以承受的魔力又是多么可怕。”① 在这里，波德莱尔用诗的语言对酒导致人产生“新奇”感觉展开了相应的描述，“酒”为人类建造了一个不同于现代性社会都市人生存境况的另一个“新奇”的天堂。波德莱尔通过“酒”建造了“新奇”世界，这就隐含着他对现代性社会平庸与厌倦的突破意图。波德莱尔认为，酒在消除现代人的麻木方面有着积极的功效：“有些人，其酒的消除麻木的力量非常大，他们的腿因此变得更加有力，耳朵变得非常精细。我认识一个人，他那已经衰弱的视力在醉酒的时候重新获得最初的穿透力。酒使鼹鼠变成鹰。”② 这是酒使人在生理上可能产生的感觉，波德莱尔在《现代生活的画家》中谈论现代性时曾经说过类似的话：“儿童看什么是新鲜的，他总是醉醺醺的。儿童专心致志于形式和色彩时所感到的快乐比什么都更像人们所说的灵感。我敢再进一步，我敢断言灵感与充血有某种关系，任何崇高的思想都伴有一种神经的或强或弱的震动，这种震动一直波及小脑。”③ 而这段话正是描述画家居伊在都市人群中寻找现代性的那种心理状态和意识样态，只有在这种状态中才能把握现代性事物的本质。因此，在一定意义上，现代性在波德莱尔眼中就是“新奇”之美。

在《恶之花》文本中，“酒”篇的诗篇命名说明了作者波德莱尔的一种考虑，即酒和醉的联系。在“酒”篇中，共包括5首诗歌，诗歌题目分别为：《酒魂》、《醉酒的拾破烂者》、《醉酒的凶手》、《醉酒的孤独者》以及《醉酒的情侣》。除了《酒魂》一诗作为对“酒”篇的诗之境界的总体描述之外，其他4篇都将“醉酒”嵌入题目，这是基于对“醉酒”后幻化出的新奇想象空间的一种命名。

在《酒魂》一诗中，诗人描述了酒对人产生的功效和意义：

---

① ［法］波德莱尔著，郭宏安译：《人造天堂》，上海：上海文艺出版社2011年版，第4页。

② ［法］波德莱尔著，郭宏安译：《人造天堂》，上海：上海文艺出版社2011年版，第13页。

③ ［法］波德莱尔著，郭宏安译：《波德莱尔美学论文选》，北京：人民文学出版社2008年版，第436页。

我让你欣喜的妻眉眼光泽，
我让你儿子有力量，容光焕发，
对于这生存之孱弱的竞技者，
我就是油，让角斗士筋肉发达。

我这植物琼浆在你体内落下，
永远的播种者（指上帝）播下的好种子，
好让诗从我们的爱情中发芽，
如一朵稀世之花向上帝显示！①

诗歌中的“孱弱的竞技者”是指谁？在波德莱尔眼中不仅是指诗人之子，还是对处于现代生活中的都市人的另一种命名。这种命名具有一种本质性的要求，即作为现代都市人孱弱本质性品格的确证之诉求。现代都市人的“孱弱”不仅仅是生理上的界定，更应是精神上的解说。波德莱尔在这里描绘的是现代都市人因“厌倦”的生存经验而导致的精神日益萎缩现象，“酒”以“醉”之“新奇”的想象世界诊治现代都市的“厌倦”之病。波德莱尔关于“新奇”的解释散落于其有关的散文、评论性文章之中，而诗集《恶之花》中的“酒”之诗正是通向“新奇”之境的途径之一。波德莱尔通过“酒醉”建构了一个“人造天堂”，尽管这种想象世界是短暂性、瞬间性、过渡性的，但是这也是对抗启蒙现代性所导致的现代都市人的“厌倦”和“忧郁”的有力武器。

综观《恶之花》文本，其通过“酒”之诗的形象化语言和诗化意境在一定程度上阐发了波德莱尔有关“新奇”的理论语言，同时，《恶之花》文本中的“新奇”和“厌倦”之矛盾冲突也得到了相应的呈现。

概言之，《恶之花》的现代性张力主要体现在时间张力和空间张力，这是从宏观的角度分析审美现代性之张力，而审美现代性张力的基本要素主要体现为“‘恶’与‘美’之辩”和“‘新奇’与‘厌倦’之对抗”两

① ［法］波德莱尔著，郭宏安译：《恶之花》，上海：上海译文出版社2008年版，第212页。

个层面。《恶之花》的审美现代性自身存在着矛盾冲突，并体现在相应的张力要素结构上，《恶之花》的审美现代性也对抗所处时代的启蒙现代性，这是对启蒙现代性的反叛以及对启蒙现代性所导致的不良结果进行反思性的诊治，以期达到“审美救赎”。《恶之花》文本中所蕴含的张力矛盾无处不在，这或许正是它对现代性悖论的一种积极回应。

下编　历史坐标中的《恶之花》

第七章

《恶之花》的价值透视

这一时期作为审美观照和艺术处理对象的丑，主要是形式丑，其处理方式是按照和谐的原则化丑为美"[①]。在这个时期，排斥丑、规避丑、忽视丑是古典美学时期的总体性特点，丑对美的依附性依然是关于丑的认识的主要代表观念，作为范畴的丑的独立性地位依然不明。

近代以来，丑的问题日益得到关注。休谟认为事物本身无所谓美丑，对美丑的判断主要是由人的主观感受决定的，每个人都有判断美丑的能力。休谟提到"丑是自然倾向乃是产生不快，因此，快乐和痛苦不但是美和丑的必然伴随物，而且还构成它们的本质"[②]。休谟将人的感受作为丑的判断标准以及将痛苦作为丑之本质的界定，对审丑论的发展具有重要意义。博克认为"丑与崇高之间有某种一致性，丑本身不一定崇高，但丑和引起强烈恐怖的那些性质结合在一起，它会显得崇高"[③]。按照博克的理解，丑成了崇高的研究对象并获得了独立的审美价值，相对于以前对丑的认识，博克对丑的观点达到了一个新的高度。

18 世纪美学作为一门学科由鲍姆嘉通创立，鲍姆嘉通将美规范为感性认识本身的完善，丑只是作为审美对象而存在。康德并未直接谈丑，但是他将丑置于"崇高"范畴里论述，通过对崇高的分析，探讨了不快感向快感转化的审美现象。"崇高情绪的质是：一种不愉快感……于是对象将作为崇高而用愉快来欣赏，这愉快却是由不愉快的媒介才可能的。"[④] 崇高作为独立的审美范畴，在一定意义上是丑和美之间的过渡，正如鲍桑葵所说，康德对崇高的论述是把表面上的丑带进美的领域中，这具有重要的意义，因为康德的"崇高"是美与丑之间一个重要的关键性概念，这对于丑在后来上升为概念具有重要的理论意义。鲍姆嘉通肯定了康德将丑作为崇高研究范畴的重要作用，但是康德并未确立丑作为范畴的概念。

19 世纪以来，在文学创作中丑得到了极大关注，以美为尊、以丑化美的观点原则受到了冲击。例如，雨果在《巴黎圣母院》中塑造了外貌丑陋

---

① 王庆卫著：《丑的轨迹——理性视域中的非理性变奏》，北京：中国社会科学出版社 2006 年版，第 35 页。

② ［英］休谟著，关文运译：《人性论》，北京：商务印书馆 1983 年版，第 334 页。

③ 朱光潜著：《西方美学史》，北京：人民文学出版社 2004 年版，第 239 页。

④ ［德］康德著，宗白华译：《判断力批判》（上册），上海：商务印书馆 1964 年版，第 99 ~ 100 页。

而内心美好的卡西莫多和外形道貌岸然而内心虚伪无比的弗比斯形象，美与丑的形象形成了鲜明对比。而在《欧那尼》中，雨果将崇高与卑下、美与丑等各种对立的东西并举，形成了充满冲突的戏剧场面。备受波德莱尔关注的画家德拉克洛瓦以人类的灾害和苦难作为创作主题，并在画作中渗透他的忧郁本质，正如波德莱尔所说："那种特殊的、顽固的忧郁，它从他的每一幅作品中散发出来。"[①] 如在《十字军进入君士坦丁堡》中头发下垂、跪倒在地的女人，展现了深刻的忧郁和痛苦；再如《希奥岛的屠杀》中的老妇人，忧郁似乎正从她的皱纹中慢慢渗出。"他笔下的女人几乎都是有病的，蕴含着某种内在的美。"[②] 波德莱尔如此评价德拉克洛瓦。从近代开始，在文学中丑的魅力引起了人们的广泛关注。但是，关于丑在艺术中的表现还依然遵循着化丑为美这一基本原则。

通过上述简单梳理，我们发现在审美思想史中，对于丑的认识历经一个变化发展的过程，即由丑作为美的衬托发展到丑作为审美的对象，但是作为范畴或者形态上的丑依然没有得到建构，"以丑化美"的原则依然是对丑的主要审美观念，对审美贵族化的追求排除了对丑的独立思考。

《恶之花》诗集于1857年出版，波德莱尔为世人展现了他对丑的全新思考，他摒弃了传统美学对丑的观念，赋予丑以独立性。在波德莱尔看来，丑不再是仅仅作为审美对象，或者是映衬美的对应物，而是在一定意义上将审丑提升到建构丑学的高度。在《恶之花》文本中审丑并不是关于丑的抽象思考，而是对丑进行形象化和意象化的创作，这一方面反映他的审丑论是建立在其审美现代性的观念和思想基础之上，即从短暂、过渡、偶然中发现"新奇"之美，另一方面折射出他的审丑论是对启蒙现代性否定性结果的"审美救赎"。

《恶之花》文本中的绝大多数诗篇并不是描写现实生活中的美，而是挖掘现实生活中的丑甚至恶，这与传统美学中艺术美对现实美的模仿或者彰显的旨趣迥异。在《恶之花》文本中，美是从丑和恶中提炼出来的，从某种意义上表现出了丑对美的存在的优先权。在波德莱尔的现代性观念

---

① ［法］波德莱尔著，郭宏安译：《波德莱尔美学论文选》，北京：人民文学出版社2008年版，第217页

② ［法］波德莱尔著，郭宏安译：《波德莱尔美学论文选》，北京：人民文学出版社2008年版，第217页。

中，他的创作不仅要面对美的事物，而且更关注现代社会的本质，即使这种本质表现为丑或恶。

在审美思想史的视域下审视《恶之花》文本中审丑论的价值意义，我们可以发现主要表现在以下两个方面：

一、丑的范畴之建构

按照逻辑学上对范畴的理解，要成为范畴必须具备两个基本条件：一是从外延层面来说，能成为范畴其外延必须具有最大的普遍性；二是从内涵层面而言，能成为范畴其必须反映出客观事物内部的普遍联系，即必须体现客观事物的内在规律。从这个角度而言，《恶之花》文本中的审丑论之丑在一定程度上就具备了上面两个条件，因此可以说波德莱尔关于丑的论述与阐发就是范畴意义上的。

从《恶之花》文本中所蕴含之丑的思想来看，《恶之花》诗集中既有对自然之丑的高声歌唱，又有对社会之丑的窃窃私语，还有对人性之丑的低吟浅唱。自然之丑在《恶之花》诗集中作为诗歌之宏观背景，为诗歌之意绪建构了丑之场景，如《忧郁之四》一诗中，“低垂的天空”、“黑色的黎明”、“密麻麻的雨丝”，这些丑之意象为诗歌奠定了情感基调；又如《唐·璜下地狱》一诗中的“地下的河”、“黑漆漆的天空”、“直挺挺的石头”、“黑色的波浪”，丑陋的自然为唐·璜下地狱铺设了沿路风景；再如《腐尸》一诗中的“碎石”、“嗡嗡苍蝇”、“蠕动的蛆”、“粘稠的液体”，丑恶之物与“腐尸”相互映衬，诗中丑之意绪无限蔓延。在《恶之花》文本中自然之丑不胜枚举，这些形象和意象充分体现了诗歌的丑之境域以及丑之生存体验，但是通过对自然之丑的择取和提炼，诗歌之深刻穿透力让读者感受到了恶心中的清醒以及逃避中的直视。

《恶之花》文本对社会之丑也给予了大量的描述：懒惰的“坏修士”(《坏修士》)、淫荡的“女巨人”(《女巨人》)、可怕的“犹太女”(《某夜我在可怕的犹太女身旁》)、癫狂的“魔鬼附身者”(《魔鬼附身者》)、“快乐的死者”(《快乐的死者》)、痛苦的“自惩者”(《自惩者》)、穷困潦倒的“老头子”(《七个老头子》)、敏捷的“小老太婆”(《小老太婆》)、孤独而行的“盲人”(《盲人》)、贫苦的“骷髅农夫”(《骷髅农夫》)、“醉酒的拾破烂者”（《醉酒的拾破烂者》）、“醉酒的凶手”（《醉酒的凶手》）、“醉酒的孤独者”（《醉酒的孤独者》）、“被杀的女人”（《被杀的女人》）、“被诅咒的女人”（《被诅咒的女人》）……在波德莱尔笔下，诗歌中这一系列“另类”人群，以丑之形象或意象呈现于诗中，这是丑的约会，也是丑的集合，社会之丑在这类人群身上得到了极大的凸显。通过社会之丑的形象描述，让人历经恶心和痛苦的审丑之旅，同时也让人透过丑之形象和意象，触及社会存在和人之存在的某种客观现实性。社会之丑绽开的花朵依然艳丽多彩，摇曳的背后隐含着对现代性社会的拷问，以及对现代性社会的批判。

波德莱尔历经对自然之丑与社会之丑的清醒追问和诗意化描述后，笔墨最终触及了人性之丑。对波德莱尔而言，人对美的追求固然是一种审美倾向，但审丑未尝不是人生中的体悟，于是他对人性的思考为审丑展开了另一种场景：“谬误”、“罪孽”、“吝啬”、“愚蒙”、“怯懦”为人之精神中一种另类本质性存在，无法消除（《告读者》）；“厌倦”与“憎恨”同行，“仇恨”与“无聊”相伴（《祝福》）；“懒散”的女人背负着“懒惰”袅袅娜娜地行走着（《舞蛇》）；诗人向快活的天使追问“焦灼”、“羞愧”、“悔恨”、“哭泣”、“无聊”、“恨怨”、“恐惧”、“苦恼”为何物，天使却无言相告（《通功》）；“我们能否消除不宽容的悔恨？”诗人自问（《不可救药的》）；苍白的“悔恨”之桶、发狂的复仇“欲念”纠缠于诗人心底，久久不曾散去（《恨之桶》）……诗人波德莱尔在《恶之花》诗集中进行了人性之丑的巡礼，冷峻的目光检视了另一类人性之本真品性，而这些品性无法根除，也无法掩盖，只能勇于直视它们的共舞，这或许就是人之生存的另一种本质性内涵所要求的。

在《恶之花》文本中，丑无处不在，丑因构成人性的另一种底色而秉有了相应的普遍性，在这个意义上，《恶之花》对丑的思考，似乎将丑逐步逼向本体论意义上的思考。丑是人性中的另一种根基，这不仅是价值意义上的体现，更是存在意义上的彰显；丑也不仅是对现代性社会的另一种抒写，而更是时间为人类留下的另一种涂抹。正如栾栋所言：“丑的本质也是人类秉性中终极的标志之一，而且是人类精华之一种。”[①]《恶之花》中对丑的认识尽管没有达到如此高度，但是其所蕴含的丑之思想正朝着这个方向逼近，我们也能感受到其中蕴含着的某些旨趣。

《恶之花》诗集中所彰显的审丑论对“丑”的地位进行了重新审视，其中“丑”并不是作为美学上的具体审美对象而存在，而是以自己的独立性向世人展现，在这个意义上，“丑”是对“美”的一种超越。概要地说，《恶之花》之审丑，将丑建构为范畴，这在一定意义上为丑挖掘出自身合法性的基础。

二、丑对抗美之彰显

在人类审美思想史的发展进程中，在很长一段时期内丑作为美的附属而存在，在审美活动中接受着“以丑化美”的艺术改造，对“美”的追求与追问构成审美的主色调。古希腊罗马美学时期对“美”的推崇，为建构和谐之美揭开了序幕，如毕达哥拉斯将世界始基建于“数”之上，追求秩序、对称以及匀称、和谐。柏拉图以美是理念的模仿展开对美之思考，为美的根源找到了超越性的解释。亚里士多德以现实事物的秩序、匀称明确界说美之形式，这将美的根源置于现实物质世界之中。朗吉努斯心系“崇高”，对审美的范畴展开了一种新的探索。普罗丁从神学的彼岸为此岸之美找到了根据，但是美之理念学说依然余晖未尽。

人类审美历史发展到中世纪，尽管审美处于神学的烛照之下，但是对美的分析和思考依然没有减弱。奥古斯丁将对美之本质归于上帝之本质，认为上帝是绝对美和无限美，是一切美的源泉和创造者。文艺复兴时期对美的思考历经人文洗礼摆脱了神学的桎梏，将美从天国拉回人间，重视现实生活之美，崇尚自然之美和人之美，这个时期对美的思考与美的创作紧密联系，在艺术实践中强化了对美的认识，如薄伽丘于《十日谈》中对人性之美与自然之美的发现和肯定，达·芬奇关于文艺的“镜子”说阐发了文艺对自然的模仿和对现实的再现。

---

① 栾栋著：《感性学发微——美学与丑学的合题》，北京：商务印书馆1999年版，第33页。

进入 17 世纪，理性主义美学和经验主义美学的争论将对美之本质问题的探讨拉入认识论的领域，为美学作为一门学科的建制作了相应的理论准备。理性主义美学推崇理性，贬低感性，如布瓦罗的文艺之美来源于理性所给出的论断，将美的本质建基于理性之上，提倡制定文艺创作合乎理性的不变之法。莱布尼茨依然坚信美的本质在于和谐，美的创造来源于上帝，神学趣味时隐时现。经验主义美学立足于经验主义哲学，抛弃了神学美学的观念，把人的审美经验或者审美意识作为研究的主要对象，提出了美感、想象和审美趣味等美学命题和概念，力图从主体的生理和心理层面揭示审美意识的结构和特征，从而把握美的规律。培根认为美是自然的客观属性，强调美的整体性。哈奇生提出绝对美和相对美的区分：绝对美是指对象本身感受的美，相对美是以摹本与蓝本之间的符合或一致为基础的美，是通过对摹本与蓝本之间的比较而认识到的美，即比较美。他说："比较美或相对美也是从对象中认识到的，但一般把这对象看作另一事物的摹本或与另一事物相类似。"① 休谟否定美学的客观性，取消了美的客观标准，并将想象纳入美学，其美学思想蹈入相对主义。博克从生理学和心理学角度解释审美现象，认为美学的趣味标准在于人的感官生理结构之中，将崇高与美相区分，这对美学的发展具有重要意义。他认为："凡是能以某种方式适宜于引起苦痛或观念的事物，即凡是能以某种方式令人恐怖的、涉及可恐怖的对象的，或是类似恐怖那样发挥作用的事物，就是崇高的一个来源。"②

18 世纪启蒙时期的美学反对唯心主义美学和古典主义美学的陈腐教条，将唯物主义美学推向了一个新的阶段。伏尔泰从艺术的审美角度阐述其美学思想，他反对美的效用说，厌恶对美的理性思考，主张美的相对性；关于"美学趣味"的观点是其美学思想中的重要内容，其认为审美趣味包含了主观因素和客观内容。卢梭认为追求真正的美，需要具备相应的能力，审美是无功利的。狄德罗提出了"美在关系说"，认为美是客观事物的一种性质，并存在着主观认识上的美和客观事物的美。狄德罗在事物和现象的相互关系中去认识和把握美，这对美学的发展具有积极的意义。

---

① 北京大学哲学系美学教研室编：《西方美学家论美和美感》，北京：商务印书馆 1980 年版，第 178 页。

② 朱光潜著：《西方美学史》，北京：人民文学出版社 2004 年版，第 237 页。

鲍姆嘉通立足于人之感性，创立了美学学科，提出了美是感性认识的学科理论观点，其认为美是关于自由艺术的理论，是一种低级认识论，是关于美的思维艺术。鲍姆嘉通创建的美学学科，具有认识论和艺术哲学理论的双重性质。

18 世纪末到 19 世纪初，美学在德国得到了蓬勃发展。康德提出了审美判断四契机学说，其主要从质、量、关系以及方式四个层面来阐述其关于美的认识：从质的方面上说，美是无利害的快感，因而是主观的；从量的方面来看，审美判断是非概念式的，但又具有普遍性；从关系上看，审美判断没有目的，但又具有合目的性；从方式上看，审美判断不但具有可能性、现实性，而且还要求必然性。康德以二律悖反的方式阐述出其关于审美判断的观念和理论。康德又着重分析了“崇高”，提出了数学上的崇高与力学上的崇高，此外还提出了包括艺术的特征、天才、审美意象和艺术创作的艺术理论。席勒认为美的概念源于人的人性，并提出了审美游戏说，即美是游戏冲动的对象。黑格尔提出“美是理念的感性显现”的观点，并从自然美、艺术美、艺术美的创作以及艺术美的发展历史多个角度建构了其美学理论体系，黑格尔美学标志着西方古典美学的完成，其在美学史上具有重要意义。

上面对美学的发展史作了一番简单的梳理，目的在于检视“美”在美学发展史中的地位问题。无论在本体论美学还是在认识论美学，也无论在经验主义美学还是理性主义美学，美都处于审美研究的中心地位，在美学学科创建前是如此，在创建后的一段时期内也莫不如是。依照康德对美学的理解，其提出的“判断力”（美学）正是沟通纯粹理性与实践理性的中介；鲍姆嘉通创制美学学科的意图，正是要建立被理性认识忽略的感性认识的完善的学科，即美学。从康德和鲍姆嘉通的理解可以看出，美学学科研究的是感性层面的学问，感性层面不能完全用“美”来涵盖。从博克的“崇高”之论到康德的“崇高”之说，尽管这样的美学研究在一定程度上超越了“美”的内涵，但这依然是在审美的整体框架下的思考，审美的主导依然围绕着“美”进行。鲍姆嘉通将“Aestheticae”译为“感性学”，其主要研究的对象依然是美或艺术中的美。概言之，美学作为一门学科，其研究的重心是“美”，审美处于“感性学”学科的完全绝对的主导地位，审美一脉独张。审丑思想的发展之路，依然是蜿蜒曲折的。人类对美的追求固然是人之生存的一种表征，但是，对丑的体悟未尝不是一种人之生存的本真状态。

《恶之花》文本中的审丑思想，正是为审美发展史中审美贵族化倾向或者美学的偏颇提供一种审视的视角。具体到《恶之花》文本中的审丑论，这种检测视角一方面包括对丑的范畴建制；另一方面《恶之花》文本中的新奇之美以及瞬间之美正是对传统美学的和谐之美以及永恒之美的反动，其中新奇之美与瞬间之美在一定程度上其实就是审丑。在波德莱尔有关“美”的论说中，在一定意义上，更多的是对“丑”的关注。波德莱尔说：“美总是怪的。我不是说它之古怪是自愿的、冷漠的，如果这样的话，它将是一个脱离生活轨道的怪物；我是说，它总是包含着一点儿古怪，天真的、无意的、不自觉的古怪，正是这古怪使它成为美”，“这种古怪的成分组成并决定了个性，而没有个性，就没有美”①。波德莱尔在这里以“古怪”言美，正是用丑来规范美之为美，美在丑这里找到了自身的依据。波德莱尔又说：“我发现了美的定义——我心中的美。美是某种热情而凄惨的东西，它有点朦胧，让人猜想。”② 波德莱尔在这里以“凄惨”入“美”，这绝不是和谐美所追求之美了，“凄惨”为“丑”的具体解说，丑依然是波德莱尔界定美的基石。波德莱尔继续着他以“丑”规范“美”的发言：“我并不认为快乐不能与美联系在一起，而是说快乐是美最庸俗的点缀之一；而忧郁可以说是美最杰出的伙伴，以至于我无法想象一种没有不幸的美。”“人们设想我很难不得出这样的结论：最美的男性是撒旦——弥尔顿笔下的撒旦。”③ 传统美学中“快乐”是审美的重要的美感经验，而在波德莱尔的观念中，“快乐”是最庸俗的美，而“忧郁”是美的最主要的表现，《恶之花》文本正是波德莱尔这种观念在诗歌创作中的具体实践。在波德莱尔看来，“不幸”正是构成“美”的前提条件，或者说包含着“不幸”正是“美”之所以称为“美”的原因。

---

① ［法］波德莱尔著，郭宏安译：《波德莱尔美学论文选》，北京：人民文学出版社2008年版，第327页。

② ［法］波德莱尔著，张晓玲译：《私密日记》，长沙：湖南文艺出版社2007年版，第76页。

③ ［法］波德莱尔著，张晓玲译：《私密日记》，长沙：湖南文艺出版社2007年版，第77页。

波德莱尔在《我心赤裸》一文论述女人迷人而美丽的神态时，认为主要有“厌倦”、“厌烦”、“任性”、“轻率”、“恶毒”、“无耻”、“病态”、“冷漠”以及“柔美、幼稚、漫不经心和狡诈相混”① 等神态之美，这些构成美的要素竟然是如此之“丑”，在这里以丑来规范美的审美观念（或者应该说是审丑观念）再次得到了彰显。波德莱尔上述对“美”的认识，其本质是以审丑代替了审美，通过审丑感受人之生存的深度与广度。

波德莱尔以丑对抗美，用审丑审视审美，这奠定了丑的基础性地位，是对审美思想发展过程中以“美”作为研究中心的美学观念和美学思想的反抗与纠正，也在一定意义上为感性学的发展开启了另一极重要的领域，甚至对丑学的建构也是一种理论准备。

第二节　应和论的价值意义

按照《恶之花》诗歌的内在结构，第一篇名为“忧郁和理想”，在这个部分描述的是现代人在现代社会中的基本生存经验与理想的对抗冲突，波德莱尔将现代人这种生存经验概括为“忧郁”，而在对“理想”的描述中突出了对“自然”的关注，并且在这个“自然”中渗透了其本人的宗教意绪、神秘主义思想以及应和论等相关观念和思想。关于波德莱尔的宗教意绪在《恶之花》文本中主要表现为对宗教人物形象在诗歌中的重新建构，而在神秘主义和应和论方面，受到傅立叶的“相似论”和斯威登堡的应和理论影响较大，正如波德莱尔在谈到斯威登堡时提到：“斯威登堡早就教导我们说天是一个很伟大的人，一切，形式，运动，数，颜色，芳香，在精神上如同在自然上，都是有意味的，相互的，交流的，应和的。”②

关于应和论，波德莱尔在不同的评论性文章中都有阐述。例如，波德

---

① ［法］波德莱尔著，张晓玲译：《私密日记》，长沙：湖南文艺出版社 2007 年版，第 79 页。

② ［法］波德莱尔著，郭宏安译：《波德莱尔美学论文选》，北京：人民文学出版社 2008 年版，第 89 页。

莱尔在谈论到霍夫曼时，尤其认同霍夫曼的这句话："不仅仅在梦中，在睡眠之前的轻微的幻觉中，而且也在醒着的时候，当我听见音乐的时候，我就发现颜色、声音和香味之间有一种类比性和隐秘的融合。我觉得所有这些东西都产生于同一条光线，它们应该汇聚在一种美妙的合奏之中。褐色和红色的金盏花的气味尤其对我有一种神奇的效果。它使我陷入深深的梦幻之中，于是我就仿佛听见了远处有双簧管庄严而深沉的声音。"霍夫曼描述了感官感觉在某种特定氛围下的相通性和相互转化性，对此波德莱尔深表赞同。此外，爱伦·坡的作品隐含着的"某种数学与神秘主义相结合的学说"，这也对波德莱尔产生了极大的影响。

波德莱尔的应和论吸收了傅立叶的"相似论"和斯威登堡的应和理论，同时还受到了爱伦·坡的影响。波德莱尔的应和论在横向方面强调感官之感觉的相互转化性，在纵向方面注重具象与抽象之沟通、物质世界与精神世界之交流、形而下与形而上之对话。在《恶之花》文本中，应和论主要通过对自然的诗意描写，打通主体感官生理局限，通过感觉之间的相互转化形成一种境界。波德莱尔在有关评论中谈到艺术自主性问题时，对模仿自然的创作方式给予了贬斥，但应和论中的"自然"和谈论艺术自主性时涉及的"自然"这两者应该不能等同，前者中的"自然"内部隐含着另一个更为本真和神秘的世界，而后者中的"自然"则是作为与主体相对立的客体"自然"，诗人与前者"自然"之间是一种存在关系，而与后者"自然"之间则是一种认知关系。

波德莱尔之说驳斥艺术对自然的模仿，主要是对那种机械复制自然界的模仿。《恶之花》文本中的应和论主要体现在《应和》、《高翔远举》等诗篇中，如《高翔远举》一诗最后一节描写到："他的思想就像那百灵鸟一般，在清晨自由自在地冲向苍穹，——翱翔在生活之上，轻易地听懂/花儿以及无声的万物的语言。"① 在这里凸显的是波德莱尔的纵向应和论，"思想"听懂"花儿以及无声的万物的语言"，通过"无形"（思想）与"有形"（"花儿"、"万物"）之间的沟通，从而到达无声"语言"之境，这说明"思想"通过"花儿"、"万物"等具象能发觉隐含在其后的另一

① ［法］波德莱尔著，郭宏安译：《恶之花》，上海：上海译文出版社2008年版，第14页。

个神秘世界。

关于波德莱尔的应和论，通常学界一方面从修辞手法的角度去理解，并与模仿论并举，从而给予相应的阐发；另一方面也比较关注应和论对象征主义的影响。从修辞手法的维度上看，应和论突破了雄踞文艺创作中几千年的模仿说，强调对象征、隐喻、暗喻等手法的综合运用，注重相似性，以此达到意义模糊化和多元化，以及主体感觉的微妙化甚至神秘化。依据波德莱尔的观点，“自然是一本巨大的词典”，它是“另一个世界”的象形。艺术作品（包括诗）不应仅仅局限于描绘现实的细节，而应该在外部自然中选取独特意象，经由想象力的发挥以及技巧的运用，将这些意象进行艺术变形或改造，通过一种“难以察觉的独创性”表达抽象的精神。因此，从这个意义上说，波德莱尔的应和论对推进艺术创作的修辞手法的创新是有积极意义的。波德莱尔的应和论对象征主义也产生了巨大影响，尤其对象征主义中的魏尔伦、兰波、马拉美等人的影响可谓深刻。

将《恶之花》文本中的应和论作为创作修辞手法来理解，这是波德莱尔应和论一个层面上的意义，另一个更根本的意义在于其具有哲学上的世界观意义。这种哲学层面上的世界观主要是指诗人要追寻隐含在自然背后的另一个具有超越性的本真世界的生存姿态，在这个生存姿态中诗人透过自然加以感受和体悟，并领会那个意义世界。从这个意义上讲，《恶之花》中所表现出来的应和论不应只局限于从创作修辞手法上来加以理解，因为如果仅仅理解为修辞手法，那么对诗歌的把握就会只集中在诗所营造的氛围上，而不会进一步去领会那个藏在背后的意义世界。因此，我们认为，《恶之花》文本中的应和论的价值意义就在于哲学意义的世界观之彰显。对于波德莱尔来说，其在《应和》一诗中通过诗意的语言思考意义世界，这里诗与思相遇，就涉及应和论的另一个重要价值意义问题。综观《恶之花》诗集，通过对感性具象的描写上升到超感性意义世界的诗歌并不多，《应和》和《高翔远举》则是其中的例外，在这两首诗歌中呈现了诗与思。

诗与思，这是海德格尔追问存在之意义的重要问题，其后期的哲学思想就是通过诗化的语言展开运思。波德莱尔的《应和》和《高翔远举》两首诗歌以诗的形式运思——追寻意义世界，诗与思在诗歌中相遇。在海德格尔后期的诗化哲学中，他是如何思考诗之问题？海德格尔说：“‘诗歌’可以意指：一般而言的诗歌，适合于世界文学中全部诗歌的诗歌概念。但是，‘诗歌’也可以意味着那种别具一格的诗歌，其标志是，只有它才命运性地与我们相关涉，因为它诗意地表达出我们本身，诗意地表达出我们处身于其中的命运——无论我们是否知晓这种命运，无论我们是否做好了准备去顺应这种命运。”① 海德格尔在这里将诗歌分为两种：一是通常意义上的诗歌称谓，二是那些彰显存在之意义的诗歌。海德格尔对诗的思考与追问是针对第二种意义的诗歌。按照海德格尔对诗追问的思路，接下来的问题是诗如何彰显存在之意义？“在诗中，人被聚集到他的此在的根基上。人在其中达乎安定；当然不是达乎无所作为、空无心思的假宁静，而是达乎那种无限的安宁，在这种安宁中，一切力量和关联都是活跃的。”② 海德格尔在这里说的是让诗中的存在者的一切力量和关联都活跃起来。海德格尔接着又说道：“诗乃是存在的词语性创建。”③ 这句话是理解海德格尔关于诗之思考的关键性话语，按照海德格尔的理解，语言就是存在自身的显现，那么诗也就是存在的彰显。

思何为？海德格尔说：“思乃是那种行为，它从某个一向自行显现并且如何显示的东西那里让那个必须从显现者方面来道说的东西给出自身。思并非是一种关于作为客体的其物的表象，只有自然科学的言与思才是客观化的。”④ 海德格尔认为，思不是通常意义上的“思维”，而应该是先于“思维”这一概念的，思就是先于科学的对其自行显示者的应答，“思与存在归属统一，并且从此同一来共属一体”⑤。海德格尔在这里主要阐述的是：一方面未被思的东西以遮蔽的形式要求成为我们的本质，于是思进入我们并要求与我们契合；另一方面未被思的只有在我们的守护中获得存在的关照和维护，而思是我们对未被思的关照和维护的存在境域。在这个相

① ［德］海德格尔著，孙周兴译：《荷尔德林诗的阐释》，北京：商务印书馆2000年版，第228页。

② ［德］海德格尔著，孙周兴译：《荷尔德林诗的阐释》，北京：商务印书馆2000年版，第49页。

③ ［德］海德格尔著，孙周兴选编：《海德格尔选集》（上册），上海：上海三联书店1996年版，第45页。

④ ［德］海德格尔著，孙周兴选编：《海德格尔选集》（下册），上海：上海三联书店1996年版，第757页。

⑤ ［德］海德格尔著，孙周兴选编：《海德格尔选集》（上册），上海：上海三联书店1996年版，第650页。

互要求的过程中，存在与思统合一体，但双方又存在着彼此撑开的张力。

上面梳理了海德格尔关于诗与思的思想，现在回到波德莱尔的《应和》一诗，思考在何种意义可以呈现诗与思的对话。在《应和》一诗中，“庙宇”与“混沌深邃的统一体”是理解这首诗的关键所在。波德莱尔在关于“自然就是庙宇”之说中，将“自然”与“庙宇”联系，而“庙宇”或与宗教、或与神、或与神秘发生联系，在这里至少可以说明自然并非作为实体的自然而存在，即作为对象之自然，“自然”存在着某种非自然的神秘（因为庙宇或与宗教、或与神、或与神秘存在关系），自然在以“说话”的形式敞开着。沃林在谈到波德莱尔的通感时指出：“这样，通感试图大声疾呼，反对技术对周遭世界无休止的统治，从而取回与因为合理化的无情发展而被连根拔除了其最后根基的自然的关系。”[①] 依据沃林的理解，这里的“自然”是主客体未分化之前的自然，即源初的自然，这种意义上的自然与人处于一种源始的存在关系之中。

海德格尔认为，自然并不是作为对象而存在的自然界，其本性在于“涌动”、“生发”。海德格尔说：“里尔克认为自然为 Urgrund（即淳朴的基础）。因为它是那些存在物，即我们人的基础。这指出人比其他存在物更深地进入到了存在物的基础。自古以来，存在物的基础作为存在。”[②] 海德格尔在此言明的是“自然”就是“存在”之意。荷尔德林在《如当节日的时候》一诗中写道：“而从天穹高处直抵幽幽深渊/遵循牢不可破的法则，一如既往地/自然源于神圣的混沌，重新感受澎湃激情，那创造一切者。”[③] 海德格尔指出，荷尔德林一方面将“自然”称为“神圣”，另一方面又将“混沌”称为“神圣”（也就是“自然”），相对应地“自然”与“混沌”保持着本质关系。

在这里，比较海德格尔的“自然”、“混沌”和波德莱尔在《应和》一诗中写到的“自然”、“混沌深邃的统一体”，它们之间应该存在着某种

---

① ［美］理查德·沃林著，吴勇立、张亮译：《瓦尔特·本雅明：救赎美学》，南京：江苏人民出版社 2008 年版，第 240 页。

② ［德］海德格尔著，彭富春译：《诗·语言·思》，北京：文化艺术出版社 1991 年版，第 92 页。

③ ［德］海德格尔著，孙周兴译：《荷尔德林诗的阐释》，北京：商务印书馆 2000 年版，第 69 页。

亲缘关系。在《应和》一诗中的“自然”应该隐含海德格尔所说的“存在”的相关含义，“混沌深邃的统一体”也应该与“自然”保持相应的一致性，在一定意义上应该是一种等同关系。

通过对海德格尔与波德莱尔关于“自然”的对比性分析我们得出，《应和》一诗正如海德格尔所说之诗，即《应和》彰显了“自然”（存在），是以诗的形式道说出存在之意义。海德格尔认为思与存在是圆通的，思与诗在《应和》一诗中相遇。

张世英认为，对当前事物寻根问底的方式有两种，其中一种是“它要求把在场的现实事物与不在场的，然而也是现实的事物综合、结合、融合为一个相融的整体，因此，它所崇尚的把握方式是想象，而不是停滞于思维。这里所说的想象就指把当前在场的事物与不在场的现实事物综合为一个‘共时性’的整体能力。”① 依据这种观念，《应和》一诗正是运用诗歌的形式去运思。

海德格尔后期的诗化哲学中关注了天、地、神、人的圆舞，而在《应和》一诗中也存在着“庙宇”这样的意象，“神”（神秘）进入诗歌意义的世界之中。

《恶之花》文本中应和论的最根本的价值意义就体现在“诗”与“思”之间的对话上。在海德格尔之前，波德莱尔通过诗人的直觉洞悉到这一切，他从应和论这一直觉感悟方式出发，努力摆脱二元思维模式的传统逻辑定式，充分肯定感觉、幻觉等非理性因素在人们运思过程中的重要作用，并企图以此消除前观念和成见，达到思的还原，以期获得真实的认知。“诗”（或广义的艺术）将“思”还原到感性个体的生存领会之中，成为个体生存的解释方式和思维方式。应和论在重新肯定感性世界的同时，深藏着弥合感官世界与本体世界之边界的企图，它将这两个在人们观念中已经分裂开来的世界重新合拢，将它们看成一而二、二而一的统一世界，或者说将统一的整体世界看成一个难分难解的意义团，各种意义在这里彼此应和，一体难分。由于人的生存也参与了这种宇宙意义的大合唱，因此，人能感应到隐秘的存在意义。②

---

① 张世英著：《进入澄明之境》，北京：商务印书馆 1999 年版，第 106 ~ 107 页。

② 刘波：《〈应和〉与“应和论”》，《外国文学评论》2004 年第 3 期。

第八章

《恶之花》的启示

一部《恶之花》诗集，既彰显出审美现代性对抗启蒙现代性的同源性对抗，又显现出审美现代性内部的矛盾张力；既透显出对理想社会和本真世界的念念不忘，又折射出对物质和现象世界的沉沦迷恋。一部《恶之花》诗集，其中既有对丑恶的铺设排列，又有对美的理想追求；既有精神之恋的默契共鸣，又有情欲之念的排山倒海……此情此景的《恶之花》诗集之“存在”，向我们展示了怎样的一种真实？让我们在其中获得了怎样的一种启示？这些问题的提出既是对《恶之花》诗集的一种认知，也是对《恶之花》诗集的一种感悟。细数《恶之花》诗集所秉有的种种特征和品性，沉思《恶之花》诗集所蕴含的深层诗学旨趣，《恶之花》诗集对我们的启示应该包含以下六个维度：

第一节 在意识上，《恶之花》是审丑文艺的生发和扬厉

《恶之花》在意识上透显审丑之诗学旨趣，以丑入诗构建另类诗意空间和渲染另类诗意意绪，诗中丑之形象让人不忍直视，诗中丑之意象让人恶心难耐。一曲审丑之歌，低吟浅唱人生中的另类本真；一册审丑之诗集，呢喃细语文艺方外的他者存在。诗中扬丑开启文艺的他化之旅，纠正审美的偏颇。诗集《恶之花》，用丑之言语建构着审丑之场域，感悟着审丑之体性，彰显着审丑之意义，承载着审丑文艺的生发和扬厉。

一、建构审丑之场域

《恶之花》以现代性社会之丑入诗，塑造社会之丑的形象，其中既隐含着对资本主义理性精神追逐同一性和同质性的质疑和反思，又有对工具理性极端发展而导致的物化和异化现象的反驳和批判。《恶之花》以诗的形象和意象既彰显出社会之丑的各种具体面相，又聚集了社会之丑的症候性特征。《恶之花》直指人性，提取人性多样态中的丑之品性，描写人性之丑，这是对人性根基处的反思和追问，处于显性之善掩盖下的隐性之丑因诗而透显出本真面貌，无法遮掩，也无法逃避，因为这是人性本真的另

一面。《恶之花》用诗的言语道说着人性之丑的多样性和不可根除性，直视并反思人性之丑，这是诗集选择的诗学旨趣。自然之丑，展示出的是人类异己的力量，反映出的是对人类控制的异样景致，诗中对自然之丑的描述，正是对人与自然之间关系的再思考。《恶之花》通过诗歌形象和意象营造出审丑之场域，这是通过丑的聚合展现场域整体性的震撼力。《恶之花》是审丑的一个舞场，各种丑之形象粉墨登场，丑之意象肆意宣泄，这是一个审丑文艺的生发地。

二、感悟审丑之体性

《恶之花》塑造丑的形象和阐发丑的意象，其目的并不在于以丑写丑，而旨在追求对丑的本真感悟。丑是美的他者，也是善的反衬，但丑更是时间裂隙处的涂抹；审丑是人文的禁忌，也是审美的他在，但审丑更是人类根基处另类本真存在的描绘。在人类源始之初，丑并不关涉道德上的价值意义，它是人之存在的某种遮蔽，也是人之存在的另类存在样态。《恶之花》以审丑为诗学取向，是在对丑展开追问，丑为何在？丑为何物？这是纠结于诗集中的核心问题，对丑的形象和意象建构，不是在高扬嗜丑的大旗，而是在沉沦于丑中体悟丑的本真。避丑趋美，这是人类的美好愿景，也是文艺主流意向的诉求，但是与丑共舞未尝不是人类于终极处的关怀，也未尝不是文艺对人类的另一种许诺。《恶之花》对丑之体性的感悟，推动着审丑文艺的发展与演进。

三、彰显审丑之意义

《恶之花》无意为丑高唱赞歌，其展现丑之形象和意象，透显出生命底色的另一种色调，让人性之美之善有了另一维的参照。审丑的低沉与苦涩，让高扬的生命历经蛰伏和冬藏，“守拙”、“知愚”、“知耻”也可消除生命中的戾气。丑是存在的遮蔽，亦是“大道”的近邻，审丑是人之存在的另一种映照，也是对人类的一种忠实的守护。审丑修补人文与自然、神性的脐带，也为审美提供修正自身的良方。丑道是无情却有情，其蕴含的否定性力量，未尝不是人类进步的反推力。《恶之花》诗集中尽管展示着丑形、丑态以及丑意，但其也在另一个维度上诉说着审丑的意义。

《恶之花》开启了审美文艺的他者之维，同时也彰显了审丑文艺的生发和扬厉。

第二节 在创作上，《恶之花》是象征方法的凝练和凸显

《恶之花》呈现的诗意世界既是对现代性社会的面相形象化的提炼与掘取，又是对意义世界的诗意折射和显现，其摒弃“模仿”之说和“反映”之论，而对非理性情绪、情感以及精神的表达情有独钟。《恶之花》呈现了生与死的纠结、美与丑的缠绵，在另一个维度上也展现了一个“寓言”世界。其关注自然与人的内心世界的隐秘关联，象征方法成为创作上的不二法门。《恶之花》以象征的方法创建诗歌的言外之意和言外之旨，“应和”、“暗示”以及“音乐性”是其象征方法的主要圭臬。《恶之花》透显了“应和”之蕴，阐发了“暗示”之义以及营造了“音乐性”之韵。

一、透显“应和”之蕴

《恶之花》之应和，既注重器质感觉之间的水平对应，又重视经验与超验、具象与抽象之间的垂直对应。万物因相似性而相互通达，通过有形可见之物暗示出无形不可见之意义世界，具体表现在诗歌中则是理性世界与心灵世界互通有无，自然世界与超验世界窃窃私语。“可见”的世界在象征着、应和着、预示着那“不可见”的世界，神秘世界因具象世界的召唤而得以展现，人与自然不再相搏相斗，自然的涌动毫无保留地向人类呈现。寓言世界与神话世界因应和而不再不可领会和不可感知，生活地狱与艺术天堂不再隔河相望，此岸世界与彼岸世界也存有可通达的桥梁，诗歌与宗教互结连理。《恶之花》不是对现实生活的忠实反映，而是对神秘世界的形象化彰显，应和开启了万物之间锁闭的枷锁，万物之间因此变得和谐。《恶之花》中的应和是一种诗学方法和辞格，同时也是一种美学主张和世界观。

二、阐发“暗示”之义

《恶之花》之暗示，拒绝了直白语言的暴力，选择了语言的创造性意义，同时也表明了事物之间的类比或比喻失去了事物之间丰富的意义场域。暗示通过未加解释的象征呈现出事物的本真蕴义，穿透现实世界看到隐藏在理想世界中的本质。直接性、明晰化以及确定性不是暗示所需要的，暗示注重通过个体化的语言和曲折隐晦的形式化途径去感知超验世界的神秘和意义，同时也强调将对具象事物的聚焦转向对理想世界以及本体世界的透视，通过具体意象的暗示去感知普遍性的理想世界。《恶之花》中的“芳香”、“色彩”以及“回声”正是暗示的具体媒介，通过暗示，感受到的是词语活生生的气息，同时也聆听到未知世界的心灵话语，体会到神秘世界涌动着的神秘意义，从而穿过“象征的森林”抵达那万物应和的世界。

三、营造“音乐性”之韵

在《恶之花》中，音乐性是表现超验观念和神秘感觉的重要手段，诗集中的诗篇既注重音乐性的旋律和节奏感觉的营造，又注重诗人心灵音乐性的呈现，心灵的旋律、灵魂的音乐与诗歌的音乐性相应和着。诗歌的音乐性让诗歌形象和意象与诗人心灵产生了共振和共鸣，同时也让人之心灵感受到诗歌音乐性所象征的意义，即通过流淌的旋律通达那未知的意义世界和神秘世界。诗歌因音乐性而让诗意空灵，同时也让词语获得了含蓄性、模糊性以及暗示性。

《恶之花》因象征手法的运用而让诗意境界变得更加气韵生动，这里有自然的低声细语，也有神秘的到场，还有万物之间颤抖的感应，诗歌世界不再是词语直白、意义贫乏以及神性丧失的世界。应和诉说着万物之间的心有灵犀，暗示透显出默默无语的你情我愿，音乐性折射出万物意绪的低吟浅唱。《恶之花》因象征而让人性与神性有了某种沟通，亦让世俗与神圣有了照面的机会，是象征方法的凝练和凸显。

第三节 在思想上，《恶之花》是现代主义的溃疡和痼疾

《恶之花》以另类的诗歌旨趣反驳现代主义高扬，是现代主义土壤上生长出的一朵蕴含着异趣的凄美花朵，摇曳的并不是现代主义的丰功伟绩，而是现代主义的畸形与变态。诗集以丑与恶对抗着现代主义的美与善，也以堕落与沉沦质疑着现代主义的进步与繁荣。《恶之花》是现代主义发展中的一种病态结晶，也是现代主义演进中的一个溃疡病灶，显现出现代主义中的异化社会，质问并嘲弄着理性精神，追寻与探索着异域人生。《恶之花》在现代主义社会中得以孕育，却成为现代主义基因变异的畸形儿，以丑陋的面貌见证着现代主义的光鲜。

一、显现异化社会

《恶之花》不是渲染现代文明发展的如日中天，也不是赞扬科技主义的突飞猛进，而是透过进步与繁荣的面纱，描绘着价值意义的衰退、人性的分裂、物欲的横流、拜金主义的蔓延、人之异化的日益加剧、人之皈依的根据丧失。《恶之花》在诉说着现代人身处现代文明“荒原”中的悲苦情形：传统已逝，“返乡”之路已模糊，沉沦于现代文明中的自我出现了分裂，没有对未来的期许，蝇营狗苟的感性生活遮掩了人之存在的意义，人已成为现代性的片断和碎片，家园已经消失，如坠深渊的感觉日趋蔓延。现代人怀疑、忧虑、悲观的现代情绪也日益加剧。在《恶之花》的诗歌中，现代主义社会的丑陋得到了淋漓尽致的展现，这是为现代主义唱出的一段哀歌，异化社会的景观在诗歌形象和意象中逐渐走向前台，物化的世界与异化的人生在无声地诉说着现代主义的悼词。

二、质问理性精神

现代主义因理性精神的倡导而展现出现代社会物质文明的繁荣，合理

化原则的推广隐含着对普遍性的诉求：夷平社会的多样性，消除意义的多元性，主张同一性与同质性。《恶之花》以诗歌形象抗击着理性精神的无所不能，其中既包括以非理性的感性欲望嘲讽着理性的戕制力量的苍白无力，又包括以真实的丑陋反衬美与善的虚假性和虚妄性。追求和谐秩序的理性最后演变为混乱的非理性，因而导致现代主义的价值规范犹如建基于松软的沙土之上，空洞又摇摇欲坠，理性精神既是现代主义的孕育者又是其掘墓人。《恶之花》在诗歌中描述着理性精神的他者存在，其秉有“创造性破坏”的观念，展开对现代主义理性精神的形象化拒绝，其中也隐含着对理性精神的质问和批判。理性不是万能的，也会导致畸形的出现，这是《恶之花》为理性精神作出的一种界说。

三、探索异域人生

《恶之花》以诗歌形象揭露出异化社会的丑陋现象，并对导致这种社会现象的理性精神进行了质问和批判，与此同时也在构建着异域人生的景致，来对抗现代主义社会的贫乏。在诗中描绘丑的世界，透显否定性和解构性的力量；抒写情欲的萌发，反驳理性的僵化与宰制；描绘现代都市人的生存样态，凸显现代主义社会另类社会景观。《恶之花》提供了一个舞台，在这里丑与美并存，恶与善共举，人生与自然交融，经验世界与超验世界对话，相对于现代主义社会，这是异域人生样态，也是另一种本真世界。

第四节　在文化上，《恶之花》是自由情感的红杏出墙

《恶之花》诗集中所蕴含的诗人之情感，是一种生长于恶和丑土壤上的自由情感，其用冷静的眸子审视人类情感的正态与非正态，同时这种自由情感是对所处时代文化的一种背离，也是对人类情感底线的挑战，它还以一个“他者”的存在样式展现出人类情感的“另一类”。《恶之花》所彰显出的诗人自由情感既可上天堂遨游与徜徉，也可堕入地狱沉沦与徘

徊；既是对人类情感的挑战，又是于边缘处对人类情感的关爱。在《恶之花》中，资产阶级传统道德成为消解的对象，反叛道德而让情感自由抒发，突破情感的扁平化和平庸化，转向情感的空灵和无所羁绊，这是诗歌建构自由诗意的诉求。《恶之花》是诗人个体情感在诗意语言中的任意驰骋和心灵的自由放飞。

一、反叛传统道德

《恶之花》揭露了隐含在商品和货币拜物教下的人类情感的可交换性特征，并透显出了情感的虚伪和道德规范的虚妄。传统道德的“宏大叙事”也已抽干了内在的实质内容而演变为空洞的外在宰制性力量，其曾经的承诺在现代性社会现实面前也已经支离破碎，在道德的幕帘下演绎的是弱肉强食、尔虞我诈的现代故事，血淋淋的市场法则充斥着现代社会的每个角落。道德给予现代人的是一个美丽的花环，套紧的是人类的自由情感，约束的是人类的自由心灵。《恶之花》于“恶中掘美”和“丑中彰美”，这是对传统道德的抵御和反击，诗歌游走于道德之外，徜徉于自由空间，挣脱情感上的枷锁，让情感自由迸发，肆意散落生死爱恋和演绎爱恨交加。

二、宣扬非理性

在《恶之花》中，理性已经成为非理性的外在控制力量，理性的法则在控制着人情感的自由抒发，诗歌必须以非理性的个体情感冲刷在自身的理性和道德上的层层污垢，由此诗歌中既有对“故乡”的低声召唤，也有对自然的无限关爱，还有对理想孜孜不倦的追求，更有对神圣的不断探寻；诗歌以冷峻的笔墨描绘着另类情感的宣泄，同时也为精神之恋与肉体之爱提供了上演的舞台，还有对酒醉中眩晕的新奇感觉诗情画意般的描写。《恶之花》中的诗歌表现的不是诗人描美写善的激情澎湃，而是对丑和恶百转千回的恋恋不舍。这一切都表现了诗歌中自由情感的触角对多个方位的触及。

三、抒发心灵自由

《恶之花》中诗人的情感和心灵在自由地翱翔，上天可与上帝共言欢，下地可与魔鬼道情义，入世可对此岸世界横加指责、嬉笑怒骂，出世可对彼岸世界敬爱有加、虔诚无限。对诗人之心灵而言，这里既没有禁忌之地，也没有羁绊之所，有的只是天马行空，自由飞翔。

《恶之花》中凝结着诗人的自由情感，以深刻的恨表达着热切的爱。《恶之花》之所以是自由情感之红杏出墙，这或许是诗人生存的现实选择，也或许是对现代社会的反叛，又或许是其无法回避的宿命。

第五节　在心理上，《恶之花》是欲念根底的沉渣泛起

诗集《恶之花》可谓是性学与情爱之经典，其展现的既有文字入木三分的细节描绘，又有诗歌画面的整体形象化烘托，在其中欲念涌动，肉体横陈，气息流溢，丑态百出，动物之欲与人之欲在诗歌中已没有了界限，存在着的仅仅就是欲望本身。诗歌直视隐含于人潜意识中的奔涌着的欲望，并为其构建了一个宣泄的出口，如堤岸豁口的激流在诗歌中肆意泛滥。因此，在一定意义上可以说，《恶之花》是一部 19 世纪西方的《金瓶梅》，其写尽欲望之凶猛，画尽欲望之丑态，说尽欲望之故事。诗歌中既有对异性之欲的极力抒写，又有对同性之爱的点滴描绘，更隐含着对恋物之癖的不断点染，动物性、人性与神性熔于一炉，对《恶之花》而言，写不尽的是欲望，道不尽的依然是欲望。

一、渲染异性之欲

《恶之花》中的诗歌写性描性并不会遮遮掩掩，而是直接铺陈，异性之欲是其关注的重要主旨之一。在相关诗篇中，性爱场面得到了细致入微的展示，人的视觉、触觉、味觉以及嗅觉都被集中调动，直白的语言让人

瞠目结舌。诗歌中既有对器官聚焦放大的透视，又有对宏观场面的整体描绘，还有对动作节奏的细部解说，动物性的性爱动作与性爱场面得到了全视角的显现。诗歌形象地展示了处于人身体内的欲望冰山已渐露出水面，在狂风暴雨的激情中化为冰水，四处流溢。在这里没有爱的言说，也没有情的依恋，有的依然是那无法摆脱的欲望之宣泄。诗歌在这里剔除了理想和价值意义，人之兽性和魔鬼性得到了极度透显，纯粹生理的变态宣泄，即为与魔鬼共舞的一种表征。一种欲望的沉沦，隐含着诗人怎样的生存思考？欲望能成为解脱的出口吗？诗人无言。

二、描绘同性之爱

在《恶之花》中除了对异性之欲大力描写之外，还对同性之爱给予了关注。社会主流意识观念是否定同性之爱并且加以排斥的，而在诗歌中却给予了形象化的展现。另类的情爱让诗歌触及了人类情感的某种极致处，作为情感的一种“他者”样态拷问着情感的常态与变态。在诗歌中并不存在价值导向性，也不存在价值意义上的批判，而只是展现现实情感的一种真实——一种无法完全根除的情感样态。另类情感入诗，这表示诗人不是以美为标准，而是直接面对社会的本质形态，在诗歌中无所谓美丑的价值意义，有的只是美丑的本真存在。《恶之花》以同性之爱冲破了人类情感的围墙。

三、隐含恋物之癖

《恶之花》对人之欲念的展开层层推进，从对欲念变态样态的常态描写走向了对欲念变态样态的直接描述，这里隐含着诗人作诗的勇气和胆略。恋物之癖是人类欲望的一种畸形表现形式，在诗歌中诗人对“腐尸”形象喋喋不休地道说，形象化的语言挑战着人类的心理底线。

在《恶之花》诗集中，人之情欲被导向了“动物的欲望”层面，“人的欲望”在诗歌中却已缺失。《恶之花》中关于情欲的描写，一方面是采取沉沦方式探寻世界的一种生存样态，另一方面是通过极度的手法将欲念尤其是情欲逼向人性的底线。《恶之花》展现了一个情欲世界，通过对各种狂欢场景的描写，让欲念沉渣阵阵泛起，从而引发对人之所以为人在情欲层面的拷问。在《恶之花》诗集中，情欲的大量描绘，是描述社会客观事实过程中欲念沉渣的浮现。诗集展现了情欲之恶、之丑，但这不是诗集展现的目的，其根本的意义在于沉沦情欲之后的一种思考。

第六节 在人性上，《恶之花》是精神提升的反面推力

在诗集《恶之花》中，审丑成为诗歌的主要诗学选择。在人性的层面上审视《恶之花》文本所蕴含的审丑思想，其不是对人性正面之意义的建构和肯定，而是一种消解与否定，但这并不是对人性正面之意义的全面虚无化，而只是以否定的意识和力量促进对人性正面之意义的反思，在这个意义上，解构人性正面之意义为进一步建构人性正面之意义准备了一种可能。《恶之花》诗集中的否定性因素是作为人性建构的“他者”而存在的，但正是“他者”的反作用为人性的正面之意义的建构提供了一种驱动力。黑格尔曾指出：“人们以为，当他们说‘人本性是善的’这句话时，他们就说出了一种很伟大的思想；但是他们忘记了，当人们说‘人本性是恶的’这句话时，是说出了一种伟大得多的思想。”① 黑格尔在这里强调的是恶在历史发展中的动力作用。依据黑格尔的观点，诗集《恶之花》因“恶中掘美”和以丑入诗，对精神的提升起到了重要的推动作用。

根据栾栋对感性学流变的划分，《恶之花》诗集处于感性学反题的阶段，这是丑学发展异彩纷呈的时期，《恶之花》诗集高举“恶中掘美”、丑中品美之大旗，在“恶”与“丑”中拓展诗学空间。因此，它所蕴含的审丑论是这段时期丑学思想的重要一端。《恶之花》是人类精神的反面推力，这正如栾栋总结审丑的价值意义时所说的：“一是负值思维，即透视到了审美文化乃至整个人类文明的负效应、负作用、负面价值和负面结果。负不是反，反超出了负。负和反都作为正题运演的潜在性、附属性甚至对抗

---

① ［德］马克思、恩格斯著，中共中央马克思恩格斯列宁斯大林著作编译局译：《马克思恩格斯选集》（第4卷），北京：人民出版社1977年版，第233页。

性的因素，终究要显示出自己的能量，为人类文化曲尽其妙。二是补充思维，即多维、多元、多视角的思想。它是对审美文化的一元思维、单向思维和独白话语的补偏救弊。补充思维与负值思维紧密相连，在某些方面互相涵盖，但在运行方式、价值取向和立意达标的效果方面不尽相同。三是解放思维，即人们常说的让‘思想冲破牢笼’，突破思维的禁区。它使人类思想进入一个突破性和创造性的新阶段，释放出了巨大的能量，为超越自身准备着条件。”①

《恶之花》诗集蕴含着“负值思维”、“补充思维”以及“解放思维”，这是其审丑论的根本价值所在。在丑学的历史进程中，《恶之花》取得了它应有的位置，同时也发挥了它应有的作用。概言之，《恶之花》是丑学百年的开端，是美学变革的前奏，它标志着感性学的反题在为合题积蓄着力量。

---

① 栾栋著：《感性学发微——美学与丑学的合题》，北京：商务印书馆1999年版，第83页。

第九章

《恶之花》对象征主义的影响：以魏尔伦、兰波、马拉美为例

诗集《恶之花》作为作品的“存在”，敞开了一个新奇的世界：忧郁和理想对举，恶与美相伴，丑与美相随，魔鬼与上帝共舞，情欲与精神缠绵，堕落与沉沦纠结……一朵恶中绽放的艳丽花朵，恶之丑陋让人疾首蹙额，花之艳丽让人恋恋不舍。诗集《恶之花》，既是波德莱尔沉沦于现代性社会中生存样态的彰显，又是其遨游理想世界的诗意探寻；既是波德莱尔心中欲望之都的隐喻，又是其精神之境的象征。

《恶之花》诗集自流传于世之时，世人就对其褒贬不一，但是其以一种诗歌的存在形式在一定程度上深刻影响着后世的诗歌创作、美学思想、艺术批评以及道德反思诸多层面。例如，审丑论推动了19世纪末以来的尚丑之风；《恶之花》文本所蕴含的道德价值观对后世的影响较为明显；《恶之花》也在一定程度上对文学、美学以及诗学观念和理论的演进产生了影响。而《恶之花》对象征主义的产生和发展尤其影响深远、意义重大，《恶之花》文本中的《应和》一诗被喻为象征主义的宪章而得到大力推崇。象征主义初期的三位巨匠魏尔伦、兰波以及马拉美的诗学创作都受到了《恶之花》诗集所蕴含的诗意旨趣的深深浸染，他们也曾经对《恶之花》所透显的世界痴迷并在其中畅游忘返。波德莱尔对魏尔伦、兰波以及马拉美的影响是多方面的，尤其是《恶之花》文本的创作主题、创作手法以及彰显的意义世界都在一定程度上深刻影响着三人的诗歌创作旨趣。

第一节 对魏尔伦的影响

魏尔伦是早期象征主义的重要代表人物之一，他受到了波德莱尔的深刻影响，这些影响主要表现在他的宇宙观、人生观和创作理论等层面。魏尔伦与波德莱尔一样对现代性社会持有一种深刻的认识，在魏尔伦看来，现代性社会丑恶横溢，人性分裂，意义丧失，痛苦构成了人生的底色，而社会生活无非就是一堆充满忧郁、颓废的材料的聚集。

魏尔伦具有浓厚的“土星”情结，“土星”是人生痛苦、悲惨、忧郁、厌倦和不幸的隐喻。魏尔伦有关“土星”的论述，隐含着一定的神秘意味，他认为，每个人出生之时，天上总有一颗星作为其出生的征兆，如果是“土星”征兆出生的人，其人生之路尤其不幸，整个一生必将充满着忧郁和烦恼。魏尔伦自称自己是“土星”征兆下的降生者，因此整个一生充满着不幸和痛苦。由于魏尔伦有这样的认识，所以当他第一部作品出版之时，他就将诗集命名为《土星人诗集》。《恶之花》诗集中的“巴黎风貌”篇是以“巴黎—现代性”为宏观视域，展开对现代性社会发展进程中巴黎城市景观的描写，尤其注重描述巴黎人在现代都市化生活中的生存样态和现代生存体验。魏尔伦吸纳了波德莱尔的这个诗歌的空间现代性主题，他在《土星人诗集》中，也主要描述现代都市巴黎人的生存体验，即忧郁与厌倦的生活体验以及孤独痛苦的内心挣扎。魏尔伦的“土星”情结在一定程度上反映出他在精神气质上受到了波德莱尔气质的影响。魏尔伦在晚年谈到《平行集》诗集之时，他明确指出《土星人诗集》是“容纳我所能表达的一切‘恶劣’情感的阴沟和‘粪池’”①。“恶劣”情感等生存体验恰恰在诗集《恶之花》中得到了极度渲染，这说明魏尔伦和波德莱尔在诗学意绪上相通。

在“土星”情结的影响下，魏尔伦的诗主要侧重表现身处现代性城市的忧郁、厌倦、痛苦的生存体验以及现代生活境域，他通过对现代都市中的具象描写来折射出内心意绪的流动。《三年以后》与《感伤的对话》借睹旧物来观照内心，让心灵刹那悸动，由此勾起一缕悠长的怀旧情思与伤感意绪，其中在诗歌中隐含着现实生活与过去生活的矛盾冲突以及时间的瞬息变化；《泪珠飘落萦心曲》暗示出现代人于现代性社会中生存体验无法排遣的厌倦性与忧郁性；在《智慧集》一诗中，诗人阐述了自然风暴与内心风暴的特性，以象征的形式言说现代人对外在诱惑的心理体验。诗人内心深处流溢着庞杂的情感意绪，在这些诗歌中以暗示性或者象征性的语言无声地得以道出。这种诗歌意绪正是魏尔伦“土星”情结的折射，在一定程度上也正是对生活在都市巴黎的现代人的生存体验的一种表现。

魏尔伦在评论维凯尔的《在那美丽的丛林里》时提出了“纯诗”之概念。他说：“对于我这样一个保留着种种成见的诗人来说，今天关心的唯

---

① 张英伦等著：《外国名作家传》（下册），北京：中国社会科学出版社 1980 年版，第 565 页。

一问题就是纯诗，舍此无他。”① 对于魏尔伦来说，“纯诗”就是具有“绝对形式和纯粹性”的“清新质朴、温柔诙谐”的诗。② 同时，“纯诗”是一种“真实的情感和完美无缺的语言”，而这种语言主要“对大自然的热爱”和“对经典作品以及民间传统传说”作了精研细读。在阐述“纯诗”的内涵时，魏尔伦主要阐发了“纯诗”最基本的特性在于其将读者引入神秘的“丛林”，而“丛林”可以是具体的也可以是想象的，但必须具有象征意义。因此，魏尔伦指出“这是你的丛林也是我的丛林，它象征着我们的心灵”③。魏尔伦认为，一方面，诗歌具体形象和意象之间存在着相似性，即“这是你的丛林也是我的丛林”，通过这种相似性事物的横向沟通与交流，以此获得心灵之象征。另一方面，“丛林”必须具备超验的象征意义，这就规范了“纯诗”的内涵。波德莱尔在《应和》一诗中就曾经这样写道：“自然是座庙宇，那里活的柱子/有时说出了模模糊糊的话音；人从那里穿过，穿越象征的森林，森林用熟悉的目光将他注视。”④ 在《应和》一诗中，尽管波德莱尔没有明确提出对诗的规范，但他通过诗来呈现这种“象征的森林”，这说明诗与“象征的森林”存在着一种本源关系。波德莱尔指出：“诗的这种命运何等伟大！不管快乐还是悲伤，他身上总是带着乌托邦的神圣品格。它总是反驳现存的事实，否则它将不复存在。”⑤ 在这里波德莱尔用“带着乌托邦的神圣品格”来界说诗歌，但是其中隐含着“象征的森林”即为“带着乌托邦的神圣的品格”之诗的判断。魏尔伦的“丛林”一词就是化用波德莱尔的“象征的森林”，并且用“象征意义”来解说“纯诗”，这是对波德莱尔应和论思想的吸纳和发展。

魏尔伦极大关注诗歌中所蕴含的音乐性，因此在诗歌创作中，魏尔伦

---

① 黄晋凯等著：《象征主义·意象派》，北京：中国人民大学出版社 1989 年版，第 27 页。

② 黄晋凯等著：《象征主义·意象派》，北京：中国人民大学出版社 1989 年版，第 28 页。

③ 黄晋凯等著：《象征主义·意象派》，北京：中国人民大学出版社 1989 年版，第 28 页。

④ ［法］波德莱尔著，郭宏安译：《恶之花》，上海：上海译文出版社 2008 年版，第 14～15 页。

⑤ ［法］波德莱尔著，郭宏安译：《波德莱尔美学论文选》，北京：人民文学出版社 2008 年版，第 32 页。

通过音乐性诗意氛围的营造，渲染出一种模糊的、未确定的诗歌意绪，从而在意识的边缘处透显出现代性社会中生存的体验情绪。在这里魏尔伦强调诗歌要具有音乐的暗示性，只有这样才能达到一种对环境状态的直接感受以及由此获得相应的情绪体验。对于音乐，波德莱尔描述了他自己欣赏瓦格纳音乐的感受："我第一次听这乐曲的时候，闭着眼睛，有飘然远去之感……证明真正的音乐在不同的灵魂中启示类似的观念。……自从上帝说世界是一个复杂而不可分割的整体那一天起，事物就一直通过一种相互间的类似彼此表达着。"[①] 波德莱尔用欣赏瓦格纳乐曲时的经验，非常形象化地对《应和》一诗中的应和论作了相应的诠释。波德莱尔又认为"的确，没有诗，瓦格纳的音乐也是诗的作品，因为它具有构成一首好诗的一切素质，他的音乐本身就说明一切，各种东西在其中结合、统一，相互适应，如果可以用一个不规范的词来表达一种素质极限的话，那就是谨慎地锁在一起"[②]。波德莱尔在这里提到了诗与音乐的关系，并且认为事物具有相似性，所以在相互沟通、结合中能够达到一种圆通，从而获取象征意义。或许因为诗和音乐具有这样的相似关系，魏尔伦提出了诗要具有富有暗示性的音乐的特性，这将波德莱尔关于诗与音乐之间关系的理解更推进了一步。

概言之，魏尔伦主要在诗歌创作主题、"纯诗"的定义、应和论、诗与音乐之关系等层面吸收了波德莱尔相应的观点和思想，并且依据具体的创作实践加以整合和创新。

第二节　对兰波的影响

兰波是法国象征主义运动和思潮的巨匠之一，其创作了《诗集》、《地狱的一季》、《灵光集》、《通灵人的信》以及《母音》等诗集和理论著作。

---

① ［法］波德莱尔著，郭宏安译：《波德莱尔美学论文选》，北京：人民文学出版社2008年版，第504页。

② ［法］波德莱尔著，郭宏安译：《波德莱尔美学论文选》，北京：人民文学出版社2008年版，第521页。

在诗歌创作主题上，兰波吸纳了波德莱尔《恶之花》诗集的相关主题，尤其在“恶”与“丑”的诗歌形象和意象的构造方面用力尤勤。兰波对现实生活中的丑恶事物和现象进行了相应的发掘，然后将它们入诗，这说明波德莱尔“恶中掘美”的审美思想对其产生了相应的影响。关于“恶”与“丑”在诗歌中的运用，兰波创作了一首名为“另一种形式的维纳斯”的诗，通过美与丑的转化，塑造了另一种诗之意境。兰波在诗中将本是美与爱化身的维纳斯描绘成另一种形象：维纳斯头发上涂抹着厚厚发蜡，躺在锈迹发绿的浴缸中，肥胖腰肢正在慢慢地溃烂。在这首诗中，因美与丑倒错，从而诗歌就具有强烈的视觉冲击力——而这正是兰波所需要的。波德莱尔的《腐尸》一诗也详细描绘了“苍蝇和蛆虫聚集的腐烂的肚子”这样的诗歌画面，这说明兰波创作的《另一种形式的维纳斯》一诗直接受到了波德莱尔《腐尸》的影响。

在关于创作主体——诗人的认识上，兰波提出了一个“他”者的概念。他认为，诗人必须历经由“我”向“他”的转化过程，因为在由“我”向“他”的转化中，才能对“我”的情感和思想进行观察、揣摩，从而达到对真实的“我”的认识。这是从创作主体自我反省的角度来分析的，只有通过“我”的“他”才能真正理解“他”的“我”。兰波对他自己进行了这样的分析，并且在《致保尔·德梅尼》中说道：“我是一个‘他’”，“我目睹我思想的孵化，注视它，倾听它；我射出一箭，交响在深处震颤，或从舞台上跃出”①。兰波认为，诗人之创作必然要经历创作主体的对象化过程，即“我”需要转化为“我”注视着和反思着的客体对象的“他”，在这样的观点下，“我”的内心世界必然就成为诗歌呈现的重要内容。关注“我”的内心世界，即“研究关于‘他’自身的全部知识”②，经过对“我”的内心世界和灵魂的观察、审视、体察，在这个基础上再推己及人、推己及物，最后融通现实世界、艺术世界以及超验世界。兰波关于“他”者概念的论述对于诗歌创作来说具有重要的意义：一方面强调了诗歌对诗人内心世界的描绘与呈现；另一方面注重了诗歌创作视角的转化，

① 黄晋凯等著：《象征主义·意象派》，北京：中国人民大学出版社 1989 年版，第 33 页。

② 黄晋凯等著：《象征主义·意象派》，北京：中国人民大学出版社 1989 年版，第 34 页。

“他”者维度的开启让诗歌的诗意创作进入了“另一个”诗学场域。

波德莱尔在《现代生活的画家》一书中评论居伊时指出：“这是非我的一个永不满足的我，它每时每刻都用比永远变动不居、瞬息万变的生活本身更为生动的形象反映和表达着非我。”[①] 波德莱尔的“非我”是“我”的另一面，这就是那个观察着“我”的“非我”。在波德莱尔看来，就是因为“非我”对“我”存在着观察，所以明白“我”的使命。具体到画家居伊来说，居伊居住在人群中但又时刻与人群保持着距离，因为画家需要观察、领会他自己，只有这样他才能去寻找一种叫“现代性”的东西。关于“非我”与“我”之分，这是波德莱尔认为寻找现代性所必需的前提。对于波德莱尔的“非我”，萨特在《波德莱尔》一书中有过详细而又深刻的论述，他说：“通过他的个人存在的突然显示，他感受到他是另一个人。不过，他同时怀着屈辱、怨恨和骄傲，肯定而且接过此一他性。”[②] 萨特在这里说的“他性”就是那个观看着我的“我”，“他性”正是波德莱尔自己所说的“非我”，在这里萨特是根据波德莱尔幼时的经历而说的。兰波用“他”者来界说那个观看着自我的“我”，并且认为这是诗人作诗必须要经过的环节。通过分析，我们可以看出波德莱尔的“非我”对兰波的深刻影响，兰波在充分吸纳波德莱尔“非我”概念的基础上创建了他自己的“他”者概念，并将“他”者纳入“通灵人”的概念中。

经过“他”者对“我”内心世界的审视和洞察——作为“通灵人”的诗人的第一步工作，兰波由此提出了有关“通灵人”的相关理论。兰波对“通灵”的解释具有一定的神秘意味，其强调各种感觉间灵魂的游荡与沟通，并随着感觉严格界限的模糊化，各种感觉的沟通才成为一种可能。兰波认为诗人“应该是一个通灵者，使自己成为一个通灵者”[③]。诗人只有通过灵魂不停地游荡于各种感觉之间，历经各种感情的折磨，才能深刻地认识事物，从而进一步把握隐藏在具体物象之后的意义世界。兰波进一步

---

① ［法］波德莱尔著，郭宏安译：《波德莱尔美学论文选》，北京：人民文学出版社 2008 年版，第 437 页。

② ［法］让—保尔·萨特著，施康强译：《波德莱尔》，北京：北京燕山出版社 2006 年版，第 3 页。

③ 黄晋凯等著：《象征主义·意象派》，北京：中国人民大学出版社 1989 年版，第 34 页。

指出，要想成为这样的通灵人必须历经以下三个过程：一是有意要让自己的感觉错位，因为只有通过这种错位的感觉才能够历经各种矛盾冲突产生的心理体验与情感体验。二是坚信自己的独特性，并且这种独特性充分表现了身份角色的冲突性错位，诸如可以同时是“伟大的病夫”、“伟大的罪犯”、“伟大的诅咒者”和“至高无上的智者”。[1] 角色的不断变换，导致不同感觉的出现，感觉与感觉之间的沟通也才变得可能。三是沉沦迷狂状态，达到从有知到未知再到有知的转化，即“终于失去视觉时，却看到了视觉本身”[2]。概言之，兰波强调对理性和概念的破除，通过直觉沟通世界、社会与人生。在这个意义上，兰波认为雨果、戈蒂耶都不是真正的通灵者，只有波德莱尔才是“第一位通灵者”和“诗坛之王，真正的上帝”[3]。因为他在应和论“水平对应”和“垂直对应”中穿插游弋，并以此领会和体悟到了意义世界。波德莱尔在评论画家居伊时认为：“如天空之于鸟，水之于鱼，人群就是他的领域。他的激情和他的事业，就是和群众结为一体。对一个十足的漫游者、热情的观察者来说，生活在芸芸众生之中，生活在反复无常、变动不居、短暂和永恒之中，是一种巨大的快乐。……观察者是一位处处得享微行之便的君王。”[4] 波德莱尔在这里描写居伊寻找“现代性”时的状况，认为居伊是“君王”，兰波将波德莱尔喻为“诗坛之王，真正的上帝”应该是受到了波德莱尔评价居伊的影响。波德莱尔在《你能把全宇宙放进你的内屋》一诗中以“啊污秽的伟大！啊卑鄙的崇高！”作为诗歌的结束语，兰波所提到的“伟大的罪犯”、“伟大的诅咒者”、“伟大的病夫”和“至高无上的智者”应该就是化用波德莱尔的“污秽的伟大”和“卑鄙的崇高”而来。

在应和论方面，兰波继承了波德莱尔的应和论思想，并加以改造形成

---

① 黄晋凯等著：《象征主义·意象派》，北京：中国人民大学出版社 1989 年版，第 34 页。

② 黄晋凯等著：《象征主义·意象派》，北京：中国人民大学出版社 1989 年版，第 34 页。

③ 黄晋凯等著：《象征主义·意象派》，北京：中国人民大学出版社 1989 年版，第 36 页。

④ ［法］波德莱尔著，郭宏安译：《波德莱尔美学论文选》，北京：人民文学出版社 2008 年版，第 437 页。

自己的应和论。兰波的应和论在《母音》这首诗歌中得到了充分表现,《母音》一诗如下:

黑 A、白 E、红 I、绿 U、蓝 O,母音们,
我几天也说不完你们神秘的出身:
A 是围绕着恶臭的垃圾嗡嗡叫的
苍蝇身上黑绒绒的紧身衣;
E 是蒸汽和帐篷的洁白,高傲的冰峰,
白色的光线,伞形花微微地颤动;
I 是咳出的鲜红的血,怒火中烧
或深自忏悔时美丽双唇的笑
U 是涟漪,绿海的神奇的颤动,
放牧着牛羊的草原上的安宁,
炼金术学者额上的皱纹的安详;
O 是号角的刺耳的奇怪的响声,
被天体和天使们划破的寂静,
她眼睛里发出紫色的柔光!①

在这首诗中,兰波充分运用了应和论,在诗歌中具体表现为:由元音的音调(A、E、I、U、O)唤起颜色的联想(黑、白、红、绿、蓝),颜色又唤起相应具体事物的联想("紧身衣","蒸汽"、"帐篷"、"冰峰"、"光线","血"、"唇","涟漪"、"绿海"、"草原","号角")。兰波在这里将声调、色彩以及音乐熔为一炉,由此本无色彩的声调也具有丰富的色彩性,本无音乐旋律的色彩也具有了音乐性,从而实现了色(形)、音(动)、声(响)的相互渗透与相互融通,由此普通视觉、听觉和审美视觉、听觉的界限被打破,艺术的象征性得到了充分体现。《母音》一诗将波德莱尔应和论的横向关系发展到了极致。兰波的应和论注重感官与感官之间、具体事物与具体事物之间因相似性展开的通感活动,这是对波德莱

① 张英伦等著:《外国名作家传》(下册),北京:中国社会科学出版社 1980 年版,第 343 ~ 344 页。

尔应和论横向关系的借鉴，而受应和论的纵向关系影响较小。波德莱尔说："天是一个很伟大的人，一切，形式、运动、数、颜色、芳香，在精神上如同在自然上，都是有意味的、相互的、交流的、应和的。"① 这是从横向关系和纵向关系两个层面来界定应和论，在《应和》一诗中，波德莱尔也是如此界定应和论的，而兰波只发展了波德莱尔应和论的横向关系。

第三节 对马拉美的影响

马拉美也是象征主义的重要代表人物之一，其发表的主要代表作有《回春》、《厄运》、《太空》以及《苦恼》等。综观马拉美诗歌的创作情况，在其一生中创作的诗歌数量并不是很多，总共只有60余首，但是其创作的诗歌对象征主义诗学的形成与发展产生了重大的影响，这种影响不仅表现在诗歌形式的创制上，还体现在诗学旨趣上，诸如《希罗狄亚德》(1875)、《牧神的午后》(1876)和《骰子一掷，绝不会破坏偶然》(1897)等诗篇可谓其经典之作，流传广泛，影响巨大。除了创作诗歌之外，马拉美还对文学艺术进行了理论思考，撰写了艺术理论代表作《谈文学运动——答儒勒·于莱问》(1891)等。研究和分析马拉美诗歌创作的意向与旨趣，可以发现在马拉美的诸多诗歌中都留下了波德莱尔诗学影响的痕迹，这在一定程度上说明波德莱尔对马拉美的诗歌创作产生了深刻影响。"他从波德莱尔学会认识人生的痛苦，他学波德莱尔追求复杂的病态感觉，他像波德莱尔那样歌咏空虚、死亡和荒诞。"② 波德莱尔对马拉美的影响不仅表现在人生观、价值观上，还体现在诗歌形象的塑造与诗学意象的构造诸多方面。具体来说，我们可以在马拉美的《厄运》一诗中见出波德莱尔《信天翁》和《祝福》这两首诗的创作主题痕迹，还可以从《革新》一诗中感受到波德莱尔反复低吟的"忧郁"这一诗歌主题。

---

① [法] 波德莱尔著，郭宏安译：《波德莱尔美学论文选》，北京：人民文学出版社2008年版，第89页。

② 张英伦等著：《外国名作家传》(下册)，北京：中国社会科学出版社1980年版，第398页。

马拉美对波德莱尔应和论的吸纳与发展，不像兰波那样注重对应和论横向关系的应用，而是对应和论纵向关系加以改造和整合，即注重从个体到整体、从具象到抽象、从经验与超验、从有形与无形等垂直的应和关系在诗歌中的积极运用。因此，马拉美认为诗的根本目的就是通过对现实世界的改造以达到对超验世界的创建，强调现实世界对超验世界的通达。马拉美曾经以“花”作为例子来说明这个问题，他认为象征主义诗学描写的“花”不是对现实世界中自然具体的“花”的描写，而是对具有普遍意义的本质之花的暗示与象征，诗歌中个别的、具体的花是通向超验性之花的桥梁与路径，在一定意义上可以说，言此花的目的在于暗示出本质性的彼花，这就充分表现出垂直关系的应和论内涵。“我说，一朵花！于是，那朵不存在于任何花束中的花，从我的音声也未曾留下痕迹的遗忘之外，作为某种绝非我们熟悉的花萼的东西，音乐般地升起来，它是美妙的观念本身。”① 在这段话中，马拉美明确地指出诗歌中的“花”不是具体的个别性的花，而是花之理念与花之本质，这种超验性之花并不存在于现实生活之中，而只是在超验世界中散发迷人的芳香。对于马拉美而言，整体性意义的“花”充分地呈现出了花之本质，那种暗示与象征透显出来的本体世界与超验世界才是诗歌最根本性的追求目标。波德莱尔在《应和》一诗中正是通过具象之物暗示出“自然”的本质世界与神秘世界，马拉美吸纳了波德莱尔应和论中的垂直关系的应和思想，并在具体的诗歌创作中加以创造性地运用，从而更进一步地丰富和完善了垂直应和论之思想。

通过具体的诗歌形象与意象如何将本体世界和超验世界呈现于人的面前？这就涉及了诗歌中的“暗示”作用。在论述“暗示”之前，马拉美首先对“诗”作出了相对独特的解释，他认为诗是神秘的存在，诗的神秘不在于诗是作为具体的客体对象而存在，而在于诗呈现出了一个生机勃发的诗意世界。在这里，对于诗的把握不是将诗作为理解和分析的对象，而是通过感受、体悟、领会以及推测去呈现与透显诗所建构的可能性世界。对于诗的神秘世界如何去体察？马拉美认为，只有通过暗示才能领略诗所蕴含的真正意蕴，如果缺乏暗示的运用而直接描述出诗的世界，那诗的趣味

---

① 黄晋凯等著：《象征主义·意象派》，北京：中国人民大学出版社 1989 年版，第 5 ~6 页。

就会大打折扣，对诗的世界直陈其事“就等于取消了诗歌四分之三的趣味，这种趣味原是要一点一点儿去领会的”[①]。在马拉美看来，诗要想具有丰富的意境就必然需要运用“暗示”，因为如果以直白的言语毫无保留地描述出诗之世界，这就等于直接消除了诗之神秘性，而通过“暗示”的由此及彼、在此而言他的作用，能让诗的意蕴更为丰富，从而更能引人共鸣。“暗示”不是直述也不是白描，而是渲染、透显；“暗示”不要求明晰与确定，而是注重意义的多维与多元。暗示就是“一点一滴地去复活一件东西，从而展示一种精神状态，或者选择一件东西，通过一连串疑难的解答，去揭示其中的精神状态”[②]。因此，马拉美认为浪漫主义和当时的帕尔纳斯派就没有充分理解诗歌中“暗示”的作用，他们以直白描述的方式来作诗，这就消解了诗的意蕴。马拉美在诗歌创作中对“暗示”运用的强调，在一定程度上反映出其对言外之意、象外之旨以及境外之韵的诗学追求。马拉美所谈到的“暗示”类似于波德莱尔所说的“诗兴”，“诗兴”注重隐喻的作用。波德莱尔认为：“诗兴的确表现了那种几乎是超越自然的状态，表现了那种生活的强烈程度：灵魂在歌唱，它不能不唱，就像树、鸟、大海一样。通过一种推理，这种也许不该让人想到数学的方法。”[③]

波德莱尔在谈论诗时指出：“正是由于诗，同时也通过诗，由于音乐，同时也通过音乐，灵魂窥见了坟墓后面的光辉；一首美妙的诗使人热泪盈眶，这眼泪并非一种极端快乐的证据，而是标明了一种发怒的忧郁，一种精神的请求，一种在不完美之中流徙的天性，它想理解在地上获得被揭示出来的天堂。”[④] 波德莱尔指出意义世界是通过诗和音乐得以展现的，即通过诗和音乐透显出“墓后的光辉”。波德莱尔笔下的“自然”、“象征的森

---

① 黄晋凯等著：《象征主义·意象派》，北京：中国人民大学出版社 1989 年版，第 4 页。

② 黄晋凯等著：《象征主义·意象派》，北京：中国人民大学出版社 1989 年版，第 41 页。

③ ［法］波德莱尔著，郭宏安译：《波德莱尔美学论文选》，北京：人民文学出版社 2008 年版，第 119 页。

④ ［法］波德莱尔著，郭宏安译：《波德莱尔美学论文选》，北京：人民文学出版社 2008 年版，第 69 页。

林”以及“墓后的光辉”等是神秘世界或意义世界的隐喻，马拉美正如波德莱尔一样，对自然中的神秘世界和本体世界情有独钟，并通过“暗示”在诗歌中的运用呈现这种本真世界。马拉美借鉴了波德莱尔的应和论，但是他注重的是应和论的纵向关系，离开应和论的横向关系去追求超验的“无限”，即诗人冥想中的“理想世界”，这就导致了一种纯粹形而上的追思，最后的结果只能导向“虚无”。

概言之，魏尔伦、兰波以及马拉美三人都受到了波德莱尔以及《恶之花》的影响，但是三人在吸纳波德莱尔的生存意识和《恶之花》中的诗学思想上既有共同的方面，又各有自身的侧重点。其中共同的方面主要表现在：①从美学视点上看，他们都接受了波德莱尔对启蒙现代性的批判观，也都对现代性社会持有一种批判态度，都在艺术中展示人生之痛苦，都渴望并引领人们向纯净的超验世界飞升。②从艺术视点上看，他们都接受了波德莱尔的应和论，都强调万事万物之间的沟通和应和，都试图贯通不同艺术形式（尤其是诗与音乐）的联系。不同点主要表现在吸纳波德莱尔应和论时关注点不同，兰波主要从应和论的横向关系角度去加以改造运用，马拉美则侧重对应和论的纵向关系的吸纳和发展，魏尔伦对波德莱尔应和论的运用相对来说更为综合一些。

结　语

本书围绕《恶之花》及其现代性问题展开了相应的分析和研究，其中关注的重点是《恶之花》的现代性之“诗”与波德莱尔的现代性之“思”如何可能之问题。通过对《恶之花》现代性问题的相应厘定和阐发，我们能够对《恶之花》的现代性问题有一种整体上的认识和把握，但对《恶之花》诗集的思考并未终止。立足《恶之花》现代性问题，从一个更为宏观的理论视域对其进行再次审视，下面三点依然值得我们作更进一步的深入思考：

一、《恶之花》中的审丑论对于感性学合题建构方面的意义

栾栋认为，“自从美学（即感性学的变体）1750 年问世以来，它作为一个新兴的学科，经历了从正题到反题的演变，在本世纪（指 20 世纪）中叶呈现出了合题的趋向。从该趋向的发展势头来看，大约到 21 世纪中叶可以告一段落。也就是说 1750—1850 年是西方美学的正题阶段，1850—1950 年是西方美学的反题阶段，1950—2050 年是西方美学的合题过程”①。这个论断高屋建瓴地对感性学（Aesthetics）流变给予了科学的划分，在一定意义上将感性学从美学的遮蔽中解放出来，并对感性学进行了正本清源的阐发。按照栾栋对感性学流变的划分，《恶之花》就处于感性学的反题阶段，其蕴涵的审丑论正是反题阶段中感性学的重要组成部分。在这样的视界下，《恶之花》中的审丑论在感性学合题建构方面就显示出了应有的价值和意义，其突破了传统诗学诠释的框架，进入了更为宏大的理论视

① 栾栋著：《感性学发微——美学与丑学的合题》，北京：商务印书馆 1999 年版，第 53 页。

域。传统诗学对《恶之花》的解读只注重《恶之花》中审丑论的负面价值意义，且这种否定意义主要从对人的思想价值的负面影响而言，这种阐释角度囿于文本的现实功能问题，虽有一定的意义，但是《恶之花》审丑论的否定意义所具有的正面价值就无法得到很好的分析与研究，从而审丑对正面价值建构的反推力作用隐而未显。

对于感性学流变而言，《恶之花》中的审丑论对感性学的正题——美学，发挥了一种“他者”的作用，促进了美学他化论的转向，甚至在一定意义上开启了美学非美学之问题的思考。因此，在这个意义上，审丑论一方面对美学的偏颇发展起到了相应的诊治和纠正作用，另一方面对感性学的建构也进行了理论的准备。栾栋在研究感性学时指出：“埃斯代蒂克（Aesthetics）化解了审美情结，穿越了丑学的禁区，显露出合二为一的新态势。它是审美与审丑、美学与丑学的合题，但又远远地超越了审美与审丑的范畴。此合题已不是美学与丑学的简单相加，其丰富的内涵和广阔的外延，与人类文明的新趋势紧密相连，也与人类精神的新向度息息相关。”① 从感性学合题的角度来看，《恶之花》中的审丑论正是其发展的重要理论准备。概言之，对于《恶之花》中的审丑论我们应该辩证地看待，尽管诗集中“丑”的形象和意象体现出一定的负面价值，但是也要认识到它的积极作用。

二、《恶之花》现代性中“审美救赎”方式对抗启蒙现代性的作用

《恶之花》诗集中对“恶”和“丑”的极度张扬，是对启蒙现代性发展中不良后果的一种本质性回应，启蒙现代性发展中所带来的现代隐忧就这样成为《恶之花》诗集中的焦点问题。《恶之花》诗集通过“恶中掘美”，以否定性的力量对启蒙现代性的合法化建构提出了一种深刻的反思和批判，这是诗集的重要价值意义之一。《恶之花》诗集立足于“恶”和“丑”的视界上，倡导一种否定性意识和解构思维，这正如向资本主义启

① 栾栋著：《感性学发微——美学与丑学的合题》，北京：商务印书馆 1999 年版，第 84 页。

蒙现代性注入了一针冷冽的清醒剂，苦涩但又能解麻木之病。在“恶”中沉潜，于“丑”中徜徉，《恶之花》以一种对人性思考的极端方式，将思考引向了深处，这正如波德莱尔在《恶之花》最后一首诗《远行》中所透露的：“到未知世界之底去发现新奇！”波德莱尔对隐含着“永恒”、“不变”的“短暂”、“过渡”以及“偶然”情有独钟，在“新奇”之中发现“永恒”之义，从而进一步达到对启蒙现代性中普遍性、统一性以及同一性、同质性的解构。这就是波德莱尔的“审美救赎”方式。因此，《恶之花》现代性中“审美救赎”方式的意义值得我们深入思考。

三、《恶之花》中“丑”与“美”的辩证法促使文学艺术作关于自主性的自反性思考

“恶中掘美”的思想隐含着关于“丑”与“美”的辩证法，即“丑”和“美”的可逆转性。按照韦伯的分析，资本主义现代性的发展让社会各个领域产生了分化，其中文学艺术也获得了自身独立的地位，获得了合法性，也即文学艺术的自律问题得到了发展。文学艺术通过对自身本质内涵、规律以及运演流程的自我建构，确定了作为文学艺术之所“是”的方面，这是文学艺术自我规范的诉求，亦即“文学艺术是文学艺术”层面上的开拓。《恶之花》诗集中关于“丑”和“美”的辩证法对文学艺术“是其所是”进行了解构，从文学艺术的“非”的层面进行了思考，即文学艺术的他化维度。“丑”和“美”的辩证法并不是一种相对主义，而是在文学艺术边缘开启的一种“他者”之“非”。因此，在这个意义上，《恶之花》诗集中关于“丑”和“美”的辩证法对文学艺术的自主性思考拓展到了“文学艺术非文学艺术”的思考层面。当然，这只是隐含的一种思维趋向，并未形成理论的见解。关于文学他化论的问题，栾栋提出了深邃的洞见，他认为：“文学他化把文学推进到他者思想的最佳境界。文史哲在他化文学中融为一体。‘我’中心在他化文学中舍而不执。文学性在他化文学中他而不衰。文学他化，竟然他而不衰，这真是一个有趣而且发人深思的现象。”[①]《恶之花》诗集中“丑”与“美”的辩证法在一定程度上透显

① 栾栋著：《法国文学的他者指归》，《学术研究》2010年第2期。

出了文学艺术他化问题的些许痕迹，这是解读《恶之花》文本应该注意的重要问题。

关于《恶之花》现代性的研究，本书只是尝试着用“诗”与“思”的对话方式去走近诗集《恶之花》所敞开的诗意世界，而阐释的深度与广度有待日后进一步的挖掘和拓展，在此以波德莱尔的一首诗歌作结：

哦死亡，老船长，起锚，时间到了！
这地方令人厌倦，哦死亡！开航！
如果说天空和海洋漆黑如墨，
你知道我们的心却充满着阳光！

倒出你的毒药，激励我们远航！
只要这火还灼着头脑，我们必
深入渊底，地狱天堂又有何妨？
到未知世界之底去发现新奇！①

---

① ［法］波德莱尔著，郭宏安译：《恶之花》，上海：上海译文出版社 2008 年版，第 276 页。

参考文献

[1] [美] 马塞尔·雷蒙著，邓丽丹译：《从波德莱尔到超现实主义》，开封：河南大学出版社 2008 年版。

[2] 朱湘著：《中书集》，上海：东方出版社 1995 年版。

[3] [美] 理查德·沃林著，吴勇立、张亮译：《瓦尔特·本雅明：救赎美学》，南京：江苏人民出版社 2008 年版。

[4] [法] 马塞尔·普鲁斯特著，王道乾译：《驳圣伯夫》，上海：上海译文出版社 2007 年版。

[5] [法] 瓦莱里著，段映红译：《文艺杂谈》，天津：百花文艺出版社 2002 年版。

[6] [法] 让—保尔·萨特著，施康强译：《波德莱尔》，北京：北京燕山出版社 2006 年版。

[7] [德] 海德格尔著，陈嘉映、王庆节译：《存在与时间》，北京：生活·读书·新知三联书店 1999 年版。

[8] [法] 克洛德·皮舒瓦、让·齐格勒著，董强译：《波德莱尔传》，上海：上海人民出版社 2007 年版。

[9] 郭宏安著：《伊甸园中的一枚禁果——波德莱尔与〈恶之花〉》，海口：海南出版社 1993 年版。

[10] [德] 海德格尔著，孙周兴选编：《海德格尔选集》，上海：上海三联书店 1996 年版。

[11] [法] 波德莱尔著，张晓玲译：《私密日记》，长沙：湖南文艺出版社 2007 年版。

[12] [法] 波德莱尔著，郭宏安译：《巴黎的忧郁》，上海：上海译文出版社 2011 年版。

[13] [法] 波德莱尔著，郭宏安译：《波德莱尔美学论文选》，北京：

人民文学出版社 2008 年版。

[14] [德] 恩斯特·卡西尔著，甘阳译：《人论》，上海：上海译文出版社 1998 年版。

[15] [德] 康德著，李秋零译：《单纯理性限度内的宗教》，北京：中国人民大学出版社 2003 年版。

[16] [德] 黑格尔著，贺麟译：《小逻辑》，北京：生活·读书·新知三联书店 1957 年版。

[17] [德] 马克思、恩格斯著，中共中央马克思恩格斯列宁斯大林著作编译局译：《马克思恩格斯选集》（第 4 卷），北京：人民出版社 1995 年版。

[18] [德] 马克思、恩格斯著，中共中央马克思恩格斯列宁斯大林著作编译局译：《马克思恩格斯全集》（第 20 卷），北京：人民出版社 1995 年版。

[19] [法] 巴塔耶著，董澄波译：《文学与恶》，北京：北京燕山出版社 2006 年版。

[20] [法] 波德莱尔著，郭宏安译：《人造天堂》，上海：上海文艺出版社 2011 年版。

[21] [英] 伊格尔顿著，王杰等译：《美学意识形态》，桂林：广西师范大学出版社 1997 年版。

[22] [法] 皮埃尔·布吕奈尔等著，郑克鲁、黄慧珍、何敬业等译：《19 世纪法国文学史》，上海：上海人民出版社 1997 年版。

[23] [德] 伽达默尔著，洪汉鼎译：《真理与方法——哲学诠释学的基本特征》，北京：商务印书馆 2007 年版。

[24] [法] 伊夫·瓦岱著，田庆生译：《文学与现代性》，北京：北京大学出版社 2001 年版。

[25] [英] 安东尼·吉登斯著，田禾译：《现代性的后果》，南京：译林出版社 2000 年版。

[26] [美] 马歇尔·伯曼著，徐大建、张辑译：《一切坚固的东西都烟消云散了——现代性体验》，北京：商务印书馆 2004 年版。

[27] [英] 齐格蒙特·鲍曼著，邵迎生译：《现代性与矛盾性》，北京：商务印书馆 2003 年版。

[28]［英］尼格尔·多德著，陶传进译：《社会理论与现代性》，北京：社会科学文献出版社 2002 年版。

[29]［美］詹姆斯·施密特编，徐向东、卢华萍译：《启蒙运动与现代性：18 世纪与 20 世纪的对话》，上海：上海人民出版社 2005 年版。

[30]［德］E. 卡西勒著，顾伟铭、杨光仲、郑楚宣译：《启蒙哲学》，济南：山东人民出版社 1988 年版。

[31]［德］席勒著，徐恒醇译：《美育书简》，北京：中国文联出版公司 1984 年版。

[32]［德］马克斯·韦伯著，于晓等译：《新教伦理与资本主义精神》，北京：生活·读书·新知三联书店 1987 年版。

[33]［德］马克斯·霍克海默、西奥多·阿道尔诺著，渠敬东、曹卫东译：《启蒙辩证法——哲学断片》，上海：上海人民出版社 2006 年版。

[34]［美］梯利著，葛力译：《西方哲学史》，北京：商务印书馆 1995 年版。

[35]周宪主编：《文化现代性精粹读本》，北京：中国人民大学出版社 2006 年版。

[36]汪民安等主编：《现代性基本读本》（下册），开封：河南大学出版社 2005 年版。

[37]［英］戴维·弗里斯比著，卢晖临、周怡、李林艳译：《现代性的碎片》，北京：商务印书馆 2003 年版。

[38]［法］波德莱尔著，郭宏安译：《1846 年的沙龙：波德莱尔美学论文选》，桂林：广西师范大学出版社 2002 年版。

[39]［法］波德莱尔著，郭宏安译：《恶之花》，上海：上海译文出版社 2008 年版。

[40]［德］马克思、恩格斯著，中共中央马克思恩格斯列宁斯大林著作编译局译：《马克思恩格斯选集》（第 1 卷），北京：人民出版社 1977 年版。

[41]［英］大卫·哈维著，黄煜文译：《巴黎城记：现代性之都的诞生》，桂林：广西师范大学出版社 2010 年版。

[42]［德］海德格尔著，彭富春译：《诗·语言·思》，北京：文化艺术出版社 1991 年版。

[43] 栾栋著：《感性学发微——美学与丑学的合题》，北京：商务印书馆 1999 年版。

[44] [古希腊] 柏拉图著，朱光潜译：《文艺对话集》，北京：人民文学出版社 1963 年版。

[45] 北京大学哲学系美学教研室编：《西方美学家论美和美感》，北京：商务印书馆 1980 年版。

[46] [法] 泰奥菲儿·戈蒂耶著，陈圣生译：《回忆波德莱尔》，沈阳：辽宁人民出版社 1988 年版。

[47] [德] 哈贝马斯著，曹卫东等译：《现代性的哲学话语》，南京：译林出版社 2004 年版。

[48] [法] 波德莱尔著，郭宏安译：《现代生活的画家》，杭州：浙江文艺出版社 2007 年版。

[49] [德] 本雅明著，张旭东、魏文生译：《发达资本主义时代的抒情诗人》（修订本），北京：生活·读书·新知三联书店 2007 年版。

[50] [苏] 舍斯塔科夫著，樊莘森等译：《美学史纲》，上海：上海译文出版社 1986 年版。

[51] 马奇主编：《西方美学史资料选编》（上册），上海：上海人民出版社 1987 年版。

[52] 王庆卫著：《丑的轨迹——理性视域中的非理性变奏》，北京：中国社会科学出版社 2006 年版。

[53] [英] 休谟著，关文运译：《人性论》，北京：商务印书馆 1983 年版。

[54] 朱光潜著：《西方美学史》，北京：人民文学出版社 2004 年版。

[55] [德] 康德著，宗白华译：《判断力批判》（上册），上海：商务印书馆 1964 年版。

[56] [德] 海德格尔著，孙周兴译：《荷尔德林诗的阐释》，北京：商务印书馆 2000 年版。

[57] 张世英著：《进入澄明之境》，北京：商务印书馆 1999 年版。

[58] 黄晋凯等著：《象征主义·意象派》，北京：中国人民大学出版社 1989 年版。

[59] 张英伦等著：《外国名作家传》（下册），北京：中国社会科学

出版社 1980 年版。

［60］［以色列］S. N. 艾森斯塔特著，旷新年、王爱松译：《反思现代性》，北京：生活·读书·新知三联书店 2006 年版。

［61］［德］阿多诺著，郦稚牛等译：《美学理论》，北京：北京大学出版社 1989 年版。

［62］［德］阿尔布莱希特·韦尔默著，应奇、罗亚玲译：《后形而上学现代性》，上海：上海译文出版社 2007 年版。

［63］［德］阿尔布莱希特·维尔默著，钦文译：《论现代和后现代的辩证法——遵循阿多诺的理性批判》，北京：商务印书馆 2003 年版。

［64］［匈牙利］阿格尼丝·赫勒著，李瑞华译：《现代性理论》，北京：商务印书馆 2005 年版。

［65］［法］埃马纽埃尔·列维纳斯著，吴蕙仪译：《从存在到存在者》，南京：江苏教育出版社 2006 年版。

［66］［美］艾尔伯特·鲍尔格曼著，孟庆时译：《跨越后现代的分界线》，北京：商务印书馆 2003 年版。

［67］［美］安东尼·J. 卡斯卡迪著，严忠志译：《启蒙的结果》，北京：商务印书馆 2006 年版。

［68］［英］安东尼·吉登斯著，陈永国、汪民安等译：《亲密关系的变革——现代社会中的性、爱和爱欲》，北京：社会科学文献出版社 2001 年版。

［69］［古罗马］奥古斯丁著，周士良译：《忏悔录》，北京：商务印书馆 1994 年版。

［70］［法］贝尔纳—亨利·莱维著，罗顺江译：《波德莱尔最后的日子》，深圳：海天出版社 2000 年版。

［71］［德］本雅明著，王炳钧、杨劲译：《经验与贫乏》，天津：百花文艺出版社 1999 年版。

［72］［德］本严明著，王才勇译：《机器复制时代的艺术作品》，北京：中国城市出版社 2002 年版。

［73］［法］波德莱尔著，毛燕燕、谢强译：《我看见德拉克洛瓦》，济南：山东画报出版社 2005 年版。

［74］［加拿大］查尔斯·泰勒著，程炼译：《现代性之隐忧》，北京：

中央编译出版社 2001 年版。

[75]［加拿大］查尔斯·泰勒著，韩震等译：《自我的根源——现代认同的形成》，南京：译林出版社 2001 年版。

[76]［美］大卫·库尔珀著，臧佩洪译：《纯粹现代性批判——黑格尔、海德格尔及其以后》，北京：商务印书馆 2006 年版。

[77]［英］丹尼斯·史密斯著，萧韶译：《齐格蒙特·鲍曼——后现代的预言家》，南京：江苏人民出版社 2007 年版。

[78]［美］弗雷德里克·詹姆逊著，王逢振、王丽亚译：《单一的现代性》，天津：天津人民出版社 2005 年版。

[79] 郭宏安著：《波德莱尔诗论及其他》，上海：同济大学出版社 2006 年版。

[80]［德］赫伯特·马尔库塞著，刘继译：《单向度的人：发达工业社会意识形态研究》，上海：上海译文出版社 2008 年版。

[81]［德］卡尔·雅斯贝尔斯著，王德峰译：《时代的精神状况》，上海：上海译文出版社 2003 年版。

[82]［美］卡林内斯库著，顾爱彬译：《现代性的五副面孔》，北京：商务印书馆 2004 年版。

[83]［法］勒维纳斯著，余中先译：《上帝·死亡和时间》，北京：生活·读书·新知三联书店 1997 年版。

[84]［美］理查德·沃林著，张国清译：《文化批评的观念——法兰克福学派、存在主义和后结构主义》，北京：商务印书馆 2007 年版。

[85] 刘小枫著：《现代性社会理论绪论》，上海：上海三联书店 1998 年版。

[86]［法］米歇尔·福柯著，刘北成、杨远婴译：《规训与惩罚》，北京：生活·读书·新知三联书店 2003 年版。

[87]［英］齐格蒙特·鲍曼著，洪涛译：《立法者与阐释者》，上海：上海人民出版社 2002 年版。

[88]［法］乔治·巴塔耶著，刘晖译：《色情史》，北京：商务印书馆 2006 年版。

[89]［英］托马斯·奥斯本著，郑丹丹译：《启蒙面面观——社会理论与真理伦理学》，北京：商务印书馆 2007 年版。

［90］［德］本雅明著，刘北成译：《巴黎，19 世纪的首都》，上海：上海人民出版社 2006 年版。

［91］［德］本雅明著，王才勇译：《单行道》，南京：江苏人民出版社 2006 年版。

［92］［德］沃尔夫冈·韦尔施著，洪天富译：《我们的后现代的现代》，北京：商务印书馆 2004 年版。

［93］［德］乌尔里希·贝尔、［英］安东尼·吉登斯、［英］斯科特·拉希著，赵文书译：《自反性现代化——现代社会秩序中的政治、传统与美学》，北京：商务印书馆 2004 年版。

［94］周宪著：《文化现代性与美学问题》，北京：中国人民大学出版社 2005 年版。

［95］田汉：《恶魔诗人波陀雷尔的百年祭》，《少年中国》1921 年第 3 卷第 4、5 期。

［96］周作人：《三个文学家的纪念》，《晨报副镌》1921 年第 11 期。

［97］徐志摩：《波特莱的散文诗》，《新月》1929 年第 10 期。

［98］梁宗岱：《象征主义》，《文学季刊》1933 年第 2 期。

［99］陈敬容：《波德莱尔与猫》，《上海文汇报·浮世汇》1946 年第 12 期。

［100］潘道正：《恶之花绽放的理由——试论波德莱尔的审丑思想》，《兰州学刊》2009 年第 5 期。

［101］栾栋：《文学他化论——关于文学的三悖论考察》，《学术研究》2008 年第 6 期。

［102］刘波：《〈应和〉与“应和论”》，《外国文学评论》2004 年第 3 期。

［103］栾栋：《法国文学的他者指归》，《学术研究》2010 年第 2 期。

［104］车成安：《论象征主义在西方文学史上的地位》，《吉林大学社会科学学报》1997 年第 4 期。

［105］陈君：《论波德莱尔现代性的基本内涵》，《湖南工业大学学报（社会科学版）》2008 年第 6 期。

［106］陈文：《论波德莱尔美学思想的现代性》，《学海》2004 年第 4 期。

［107］陈永国：《本雅明译波德莱尔译坡：思想在文学翻译中的旅

行》,《外国文学研究》2010 年第 1 期。

[108] 陈忠:《空间批判与发展伦理——空间与伦理的双向建构及“空间乌托邦”的历史超越》,《学术月刊》2010 年第 1 期。

[109] 成海英:《波德莱尔笔下的城市巴黎、都市情感和体验》,《安徽文学》2008 年第 9 期。

[110] 程党根:《巴塔耶的“圣性”欲望观》,《哲学研究》2006 年第 6 期。

[111] 程梦雨:《〈恶之花〉中的“恶的善意”探析——论波德莱尔其人及〈恶之花〉》,《高等教育与学术研究》2008 年第 8 期。

[112] 崔增宝:《从欲望的压抑到欲望的表达——德勒兹后现代唯物主义欲望观的转向》,《求是学刊》2009 年第 4 期。

[113] 付立峰:《审美现代性之“新奇”观的蜕变——从波德莱尔、阿多诺到罗兰·巴特》,《云南社会科学》2006 年第 2 期。

[114] 龚觅:《深渊中的救赎——论审美现代性视野中的波德莱尔》,《国外文学》2000 年第 2 期。

[115] 郭宏安:《诗人中的画家和画家中的诗人——波德莱尔论雨果和德拉克洛瓦》,《外国文学评论》1993 年第 3 期。

[116] 何林军,邓云晖:《西方象征主义:象征的诗学勃兴》,《中国文学研究》2005 年第 3 期。

[117] 户思社:《文字的炼金术——谈兰波对波德莱尔应和理论的继承与发展》,《西安外国语学院学报(哲学社会科学版)》1997 年第 2 期。

[118] 户思社:《法国象征主义诗歌的思与辩》,《外语教学》2007 年第 3 期。

[119] 户思社:《马拉美——追求极致的诗人》,《四川外语学院学报》2008 年第 4 期。

[120] 孔凡娟:《恶与美的交锋——波德莱尔的诗歌美学观念及其在创作中的体现》,《安徽文学》2008 年第 8 期。

[121] 李革新:《现代性与恶的问题》,《浙江社会科学》2007 年第 5 期。

[122] 李君平:《怎样看待象征主义的特点、来源与分期》,《滨州学院学报》2005 年第 4 期。

[123] 李君平:《作为理论“应和”与作为主义的“象征”——波德莱尔与象征主义问题》,《大连大学学报》2007 年第 2 期。

[124] 李欣复:《关于恶之起源、涵义与作用》,《山东社会科学》1995 年第 2 期。

[125] 李永毅:《艾略特与波德莱尔》,《外国文学评论》2011 年第 1 期。

[126] 梁栋:《多元·历史·统一——当代时间哲学研究的发展趋向》,《哲学动态》2009 年第 6 期。

[127] 刘波、尹丽:《波德莱尔作品汉译回顾》,《四川外语学院学报》2008 年第 2 期。

[128] 刘波:《“文体场”与文学作品的阅读——兼论波德莱尔“深渊”的文本场意义》,《外国文学评论》1999 年第 3 期。

[129] 刘波:《波德莱尔:雨果的模仿者》,《四川外语学院学报》2002 年第 9 期。

[130] 刘波:《波德莱尔“应和”思想的来源》,《四川外语学院学报》2004 年第 4 期。

[131] 刘波:《普鲁斯特论波德莱尔》,《外国文学评论》2002 年第 3 期。

[132] 刘辉成:《论颓废主义产生的原因及其启示——以波德莱尔的美学思想和文学创作为据》,《文艺研究》2011 年第 1 期。

[133] 刘良吉:《纨绔及其意义——福柯与波德莱尔》,《江汉论坛》2007 年第 3 期。

[134] 栾栋:《丑学百年》,《华中师范大学学报(人文社会科学版)》1999 年第 4 期。

[135] 栾栋:《丑学的体性》,《华中师范大学学报(人文社会科学版)》2003 年第 3 期。

[136] 栾栋:《感性学百年——对美学与丑学合题的展望》,《国外社会科学》1998 年第 6 期。

[137] 栾栋:《美学的品格》,《文学评论》2003 年第 3 期。

[138] 栾栋:《文学归藏论》,《文学评论》2004 年第 1 期。

[139] 栾栋:《咸学的先声——兼论美学与丑学的合题》,《华中师范

大学学报（人文社会科学版）》2004 年第 6 期。

[140] 栾栋：《易辩法界说——人文学方法论》，《哲学研究》2003 年第 8 期。

[141] 潘道正：《恶之花绽放的理由——试论波德莱尔的审丑思想》，《兰州学刊》2009 年第 5 期。

[142] 强乃社：《资本主义的空间矛盾及其解决——大卫·哈维的空间哲学及其理论动向》，《学习与探索》2012 年第 12 期。

[143] 沈顺福：《论恶的本质》，《中山大学学报（社会科学版）》2010 年第 6 期。

[144] 宋维平：《论波德莱尔颓废美学的价值构成》，《作家杂志》2009 年第 6 期。

[145] 卫华：《从波希米亚气质看波德莱尔的现代性意识》，《学海》2009 年第 4 期。

[146] 郗戈：《风俗速写、浪荡子和女子时装——从波德莱尔看现代性的时装意识》，《兰州学刊》2006 年第 11 期。

[147] 肖伟胜：《波德莱尔的审美现代性思想及其开创性意义》，《学术月刊》2008 年第 8 期。

[148] 刑崇：《波德莱尔审美现代批判精神的形成》，《时代文学》2008 年第 9 期。

[149] 徐勇、王冰冰：《现代救赎与大众想象——论本雅明眼中的“大众”及其如何成为可能》，《文艺理论研究》2010 年第 2 期。

[150] 殷曼楟：《论现代性的矛盾性——反思波德莱尔的现代性概念》，《四川大学学报（哲学社会科学版）》2012 年第 4 期。

[151] 张亘：《“花束的空无”——东方视角下的马拉美诗学》，《外国文学评论》2009 年第 4 期。

[152] 张宏辉：《波德莱尔“厌倦”的隐秘——论“诗人”与“大众”及“城市”的在体论关系》，《四川师范大学学报（社会科学版）》2006 年第 5 期。

[153] 张松健：《“花一般的罪恶”——四十年代中国诗坛对波德莱尔的评介》，《中国现代文学研究丛刊》2005 年第 2 期。

[154] 张政文：《恶·罪·善——康德的人性与宗教关系理论解析》，

《天津社会科学》2004 年第 3 期。

［155］张中锋：《从化恶为丑到欲望表现——论审丑之所以可能的转换机制》，《文史哲》2008 年第 3 期。

［156］钟丽茜：《波德莱尔诗歌中的“现代性意义危机”及其救赎方式》，《外国文学研究》2005 年第 2 期。

［157］刘源：《陈敬容与波德莱尔诗歌之比较》，湖南师范大学硕士学位论文，2009 年。

［158］郑建强：《论波德莱尔美学思想与浪漫主义的关系》，湖南师范大学硕士学位论文，2007 年。

［159］周圣国：《波德莱尔审美现代性思想研究》，苏州大学硕士学位论文，2009 年。

［160］A. Wellmer. *The Persistence of Modernity*. Cambridge：MIT，1991.

［161］Matei Calinescu. *Five Faces of Modernity*. Durham：Duke University Press，1987.

［162］Marshall Berman. *All That is Solid Melts into Air：The Experience of Modernity*. New York：Penguin，1988.

［163］David Harvey. *Social Justice and the City*. London：Edward Arnold Publish Ltd.，2009.

［164］Benjamin，Walter. *Charles Baudelaire：A Lyric Poet in the Era of High Capitalism*. Translated by Harry Zohn. London：New Left Books，1973.

［165］Blood，Susan. *Baudelaire and the Aesthetics of Bad Faith*. Palo Alto：Stanford University Press，1997.

［166］Calinescu，Matei. *Modernity，Modernism，Modernization：The Turn of the Century*. Berlin：W. de Gruyter，1995.

［167］Catani，Damian. Notions of Evil in Baudelaire. *Modern Language Review*，2007（102）.

［168］Childs，Peter. *Modernism*. London and New York：Routledge，2000.

［169］Delanty，Gerard. *Modernity and Post-modernity：Knowledge，Power and the Self*. New York：SAGE Publications Ltd.，2000.

［170］Dolamore，C. E. J.. Charles Baudelaire：The Flowers of Evil. *Modern Language Review*，1995（90）.

[171] Gautier, Théophile. *Charles Baudelaire: His Life*. Giniger Press, 2008.

[172] Gilroy, Paul. *The Black Atlantic: Modernity and Double Consciousness*. Cambridge: Harvard University Press, 1993.

[173] Gogröf - Voorhees, Andrea. *Defining Modernism: Baudelaire and Nietzsche on Romanticism, Modernity, Decadence, and Wagner*. New York: Lang, 1999.

[174] Hewitt, Andrew. *Fascist Modernism: Aesthetics, Politics, and the Avant - garde*. Palo Alto, Calif.: Standford University Press, 1993.

[175] Hiddleston, J. A.. *Baudelaire and the Art of Memory*. Oxford: Clarendon Press, 1999.

[176] Huyssen, Andreas. *After the Great Divide: Modernism, Mass Culture, Postmodernism*. ACLS History E - Book Project, 2001.

[177] Jamison, A.. Any Where Out of This Verse: Baudelaire's Prose Poetics and the Aesthetics of Transgression. *Nineteenth-Century French Studies*, 2001 (29).

[178] Jauss, Hans Robert. *Aesthetic Experience and Literary Hermeneutics*. Minneapolis: University of Minnesota Press, 1982.

[179] Laity, Cassandra. Editor's Introduction: Beyond Baudelaire, Decadent Aestheticism and Modernity. *Modernism/Modernity*, 2008 (15).

[180] Petterson, James. Baudelaire and the Poetics of Modernity. *Nineteenth-Century French Studies*, 2003.

[181] Raser, Timothy Bell. *A Poetics of Art Criticism: The Case of Baudelaire*. Chapel Hill: U. N. C. Dept. of Romance Languages, 1989.

[182] Rhodes, S. A.. *The Cult of Beauty in Charles Baudelaire*. Institute of French Studies, Columbia University, 1929.

[183] Rhodes, S. A.. Baudelaire and the Aesthetics of the Sensations. *Philological Quarterly*, 1927 (6).

[184] Sanyal, Debarati. *The Violence of Modernity: Baudelaire, Irony, and the Politics of Form*. Baltimore: Johns Hopkins University Press, 2006.

[185] Salines, Emily. Baudelaire's Prose Poems: The Secret Language of

Les Fleurs du Mal. Modern Language Review, 2001.

[186] Scott, Maria C.. Reading the Look and Looking at Reading in Baudelaire. *Modern Language Review*, 2009 (104).

[187] Smith, Paul. Book Review: High Art: Charles Baudelaire and the Origins of Modernist Painting. *Modernism/Modernity*, 1997 (4).

[188] Swain, Virginia E.. *Grotesque Figures: Baudelaire, Rousseau, and the Aesthetics of Modernity (Parallax: Re-visions of Culture and Society)*. Baltimore: The Johns Hopkins University Press, 2004.

[189] Weingarden, Lauren S.. Modernizing History and Historicizing Modernity: Baudelaire and Baudelairean Representations of Contemporaneity. *Word & Image Interactions*, 2009 (6).

[190] Ward, Patricia A. *Baudelaire and the Poetics of Modernity*. Nashville: Vanderbilt University Press, 2000.

[191] Wilson, Steven. Seeing Double: Baudelaire's Modernity. *Nineteenth-Century French Studies*, 2012 (66).

后记

2000年那个依然炎热的秋天，我有幸拜入导师栾栋先生门下，力学做人之道，诚叩学术之门。先生品德超迈，学贯中西，通晓古今，为我树立了为人与为学的“路标”。先生的箴言：“卓识方大器，博浩乃兼容。道德通文章，取精可用宏”；先生传道、授业、解惑的具体方略：“知识结构的补充改造”、“思维方法的陶冶培植”，“创造精神的涵养激发”；先生的学术箴铭：“静悄悄”、“沉甸甸”、“乐陶陶”……所有这一切，我都将终生铭记，并以此涵养自己的人品与学品。导师耳提面命的谆谆教诲以及“一日为师，终身为父”的情义，我亦终生不敢忘却。

感谢徐真华教授、陈穗湘教授、郑立华教授以及于奇智教授，他们在本书撰写与修改过程中给予了许多宝贵的建议；感谢广州城市职业学院原党委书记吕泉荣副研究员，广州市广播电视大学党委书记张晓华副教授、副校长李文斐副教授、远教处处长于燕副研究员、校办副主任邬庆儿副教授，他们在我求学期间给予了我诸多关怀与照顾。

感谢多年好友陈军博士、罗立军教授、彭善民副教授，在本书撰写与修改过程中他们与我不断展开讨论与争辩，激发了我的创作灵感；感谢同门何光顺、孙雪霞、马利红、雷晓敏、王淼以及孔莉烜，他们都对本书的撰写给予了诸多的关心。

感谢暨南大学出版社总编史小军教授，正是由于他的精心策划，本书才得以出版面世。感谢郑晓玲编辑，正因为她不辞辛苦地认真审校书稿，使我避免了诸多纰漏。

感谢我的父母，正是他们多年默默的付出与支持，让我安心求学与工作；感谢我的妻子郭莉女士，她不仅在生活上对我悉心照顾，还在本书的校对、文献编排上给予了我极大的帮助，结发八年，在此言谢，聊表寸心。

最后，谨以此书献给我的儿子，希望他茁壮成长、幸福快乐！

袁兆文
2014 年 4 月 23 日
于广州天河泽晖苑